KB007675

네 멋대로 써라

글쓰기 · 읽기 · 혁명

Walking on Water: Reading, Writing, and Revolution
By Derrick Jensen
Original Copyright © 2004 Derrick Jensen
Korean translation Copyright © 2005 Samin Books
This Korean edition was arranged with Derrick Jensen c/o Anthony Arnove
through Best Literary & Rights Agency, Korea.
All Rights Reserved.

이 책의 한국어판 저작권은 베스트 에이전시를 통한
원저작권자와의 독점 계약으로 도서출판 삼인이 소유합니다.
신저작권법에 의하여 한국 내에서 보호를 받는 저작물이므로
무단전재와 무단복제를 금합니다.

네 멋대로 써라

글쓰기 · 읽기 · 혁명

2005년 9월 9일 초판 1쇄 발행
2014년 5월 14일 초판 6쇄 발행

펴낸곳 (주)도서출판 **삼인**

지은이 데릭 젠슨
옮긴이 김정훈
펴낸이 신길순
부사장 홍승권
편집 김종진 김하얀
미술제작 강미혜
마케팅 한광영
총무 정상희

등록 1996.9.16. 제 10–1338호
주소 120-828 서울시 서대문구 연희동 220-55 북산빌딩 1층
전화 (02) 322-1845
팩스 (02) 322-1846
전자우편 saminbooks@naver.com

표지디자인 (주)끄레어소시에이츠
표지와 본문 일러스트 이주한(zuhan@korea.com)
제판 문형사
인쇄 대정인쇄
제본 쌍용제책

© 데릭 젠슨, 2005

ISBN 89-91097-29-4 03800

값 12,000원

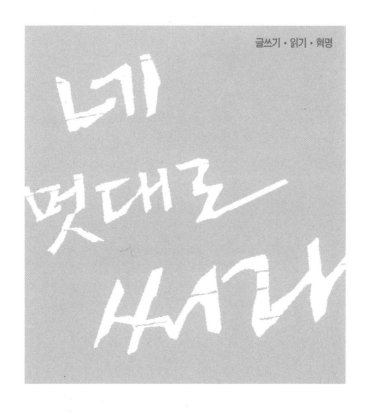

글쓰기 · 읽기 · 혁명

네 멋대로 써라

데릭 젠슨 지음 | 김정훈 옮김

삼인

일러두기

1. 이 책은 Derrick Jensen의 *Walking on Water: Reading, Writing, and Revolution*(Chelsea Green Publishing Company, 2003)을 완역한 것입니다.

2. 본문에서 방점으로 강조된 부분은 원서에서 저자가 이탤릭으로 강조한 부분입니다.

3. 본문의 대화문이나 인용문에서 표시된 〔 〕 표시는 저자가 덧붙여 설명한 부분입니다. 그 이외에 표시된 〔 〕는 우리 독자의 이해를 돕기 위해 옮긴이가 본문 속에 삽입하는 형태로 덧붙여 넣은 것입니다.

4. 모든 외래어 고유명사는 한글 외래어 표기법에 따라 표기했습니다.

차례

어떡하면 안 가르칠까

당신은 타고난 이야기꾼이다

{

　남에게 가르칠 수 있는 것은 그 어떤 것도 상대적으로 보잘것없으며, 행동거지에도 의미 있는 영향을 거의, 아니 전혀 끼치지 않는 것 같다……. 행동거지에 의미 있는 영향을 끼치는 단 하나의 배움은 스스로 발견하고 스스로 제 것으로 만든 배움뿐임을 나는 느끼게 되었다. 그렇게 스스로 발견한 배움, 몸소 제 것으로 만들고 경험 속에서 나와 하나가 된 진실은 남에게 곧바로 전해질 수 없다. 개인이 그런 경험을 직접 전하려고 하자마자, 그것은 가르치는 일이 되며, 그 성과도 보잘것없다. 때때로 내가 가르치려 해보면, 생각도 못한 결과에 섬뜩해지는데, 가르치는 것이 이따금 성공하는 듯 보이기 때문이다. 이런 일이 일어날 때 나는 그 결과들이 해롭다는 걸 알게 된다. 그것은 개인이 자신의 경험을 불신하도록 만들고, 의미 있는 배움을 하찮게 여기도록 만드는 듯 보인다. 그리하여 나는 가르침의 결과는 시원찮거나 상처만 준다고 느끼게 되었다. 내가 가르쳤던 일의 결과들을 돌아보면, 해를 입혔을 뿐이거나, 아니면 의미 있는 어떤 일도 일어나지 않았다……. 그렇기에, 나는 배우는 이가 되는 것에만, 되도록이면 내 자신의 행동거지에 어떤 의미 있는 영향을 끼치는 그런 중요한 것들을 배우는 것에만 오직 관심이 있음을 깨닫는다. 가장 좋은 것이긴 하지만 배우기엔 가장 어려운 길은 내 자신의 방어적인 자세를 잠시나마 떨쳐 버리는 것이고, 경험이 다른 사람에게 어떻게 보이고 느껴지는지 이해하려 하는 것이라는 걸 알겠다. 배움의 또 다른 길은 나 자신에게 불확실한 것들을 분명히 말하는 것이고, 내 골칫거리들을 뚜렷이 밝히려 애쓰는 것이고, 그렇게 해서 내 경험이 정말로 지닌 듯한 의미에 더 가까이 이르는 것이다……. 그것은 내가 적어도 그 경험이 지금 의미하는 바를 이해하려 할 때, 앞으로 뻗어있어 보이는 방향으로, 내가 흐릿하게만 정의할 수 있는 목적지를 향해, 내 경험이 내게 계속되도록 한다는 뜻인 것 같다.

칼 로저스 }

수업 첫날이다. 나는 한 벌밖에 없는 헌 양복 저고리를 입고 걸어 들어간다. 학교 당국이 새 보조 교사가 전문가로 보이기를 바라기 때문이다. 양복이 오래됐지만(내가 십대 때 형의 결혼식에서 입었던 건데, 그 뒤에는 내 비참했던 졸업 무도회에서 입었고, 그러고는 별로 안 입었다) 생각만큼 그렇게 우스꽝스러워 보이진 않는다. 지난 10년간 몸이 그렇게 많이는 불어나지 않았다.(어, 좋아, 괜찮군. 하지만 저고리가 예전에는 헐렁헐렁했는데, 지금은 도저히 단추를 채울 수가 없다.) 그런데도 나는 들어가자마자 저고리를 벗어 의자 등받이에 걸쳐놓는다.

나는 학생들을 바라본다. 농장 일에서 벗어난 젊고 생생한 학생들(말 그대로다. 학교는 서부에서 가장 널따란 농업 지역에 드는 펄루스의 동쪽 변두리에 있다), 주로 아시아에서 온 외국인 학생들, 나보다 훨씬 나이든 늦공부하는 학생들. 모두들 나를 마주보고 줄을 쫙 맞춰 앉아있다. 줄을 보니 골치가 아프다. 교실을 둘러본다. 문 옆에 코르크 게시판이 보인다. 게시판은 비자, 마스터 카드, 특별 관광, 그리고 아주 뻔뻔스럽게도 기말 보고서를 판다는 광고지로 가득 차있다. 나는 교실 뒤쪽으로 걸어간다. 학생들 눈이 나를 따라온다.

"광고는," 하며 나는 말한다. "교실에는 있을 데가 없습니다."

나는 벽에서 광고지를 떼내어 쓰레기통에 던져넣는다. 다시 앞쪽으로 걸어간다. 눈이 아직도 나를 따라온다. 내가 씩 웃으니, 학생 하나가 처음으로 말을 한다. "그거 다 재활용 통에 넣어야 하지 않나요?"

교실 앞에 서는 게 늘 마음 편한 건 아니었다. 처음에는 겁이 났다. 그때 난 스물세 살이었는데, 대학원에 가려 하고 있었고, 그렇게 해서 대학에서 높이뛰기를 한 경력을 이어갈 수 있었다.(난 어쩌다가 발이 부러졌고, 그래서 뛸 수가 없었다.) 내가 알던 한 대학 전임강사가 수업으로 학교에서 돈을 얻어내는 방법을 안다며 말해주었다. 난 그 사람 수업 조교가 되어 학부생 두 반을 맡기로 한 것이다. 그러나 그가 나를 채용하기 전에, 나는 사전에서 낱말 하나를 찾아보아야 했다. 그 낱말은 한직이었다. 그런 말은 들어본 적도 없었다.

내가 읽은 건 이거다. "한직: 근무하지 않고도 수익을 얻는 직위. 많은 일과 책무 따위를 요구하지 않고도 보수를 주는 직위나 직책."

나한테 잘 맞는 것 같았다. 그 말이 내 임무를, 또는 내겐 별 임무도 없음을 제대로 정확하게 설명해주는 말임을 깨닫고 나니 더욱 좋았다. 나는 교실 뒤에 앉아서 강사가 가르치는 걸 지켜보고, 그러고 나선 저녁 반 수업이 끝난 뒤 오랫동안 그와 이야기를 나누는 것으로 돈을 받았다.(나중에 그의 결혼 생활이 불행했다는 걸 알았는데, 그러고 보니 아마도 그가 우리의 철학적 대화에는 그다지 흥미를 느끼지 못했던 것이, 집에서 멀리 떨어져 있어서 그랬나 보다.) 나는 가끔 쪽글 한두 편에 성적을 매기고, 두어 시간 교실 앞에 서있기도 했다.

내가 하는 강의는 대체로 끔찍한 것이었다. 나는 더듬거리며 말했다. 말하려고 했던 것도 잊어버렸다. 하지만 되돌아보니 잊어버리지 않았을 때가 더 나빴는데, 그건 내가 선생들이 아마도 생각 없이 내게 옮겨다 준 얘길 학생들에게 생각 없이 옮겨다 주는 것 말고는 한 게 없기 때문이었다. 학생들은 내가 그랬듯이 그런 얘기에서 감동을 받거나 배운 게 거의 없는 듯 보였다. 일단 나는 선생티를 내어 엄포를 놓았다. 학생들은 절대로 문장을 라고로 끝맺지 말라고. 다음에는 맞춤법에 대한 케케묵은 이야기를 해주었다. 어떤 선생이라도 해야 할, 특히 글쓰기 선생이면 해야 할 꼭 한 가지 진짜 일은 학생들이 자기 자신을 발견하도록 돕는 것이라는 깨달음은—그때는 아직 내 안에도 없었고, 갖고 있지 않은 것은 줄 수도 없으니깐—거기에서 빠져있었다. 그 밖의 일은 죄다 그냥 심심풀이거나 기껏해야 겉만 번지르르한 것이다.

여기 내가 우리 학생들에게 해주었더라면 좋았을 얘기가 있다. 교육(education)이라는 낱말은(난 이 낱말의 유래를 내 책 『말보다 오래된 언어』에서 언급했는데) '이끌어내다' 나 '끌어내다' 를 뜻하는 라틴어 어근 에두케레(e-ducere)에서 왔다. 원래 그 말은 '태어날 때

와있다'를 뜻하는 산파의 용어였다. 나는 그 말을 가까운 관계지만 놀랄 만큼 뜻이 다른 호리다(seduce)라는 말과 대조해보겠다. 이듀스(educe)하는 건 앞으로 끌어주는 거고, 시듀스(seduce)하는 건 엇나가게 끄는 거다. 몇 해 전에 가르쳤던 학생들과 함께 그것에 관해서 이야기했더라면 좋았을 텐데, 그리고 주말 동안 그 차이에 대해서 생각해보라 권했더라면 좋았을 텐데 그랬다. 학생들은 자기들이 선호하는 성별의 누군가에게 다가가서는 어쩌면 이렇게 말했겠지. "당신을 이듀스하고 싶어요."(그들이 구애한 사람이 라틴어를 마침 잘 알고 있었다면 아주 멋진 일이었겠지만, 그렇지 않다면 이런 말이 나오겠지. "꺼져버려, 이 변태야.") 내가 우리의 교육부를 솔직한 말로 변태타락부라고 부르자고 제안했더라면 딱 좋았을 걸 그랬다. 그게 하는 것이라곤 이게 다니까. 우리를 우리 자신에서 멀어지도록 이끄는 것.

　다시 생각해보니 어쩌면 이야기를 안 한 게 제일 잘한 것 같다. 나는 '라고' 이야기나 맞춤법 이야기하는 데에도 충분히 골치를 썩고 있었다. 내가 교실과 타락 사이의 관계에 대해서 말하기 시작했더라면 어떤 골칫거리에 휘말렸을지 어찌 알겠는가.

　어느 교실에서나 가장 중요한 기술 제품은 시계의 초바늘이다. 그 목적은 학생들 수백만 명에게 똑같은 기도문을 가르치는 일이다.

　"하느님 제발, 바늘이 더 빨리 가도록 해주세요."

대학을 졸업하고 몇 해 뒤에, 나는 아이다호 커덜레인에 있는 노스 아이다호 전문대학에서 높이뛰기 코치가 되었다. 자신감은 다른 스포츠보다 높이뛰기에서 훨씬 더 중요한 역할을 하기 때문에—만일 점프를 할 수 있다고 믿지 않는다면, 아마 뛰지 않으려 할 거고, 만일 해낼 거라고 믿는다 해도, 아마 여전히 안 할 텐데, 이 말은 모든 자의식이 사라지도록 하려면 그걸 해낼 거라는 걸 알아야 한다는 뜻이다—내가 하는 지도는 오로지 칭찬하는 게 거의 전부였다. 기술적인 조언을 하지 않았다는 뜻은 아니다. 그저 우리가 표면적으로는 무얼 이야기하든 결정적인 메시지는 반드시 똑같은 얘기, 넌 뻬어난 선수야, 하는 얘기가 되도록 내가 머릴 썼다는 뜻이다. 이를테면 이렇게는 결코 말하지 않았다.

"토드 넌 폼이 썩었어."

대신 이렇게 말한다.

"토드, 공중으로 차오르는 거 보니까 다릿심이 죽이는데. 근데 네 폼이 참 안 따라주네. 폼이 다릿심하고 같이 가면 따라올 사람이 없겠어."

그는 폼에 꽂히는 대신에 다리 힘에 꽂혔다.

물론 내가 거짓말한 것은 결코 아니다. 칭찬으로 가르치는 비법은 결코 사소한 거짓말을 하지 말라는 거다. 사람들은 비판에 아주 익숙하고 칭찬에는 아주 익숙지 않기에 칭찬을 하면 의심스러워한다. 그래서 당신이 거짓말을 하면 차 속에서 뀐 방귀 냄새보다 더 빨리 냄새를 맡을 것이다. 처음에 장점을 꾸밈없이 찾아내어 거기서부터

신뢰를 쌓아올리는 것이, 뻔히 보이는 거짓 발림 말로 잃어버린 신
뢰를 되쌓아야만 하는 것보다 훨씬 더 좋고 훨씬 수월한 일이다. 게
다가 명백한 진실을 이야기하는 것은, 그 진실이 들어있는 곳에 계
속해서 주의를 기울이도록 만든다. 당신이나 당신의 못 미더운 모습
보다는 당신의 학생이나 그들의 솜씨에 말이다.

　나는 높이뛰기 선수들에게 모래판 오십 야드 안에서는 어떤 부정
적인 말도 하지 못하도록 했다. 이를테면 나는 비가 부슬부슬 오는
오월에, 이런 날씨를 얼마나 좋아하는지 선수들한테 물으면서 슬쩍
미끼를 던졌는데, 그들이 미끼를 물고 불평을 하면, 운동장을 한바
퀴 돌렸다. 그러면 그들은 그런 날씨가 뭐가 좋은지(그들은 짧은 운동
팬츠를 입고, 나는 오리털 재킷을 걸치고 있었다) 나한테 말해야 했다.
선수들은 처음엔 이러한 금지가 명백히 억지라고 불평했다. 그래,
불평했으니까, 모래판에서 멀어질 때까지 불평을 참고 있어야 한다
는 걸 알게 될 때까지 다시 한 번 더 운동장을 돌렸다. 하지만 경기
에서 처음으로 궂은 날씨를 만났을 때, 나는 우리가 올바른 방향으
로 가고 있음을 알았다. 다른 선수들은 다 춥고 축축하고 도움닫기
에는 불안정한 경주로 상태를(나도 선수였을 때 이 모든 것들에 대해 불
평했던 것처럼) 불평하고 있었다. 반면에 노스 아이다호에서 온 선수
들은 날씨가 주는 이득을 따져보고 있었다.

　"나는 도움닫기가 느리니까, 코너에서 발 구를 때 손헬 덜 볼 것
같아."

　우리 선수들은 장점에 꽂혔다.

　그들은 아주 잘 뛰기도 했다. 마땅히 그럴만한 우리 선수들 모두
가 전국 대회 출전 자격을 얻었다. 모두 전미 대표 선수나 등수 밖의

전미 대표 선수가 되었다. 한 사람은 전국 챔피언이 되었다.

한번은 누가 나한테 학생들에게는 긍정적인 것을 그렇게 강조하면서 우리 문화를 경영하는 사람들과 지구를 죽이고 있는 사람들을 그토록 아낌없이 비판하는 이유가 무언지 물었다. 나는 바로 대답했다.

"권력이죠. 만일 내가 누군가에 대해서 권력이나 권위를 갖고 있다면, 그것을 그를 돕는 데만 써야 하는 것은 내 책임입니다. 그를 맞아들여 그 자신인 모습대로 되도록 북돋우는 것이 내 일입니다. 하지만 누군가가 다른 사람을 해치는 데 권력을 잘못 쓰고 있는 것을 내가 본다면, 어떤 필요한 수단을 다 써서라도 막는 것도 마찬가지로 내 책임입니다."

곧바로 우리는 건물 여기저기로 퍼져 빈 교실마다 들어가서는 광고 전단을 눈에 띄는 대로 찢어냈다. 몇 주 뒤에, 학생들은 캠퍼스에 있는 다른 건물들 벽에서 떼어낸 광고 전단들을 가져왔다. 학생들은 광고주들에게 돌려보내려고 반송용 봉투를 봉하기 시작했다. 재활용 통이 차고 넘쳤다.

여러 해가 지나고, 내가 이스턴 워싱턴 대학에서, 한직으로서가 아니라 진짜로 교실에 들어갔을 때, 나는 당장 강의 이름을 "사유와 작문의 원리들"에서 "지성적이고 철학적이고 정신적인 해방과 멋진, 아주 멋진, 끝내주게 멋진 사람이 되는 길을 탐험하기"로 바꾸었다. 우리는 책상을 줄에서 빼내어 둥글게 만들었다. 난 출석표를 돌리며 교실을 돌아다니면서 학생 한 사람 한 사람에게 무얼 사랑하는지 물었다. 그들은 가족 이야기며 농장 일 하기며, 자신의 재주와 좋아하는 스포츠 이야기 따위를 말했다. 그런데 나는 학생들 생활의 이모저모를 알게 된 것뿐만 아니라, 그들이 타고난 이야기꾼임을 알게 되었다. 내 높이뛰기 선수들이 어떻게 뛰어오르는지를 정말은 배울 필요가 없었고, 그보다는 그들이 이미 선수인 그대로의 선수가 되도록 이끌어줄 필요가 있던 것과 꼭 같이(내가 폼 얘기로 토드를 진땀나게 하지 않았던 까닭은 그것에 대해 내가 해줄 수 있는 게 별로 없다는 걸 알았기 때문이었다.) 내 글쓰기 학생들도 글을 어떻게 쓸지 배울 필요가 없음을 나는 금세 알아차렸다. 그보단 차라리 학생들을 자신속에 들어있는 작가가 되도록 북돋아주는 게 더 필요한 것이었다. 학생들은 이야기를 어떻게 어디에서 시작해야 하는지 알고 있었고, 알맞은 이야깃거리를 어떻게 집어넣어서 이야기를 결정적 고비로 어떻게 끌어갈지를 알고 있었다. 학생들이 사랑하는 것과 사랑하는 사람에 대해 말한 첫 번째 이야기들에는 이 모든 게 다 들어있었다. 학생들은 그저 그들이 이미 가지고 있는 재능을 깨닫기만 하면 되었다. 나는 아무것도 없는 데에서 재능을 만들어낼 수는 없지만, 이건 확실히 그리고 손쉽게 도울 수 있었다.

나는 수업 첫날 학생들에게 이런 말도 한다.

"나는 한 강사 선생을 알고 있었는데—경제학 선생이요, 뭐 믿을지 모르겠지만 어쨌든—그 사람이 이렇게 말했어요. '네가 무얼 읽든 절대로 믿지 마라, 그리고 네가 무얼 생각하든 웬만하면 믿지 마라.' 그 사람은 내가 여태껏 만나본 제일 좋은 선생이었어요."

난 이야기를 멈추고 나서 물었다.

"오래된 철도 선로를 따라서 걸어가 본 적 있나요? 그리고 걷고 걷고 또 걸어 마을에서 아주 멀리까지 왔구나 하는 생각이 들 때까지 가본 적 있나요? 그러고 나서 시계를 호주머니에서 꺼내(굳이 번거롭게 시계를 가져왔다면 말이죠) 선로 위에 놓아두었나요? 열두 걸음 걸어가서도 아직 시계가 똑딱이는 소리가 귀에서 피가 도는 소리보다 더 크게 들리나요? 그리고 기차가 지나갈 때 한쪽에 서서 바람이 머리칼을 스치고 지나도록 두어 두려움과 흥분으로 몸을 떨며, 마지막 차량이 우르릉거리며 지날 때까지 섰다가, 이제 다시 숨을 쉴 수 있게 되었나요?"

"사막에서 별을 본 적 있나요? 아니면 달은요? 벌거벗고 이슬 속에 누워본 적 있나요? 마지막으로 눈 속을 맨발로 걸어본 게, 별똥을 본 게, 아니면 빠르게 흐르는 찬 강물 속에서 먹을 감아본 게 언제예요? 막 동이 트려고 할 때 피리 부는 소리를 마지막으로 들어본 게 언제예요? 이것들이 내가 여태껏 만나본 여느 좋은 선생들보다 더 좋은 선생들이에요."

"하지만 가장 좋은 선생을 말해줄게요. 나한텐 개가 한 마리 있었어요. 늙은 코커 스파니엘이요. 그놈은 결코 늙어 지치지 않는 것 같았어요. 그놈은 이리 뛰었다 저리 뛰었다 하며 귀를 펄럭이고 혀를 능청거리며, 무얼 하든 꼬리는 잠시도 가만있지 않았어요. 내가 길러본 개들이 다 그렇듯 그놈도 으레 날 모르는 체했죠. 내가 개들한테 배운 가르침은 규칙들은 인정하라고 있는 거지만, 그러고 나선 무시하라는 거였어요. 그놈은 개가 하는 일은 죄다 힘차게 신나서 생기로 가득 차 해댔어요. 나는 더 나은 선생은 생각할 수도 없어요."

길게 한숨 돌린다. 학생들은 나를 어떻게 생각해야 할지 모르고 있다. 나도 그들을 어떻게 생각해야 할지 모르겠다. 나는 다시 말한다.

"정열, 사랑, 미움, 두려움, 희망. 가장 좋은 글쓰기는 이런 원천들에서 솟아나와요. 삶 자체가 이런 원천들에서 나오죠. 그리고 삶이 없다면 글쓰기가 뭡니까? 글쓰기와 삶. 삶과 글쓰기. 삶은 글쓰기의 바탕이고 글쓰기는 삶의 바탕이에요. 그러니까 당연히 이 수업은 글쓰기 수업인 만큼이나 삶 수업—정열, 사랑, 두려움, 경험, 관계 맺음 수업—이에요. 조심하세요. 그저 한 과목 이수하느라 여기 앉아서, 한 학기를 세미콜론과 도해한 문장들과 다섯 문장짜리 쪽글로 때우길 바라고 있다면, 이 수업은 여러분과 나한테 터무니없이 진저리나는 일이 될 겁니다. 만일 여러분이 지배의 테두리를 벗어나 본능과 희열을 타고서 시간과 의식에서 풀려나 보는 일에 흥미가 없다면, 솔직히 다른 수업으로 가는 게 더 나을 겁니다. 만일 그런 경우라면 제발이지 달려 나가서, 걷지 말고 뛰어서, 주임 교사실로 가세요. 이미 얘기가 되어있어요. 나는 내가 원하는 걸 교실에서 하고, 학생이 수업 방식이 싫어서 바꾸고자 하면 다른 수업으로 옮겨주겠다고 주임 선생은 약속했어요. 그게 좋아요. 내 방식이 모든 사람에게 잘 맞지는 않을 거예요. 모든 사람에게 맞지는 않는다는 사실이 나나 여러분들에게 문제가 되는 건 아니죠. 그건 책꽂이에 책이 두 권 있는 거하고 비슷한데, 한 권은 빨간색이고 다른 한 권은 초록색이라고 해요. 그건 그냥 안 맞는 거예요. 하지만 여러분이 파도를 타고 싶으면 파도가 여러분을 타도록 해주고, 여러분이 뱃속에서부터 영혼에서부터 글 쓰고 싶다면, 그러면 사나운 녀석의 털가죽 깊숙이 손을 뻗어서 단단히 붙드세요. 우린 한 판 시원하게 타보려고 죄다 걸었으니까."

아무 움직임이 없다.

"내가 겪어보니 칼 로저스 말대로 진짜 공부는 오직 자기가 찾아내고 자기 걸로 만드는 공부뿐이었어요. 그래서 난 여러분들에게 아무 것도 가르치려 애쓰지 않을 겁니다. 그 대신, 여러분들이 여러분 자신을 가르칠 수 있도록 분위기를 만들어내는 게 내 할 일이에요."

"그리고 퇴락의 신화와 날뛰는 기업과 정부의 겉과 속이 다른 말이 판치는 요즈음에는 정말정말 없어서는 안 될 능력 가운데 하나가 비판적으로 생각하는 능력이죠. 권위를 의심하기, 모든 걸 의심하기. 내 친구 저넷 암스트롱은 이렇게 말합니다. '우리는 모두 우리 무의식 속에 깊이 새겨진 문화적인, 학습된 행동 체계들을 갖고 있다. 이 체계들은 우리가 세계를 보는 방식에 여과기로 작용한다. 그것들은 우리 행동에, 우리의 언어 양식과 몸짓에, 우리가 쓰는 말에 그리고 또 우리가 우리 생각을 정리하는 방식에 영향을 미친다. 우리는 쉼 없이 그것에 도전하는 길을 찾아내야 한다. 사물들을 다른 관점에서 보는 것은 어렵지만 그것은 우리가 해야 할 일 가운데 하나다.'"

"저넷은 이어서 말합니다. '나는 사물들이 이러이러하다고 믿고 알고 있는 걸 해체하면서 자신을 끊임없이 단련해야 하고, 내가 믿고 있는 걸 마음속에서 계속해서 깨부숴야 하고, 내 지식과 이해를 계속 늘려야 한다. 다시 말하면, 내가 만족해하고 있다는 것에 결코 만족스러워하지 말자는 것이다. 내가 불만스러워한다는 말처럼 들리겠지만, 그런 뜻은 아니다. 자기만족에 빠져서는 마침내 결론에 다다랐다고 생각지 말고 언제나 자신의 생각에 의문을 품자는 거다. 난 늘 글쓰기 수업에서 모든 학생들에게 지랄이라는 말로 시작하고 지랄이라고 말하는 태도를 꽉 붙들고 있으라고 말한다. 그리고 그렇게 해나가면서 신나고 즐겁게 있으라고 한다. 왜냐하면 낡은 행동과 낡은 갈등을 만들어내는 건 거의 언제나 바로 두려움이니까 말이다. 그런 것들을 꼭 믿어야 하는 것도 아닌데, 그런데도 우리는 그것들을 알고 있고 끊임없이 그런 패턴과 행동을 되풀이하는 거다. 그것들이 익숙하다는 것 때문에 말이다.'"

"그러니까 나와 생각이 맞지 않는 것도, 끝내주게 괜찮은 일이에요. 어느 누구와도 생각이 맞지 않는 것도 끝내주게 괜찮고요. 여러분이 생각을 달리하는 그대로 그냥 기분 좋게 있고, 언제나 존중하는 마음으로 있으세요. 생각에 푹 잠기세요. 그리고 여러분의 불일치를 깊이 생각하세요."

침묵.

"여기까지 질문 있나요?"

젊은이 한 사람이 손을 든다.

나는 고개를 끄덕인다.

그가 말한다. "수업 중에 지랄이란 말을 하셨는데요."

"그런데요?"

"한 번 더 말해주실래요? 전에는 선생님이 그런 말을 하는 걸 못 들었거든요."

"지랄."

몇 년 전에 난 여행 경험이 많은 기타리스트와 긴 대화를 나누었다. 그 사람 말로는 60년대로까지 거슬러 올라가도, 누구 못지않게 연주를 잘했다고 한다. 그는 카를로스 산타나에서 랜디 캘리포니아, 지미 헨드릭스, 지미 페이지까지 온갖 사람과 무대에 함께 섰단다. 그러나 그에게 가장 많은 걸 가르쳐준 기타리스트는 그가 풋내기일 때 만났던 한 나이든 블루스 연주자였다고 한다. 어떻게 연주하는지 가르쳐달라고 부탁했더니 이렇게 대답해주었다고 한다.

"난 자네에게 내가 알고 있는 모든 걸 15분 만에 가르쳐줄 수가 있네. 그러면 자네가 해야 할 건 집에 돌아가서 15년 동안 연습하는 거야."

글쓰기도, 높이뛰기도 그리고 삶도 그와 마찬가지라는 건 정말이지 내게 분명한 사실이다.

읽는 사람을
지루하게 하지 마라

지루하게 하지 말라니까

첫 문단에서 독자의 목을 움켜잡아라, 둘째 문단에서 그의 숨통까지 엄지손가락으로 꾹 눌러라, 그리고 마지막 한마디까지 그를 벽에다 눌러놓아라.

폴 오닐

수업 둘째 날이다. 이삼 분 늦게 들어간다.

학생들은 벌써 걸상을 줄에서 빼내 둥글게 맞춰놓았다. 나는 자리 잡는 데는 규칙이 있다고 알려준다. 학생들이 입을 벌린 채 빤히 쳐다본다. 고작 하루 지났을 뿐인데, 나는 벌써 이런 반응에 익숙하다.

"자리 잡는 한 가지 규칙은," 하고 나는 말한다. "어제 앉은 자리에는 앉지 말란 겁니다. 같은 사람 옆에 앉아서도 안 됩니다."

"규칙이 두 가지잖아요." 누군가 말한다.

"그러네요." 내가 대답한다.

"자리 잡는 규칙이 하나뿐이라고 했잖아요."

내가 빤히 쳐다볼 차례다.

학생들은 다른 자리로 옮겨가면서 좀 투덜거린다.

이런 규칙을 만든 첫째 이유는 뻔하다. 나는 학생들이 여기에 오는 날마다 다른 관점에서 사물을 바라보려 하기를 바란다. 둘째 이유는 좀 약빠른 건데, 내가 학교 다녔을 때 선생님들이 나한테 해줬더라면 좋았을 것이다. 나는 이 소심한 수업 참가자들에게, 꼬시고 싶거나, 아님 적어도 말이라도 붙여보거나, 그것도 아니면 최소한 멀리서 보느니 바짝 붙어서 감상이라도 하고픈 마음이 드는 사람 곁에 앉을 구실을 주고 싶다.

"좋아요." 나는 말한다. "종이와 연필을 꺼내세요. 글쓰기의 규칙들에 관해서 이야기를 할 겁니다."

학생들은, 강의 이름을 다시 붙이고, 무얼 사랑하는지 전날에 물어본 게, 다 그저 이 수업은 뭐 좀 다르다고 생각하도록 꼬드기는 단순한 방법이었을 뿐이라고 생각하고, 체념하고 받아들이는 표정이 얼굴 위로 지나간다. 이제 혁명은 무사히 끝나고 학생들은 옛날 두목과 똑같을 새 두목을 맞을 준비가 된 것이다. 그들은 학생 모드를 띠고는, 나중에 나한테 다시 게워낼 수 있도록 내가 말하는 걸 받아적을 준비가 되어있다.

"글쓰기의 첫째 규칙은 이렇습니다. 읽는 사람을 지루하게 만들지 마라."

학생들이 받아쓴다.

나는 계속 말한다.

"책이나 영화가 여러분의 흥미를 끌지 못하면 글쓴이의 메시지가 얼마나 대단한가 하는 건 문제가 안 됩니다. 책을 읽는데 그게 지루하면 어떻게 할 겁니까? 영화를 보는데 그게 밍밍하면 어떻게 할 거죠? 여러분은 책을 집어들었거나 영화를 볼 때면 언제라도 세상에 있는 다른 어떤 일을 해도 됩니다. 길을 걸어도 되고, 밥을 먹어도 됩니다. 문명 세계를 부숴버리는 데 얼마나 시간이 걸릴지에 대해 끝내주는 대화를 나누어도 됩니다."

학생들은 본분에 충실히 고개를 끄덕인다. 몇 사람은 공책에 적는다.

"여러분은 말이죠," 나는 계속 말한다. "섹스를 해도 됩니다."

연필이 멈춘다.

난 학생들의 흥미를 끈 것이다.

"여러분이 써낸 글을 가지고 나도 마찬가지로 똑같이 할 수 있습니다. 나는 그것들을 읽는 대신에 다른 일을 아무거나 하고 있을 수도 있는 거죠. 그러니까 여러분이 내는 글에 딱 하나만 요구할게요. 무슨 이야길 써도 상관없습니다. 지어낸 이야기도 좋고 있었던 이야기도 좋습니다. 여러분 생각이 내 생각에 들어맞거나 어긋나거나 상관없습니다."

뻥한 얼굴들, 그리고 난 학생들이 내 말을 믿지 않는다는 걸 안다. 연필은 움직여간다.

"하지만 가장 중요한 건 이겁니다. 그 글은 내가 애정 행각을 벌이기보단 그걸 읽으려 할 만큼 충분히 훌륭해야—충분히 재미있어야—합니다. 뭐 문제없죠?"

연필이 다시 멈춘다. 갈팡질팡. 교실 구석 끝에 앉아있던 이십대 끝줄인 한 여자가 단음조 스타카토로 웃음을 터뜨렸다. 그녀의 반응이 무슨 허락이라도 되는 양 나머지 학생들도 웃기 시작했다. 학생들은 내가 농담하는 줄 안다.

이스턴 워싱턴 대학 학생들은 내가 이걸 이야기할 때면 언제나 웃어뎄다. 최근에 난 네브래스카 대학에서 강의를 한 차례 했다. 내 수업에서는 이런 요구, 학생들이 써내는 글이 섹스보단 나아야 된다는 요구를 한다는 이야길 꺼냈더니, 네브래스카 학생들은 염려스럽다는 눈으로 나를 빤히 바라보았다. 몇 사람은 고개를 끄덕였다. 나는 그 학생들에게, "반응을 보니 여러분이 아주 훌륭한 작가들일 텐데, 아니라면 기회가 닿는 대로 빨리 이스턴 워싱턴에 얼른 다녀오는 걸 고려해보는 게 좋겠군요" 하고 말했다.

이십 대 때 난 한동안 만담꾼이었다. 고쳐 말해야겠다. 나는 한동안 형편없는 만담꾼이었다. 많은 사람들 앞에 서는 게 너무 두려워서 안절부절못한다는 것도 문제였지만, 가장 큰 문제는 내가 하는 얘기가 거짓이라는 거였다. 뭔가 훌륭한 걸 쓰거나 뭔가 훌륭한 걸 말하기 위해서 굉장한 뭔가를 꾸며내지 않아도 된다는 걸 아직 깨닫지 못했던 거였다. 난 그저 할 수 있는 한 힘껏 내 자신이 되기만 하면 되었는데 말이다. 그래도 난 뛰어난 카우보이 시인인 와디 미첼이라는 친구와 주로 붙어 다니며 꽤 많은 축제에 참가했다. 한번은 앤 아버에서 벌어진 축제의 마지막 저녁이 지나고, 밀버 버치라고 하는 남달리 뛰어난 만담꾼과 함께 밤새 이야기를 나누었다. 그녀는 나더러 내 대표 이야기를 해보라 하더니 그걸 낱말 하나하나 평가해주었다. 내가 한 군데에서 뭔가를 묘사하다가 틀린 낱말을 썼는데 (난 흙손을 삽이라 불렀다) 그녀가 내 말을 고쳐주었을 때 난 이렇게 말했다.(이제 마흔두 살이 되고 나서 스물여섯 먹은 내 입에서 그런 말이

나왔던 걸 떠올리려니 소름이 끼친다.)

"그건 그냥 낱말 하나일 뿐인데."

"그냥 낱말일 뿐이라고," 그녀는 대답했다. "아냐. 넌 날 털었어. 내 지갑을 훔친 것처럼 분명히. 넌 말을 들이대고 날 털어서는, 내 삶의 한순간을 훔쳐갔어. 네가 무대에 선 모든 시간에 아니면 다른 사람 더러 읽으라고 무언가를 쓰는 모든 시간에, 얘길 듣는 모든 사람들은, 네 글을 읽는 모든 사람들은 다른 데서 쓸 수도 있는 값진 시간을 너한테 주고 있는 거야. 넌 그 사람들이 네게 주는 일분일초에 책임이 있어. 넌 그 사람들에게 그 모든 순간에 맞먹는 선물을—네가 진실이라고 이해하는 그 진실을 함께 담아서—줘야 되는 거야."

"문제는 어떻게 읽는 이들의 흥미에 맞출 것인가 하는 게 되겠지요? 무슨 선물을 줄 건가요? 여러분은 그들이 들이는 시간에 어떻게 보답하지요?"

아무 말 없음. 학생들은 내가 물었으니 답도 내가 하겠지 기대하고 있는 거다.

"여러분이 영화를 계속 보고 있도록 만드는 게 뭡니까?"

"액션이요." 누군가 마침내 말한다. 사내 녀석이다.

"액션이라." 내가 되풀이 한다.

"난 우리 엄마 집에서 채널을 획획 넘기고 있습니다. 그런데 몇 놈이 총을 들고는 모퉁이에서 엿보고 있는 게 보이네요. 난 적어도 무슨 일이 일어날지 알 수 있을 만큼은 오래 어슬렁거리며 버티고 있을 것 같네요. 그리고 무슨 일이 벌어져야만 하는 거죠. 서부극을 쓰는 규칙은, 내가 듣기론, 처음 열 쪽을 넘기기 전에 부보안관을 쏴야 한다는 겁니다."

이 규칙은 내 교도소 학생들 여러 사람의 마음을 움직여 서부극을 쓰게 했다.

"유머요." 다른 학생이 말한다.

"조크 좋죠." 내가 대답한다.

딴 학생. "서스펜스."

"거 좋지. 「실종」이라는 끔찍한 영화 본 사람 누구 있어요?"

고맙게도, 아무도 안 봤단다.

"난 유럽 판만 봤는데. 미국 판은 훨씬 못하다고 들었어요. 남녀 한 쌍이 자동차 여행 중에 트럭 휴게소에 들렀는데, 여자가 사라진 겁니다. 남자는 영화의 나머지 부분을 여자한테 무슨 일이 일어났는지 알아내려고 애쓰다 다 보내요. 자 봐요, 대사는 웃긴데다가, 연기도 우스꽝스럽고, 주인공은 진짜 멍청이예요. 근데 난 그 빌어먹을 영화를 끝까지 봤단 말이죠. 그렇게 내내 봐서 그녀한테 일어난 일을 알아낼 때까지 말예요. 진저리가 났어요. 그 영화는 날 단지 서스펜스 하나로 잡아놓은 겁니다."

침묵, 그러더니 누가 말한다.

"그래서요?"

"그래서 뭐?"

"그래서 그 여자한테 일어난 일이 뭐냐고요?"

"서스펜스를 가지고 할 수 있는 것 또 하나는," 시침 뚝 따고 난 말한다. "어떤 사람을 생각의 거의 끝까지 아니면 조그만 행동의 끝까지 데려가서, 그러고 나서는 뭔가 그것과 다른 것을 딱 이야기하기 시작하는 겁니다. 그러면 독자들은 여러분이 마침내 돌아와서 약속한 걸 갖다 줄 때까지, 꽤나 지루한 이 놈을 다 거쳐서 지나가야 하는 겁니다. 여러분은 독자들 몸이 근질근질할 거리를 계속 차려놓고 싶어합니다. 하지만 다른 가려움을 하나 마련해놓을 때까진 가려운 데를 완전히 긁어주어선 결코 안 됩니다."

"그 여자에게 무슨 일이 일어났냐니깐요?" 같은 학생이 묻는다.

"좋아," 내가 말한다. "액션, 유머, 서스펜스. 또 없나요?"

"난 성경 읽는 걸 좋아해요." 한 여학생이 말한다.

"왜지?"

"그러면 하느님에 대해서 배울 수 있으니까요."

"글쓴이가 여러분의 흥미를 끌기 위해 할 수 있는 게 하나 더 있네요. 여러분에게 뭔가를 가르쳐주는 겁니다. 그게 하느님에 대한 것이건, 역사, 철학, 삶에 대한 것이건, 아니면 자동차 수리법에 대한 것이건 상관없습니다. 중요한 건 여러분이 원하고 필요하고 배울 준비가 되어있는 것에 들어맞아야 한다는 겁니다."

침묵.

"아름다운 글쓰기는 어떤가요? 위대한 대화는요? 그것들은 여러분이 삶을 견뎌갈 수 있도록 해줄 겁니다. 흥미로운 인물들, 그냥 틀에 박힌 뻔한 사람들 말고, 그들이 하는 행동으로 드러나는 성숙한 사람들이요. 근데 40년대나 50년대의 많은 영화들이 요새 영화들보다 더 좋은 한 가지 이유는, 그 당시 많은 영화 작가들은 이미 소설가로서 시간을 보냈고, 그래서 어떻게 인물을 그려낼지 알고 있었다는

겁니다. 오늘날엔 많은 작가들이 영화 학교나, MTV나 광고계에서
나오는데, 그건 그 사람들이 점프컷과 충격적인 이미지로 관객들 허
를 찌르는 걸 훨씬 더 잘한다는 뜻이죠. 하지만 그들은 여러분이 한
인물에 대해 알아야 되는 모든 걸 단 하나의 완벽한 문장으로 딱 드
러내는 그런 대사를 쓰는 방법은 모릅니다. 「레인 맨」이라는 영화 후
반부에 더스틴 호프만하고 톰 크루즈가 에스컬레이터를 자꾸 오르락
내리락하는 장면이 있잖아요. 장면은 인상적이었지만, 저 정도 시간
이면 어떤 멋들어진 대사로 인물들에 관해 가르쳐줄 수도 있었을 텐
데, 하고 계속 생각했어요."

학생들은 알아들은 것 같은데도, 아무 말도 하지는 않는다.

"또 다른 어떤 게 여러분을 흥미롭게 할 수 있을까?"

학생들이 뭘 생각하고 있는지 알겠다. 하지만 아무도 그걸 말하려
하지는 않는다.

"그러면 내가 말하지. 섹스. 나는 리모컨 덕분에 영화에 섹스 장면
이 더 늘었다고 생각합니다. 채널을 이리저리 돌려보면, 맨살이 좀
보입니다. 아마도 잠깐 동안은 여러분을 그 앞에 붙들어둘 수는 있
겠죠."

"누구 맨살인지에 따라 다르죠." 한 학생이 말한다. 그리고 나니
더 침묵이 감돈다.

학생들이 또 다른 걸 생각하고 있다는 걸 알겠다. 하지만 또 아무
도 말하진 않을 거다.

"폭력. 찰스 디킨즈가 말한 것 같은데, '안 풀린다 싶으면 애를 하
나 죽여라.' 그 사람은 여기에서 플롯을 말한 거지 실제로 그러라는
건 아니에요. 하지만 찰스 디킨즈 얘기로는 감이 안 오겠네요. 몇 해

전에 미셸 푸코가 쓴 『감시와 처벌』이라는 책을 읽었어요. 지난 5세기 동안 국가가 범죄자를 어떻게 다루었는지를 고찰하는 책이에요. 내가 읽어본 제일 잘 쓴 철학 책 가운데 한 권이에요. 푸코는 왕을 죽이려고 시도했던 한 사람을 고문하고 처형하는 모습을 생생하게 묘사하면서 책을 시작합니다. 벌겋게 달아오른 집게를 써서 살을 찢습니다. 끓는 기름을 상처에 들이붓고요. 팔다리를 말에 묶어서 그 사람을 찢어발기게 시켜요. 그래도 안 되니까 팔다리를 마구 찍어냅니다. 끔찍하고 메스꺼워요. 그런데 그게 그 빌어먹을 책을 읽도록 만들었단 말이죠. 난 그런 걸 계속 기대했는데, 내가 얻은 건 몇백 쪽짜리 철학이었습니다."

"속았다는 느낌 안 들었어요?" 누가 묻는다.

"아니요. 그 철학이 흥미로웠거든. 만일 그게 지겨웠다면, 싸구려 속임수였겠지만. 그러나 그건 잘 먹혔어요. 당연히 내 생각이긴 하지만, 아주 싸구려 속임수는 아니었다는 말이죠."

"싸구려 속임수 얘긴데요." 「실종」에 대해 계속 물어보던 학생이 말한다. "도대체 그 여자한테 무슨 일이 일어난 겁니까?"

"아, 자넨 그걸 알아내기 위해 영화를 봐야겠는데. 아니지, 그 영화가 뭐 괜찮은 구석이 있다면야 그걸 보라고 하겠지만 말이야. 그 여자는 납치당해서 산 채로 파묻혔던 거야. 남자도 마지막에 가서 그렇게 되지."

두어 사람이 말한다.

"어, 저 그거 봤는데요. 그거 훌륭한 영화였어요."

한 학생이 묻는다.

"이 규칙이요. 글쓰기가 섹스보단 나아야 된다는 거. 책하고 영화에만 해당되는 건가요, 아니면 수업에도 마찬가지로 그런 건가요?"

"섹스를 하느니 차라리 수업에 오겠다 할 만큼은 이 수업을 재미있게 만드는 게 내가 할 일이지."

학생들이 웃는다. 그들은 내가 진심인 걸 모른다.

"그게 아니면, 도대체 왜 여러분들이 수업에 오려고 하겠어요?"

모든 학생들이 스스로 기꺼이 언제나 출석할 만큼 내 수업이 재미있었다고 말하고 싶은데, 사실은 꼭 그런 건 아닐 꺼다. 그래도 거의 모든 학생들이 늘 출석했고, 실은 매 학기마다 저번 학기에 들었던 학생들도 슬렁슬렁 들어와서는 새 수업은 어찌 되고 있는지 보고는, 저들이 제일 좋아하는 실습 몇 가지에 참가하려고 했다. 난 두어 학기 동안은 출석표를 돌리지 않으려 했고, 출석했다고 이수증을 주거나 결석했다고 안 주거나 하지는 않으려 했다. 그런데 강제로가 아니면 결코 나타나지 않는 학생들이 학기마다 한둘은 꼭 있었다. 한 학생에게 물었다.

"너 수업은 맘에 드니?"

"예, 아주 좋아요."

"근데, 넌 출석표를 안 돌리면 나타나질 않잖아."

"내가 바깥에 있을 수 있는데 왜 교실에 들어오겠어요?" 하고 그가 말했더라면, 나는 수업은 그냥 들은 걸로 해주고 나타나고 싶을 때 나타나라고 말할 수도 있었을 것 같다. 그런데 이렇게 말했다.

"그게 어떤 수업이라도, 내가 좋아한다고 해서 스스로 출석하겠거니 생각한다면 잘못 보셨어요."

난 출석표를 돌렸다.

"글쓰기의 첫째 규칙은……"

합창: "읽는 사람을 지루하게 하지 마라."

"좋아. 글쓰기의 두 번째 규칙은 이겁니다. 읽는 사람을 지루하게 하지 마라."

누가 말한다. "근데, 그건……"

"맞아. 그리고 글쓰기의 셋째 규칙은, 읽는 사람을 지겹게 하지 마라. 자 이제 누구든 셋째, 넷째 규칙쯤은 짐작할 수 있겠죠?"

교도소에서 가르치는 일은 정말이지 다른 데서 가르치는 거하고 그렇게 다르지 않다. 학생들은 그냥 학생이고, 글쓰기는 그냥 글쓰기다. 물론, 다른 점도 좀 있기는 하지만 생각보다는 적다. 이를테면 교도소의 글쓴이들이 말해준 이야기에는 대학의 글쓴이들이 말해준 이야기보다 액션이 훨씬 더 많이 들어있고, 게다가 훨씬 극적이다.

그리고 내가 가르치는 방식에도 좀 어렴풋이 다른 게 있다. 왜냐하면 우리 교도소 학생들은 대부분 정상적으로 마주보고 하는 로맨틱한 육체관계를 갖지 못하기 때문에, 그들의 이야기가 섹스보다 더 좋기를 바란다고는 내가 말을 못한다. 그렇게 하면 그들이 얻지도 못할 것을 생각나게만 할 것이고, 몇 사람은 남은 인생 동안 결코 그걸 얻지 못하는데 말이다. 마찬가지 이유로 난 그들의 이야기가 숲 속에서 거니는 일보다는 더 좋아야 한다는 말도 하지 않는다. 내가 읽을 수 있는 다른 이야기들보다, 아니면 내가 볼 수 있는 다른 영화들보다 그들의 이야기가 좋아야 한다고 말한다. 이게 그들이 기분 상하지 않도록 하면서 요점을 짚는 거다.

교도소에서 일을 시작한 지 얼마 지나지 않았을 때, 학생들은 내가 그들을 결코 무서워하지 않았음을 알아차렸다고 말해주었다. 그건 드문 일이었는데, 그들 말로는, 거의 처음 있는 일이란다. 많은 선생들과 사람들이 금세 그들에게 익숙해지긴 했지만, 처음에는 겁을 먹어 학생 쪽에서 조금만 빨리 움직여도 찌르려는 신호로 알 정도였단다.

"하지만 여러분들이 나를 해칠 이유가 없잖아요." 내가 말했다. "왜 내가 무서워하겠어요?"

"그거예요." 그들이 말했다. "그럴 이유가 없죠."

그래도, 난 멍청인 아니다. 난 내가 모르는 학생들 쪽으로 등을 돌려대진 않는다. 그리고 내가 늘 다정하게 굴고 깍듯하더라도, 내 허리엔 경보기가 있어서 두려움이 생길 만한 무슨 까닭이 있으면 그걸 누를 수 있다는 것도 난 늘 알고 있다. 간수가 날 구하러 올 거다. 내 학생들은 그런 선택 사양이 없다.

교실 안에서 내가 하는 일의 바탕은 대학에서나 교도소에서나 변함없이 똑같다. 그건 우리 학생들이 저들 그대로인 사람이 되도록 존중하고 사랑하는 일이다.

모든 학생들이 내 노력을 알아주는 것은 아니다. 그건 아마 집에서도 밖에서도 그렇듯이, 교도소에서도 대학에서도 마찬가지다. 두해 전에 교도소 수업 반에 새로운 학생이 왔다. 난 그가 남다른 작가라는 걸 한눈에 알아차렸다. 그가 청부 살인 업자를 "쇠와 살을 버무리는 사악한 화학자"로 묘사한 시 한 구절을 난 결코 못 잊을 것이다. 수업에서 그를 한 번 본 후, 난 도서 순회를 떠나게 되었다. 내가다시 돌아왔을 때, 그의 감방엔 자물쇠가 채워져 있었고, 그래서 그를 여러 달 동안 보지 못했다. 마침내 감금이 풀렸고, 다음 수업에서키 크고 홀쭉한, 내가 잘 아는 사람처럼 보이는 한 사내를 만났다. 쇠와 살을 버무린다는 그 구절을 쓴 사람이 바로 당신이냐고 나는물었다. 그는 날 곁눈질로 보더니, 그렇다고 말했다.

난 말했다. "난 당신이 얼마나 훌륭한 작가인지 온 나라를 다 돌아다니면서 사람들한테 이야기했어요. 그건 끝내주는 시구예요."

그는 씩 웃었다. 그때가 그가 수업을 즐기는 듯 보였던 몇 안 되는때 가운데 하나였다. 다음 해나 그 다음 해 동안 그는 어지간히 심드렁한 모습이었다. 그는 자기가 지은 시와 이야기들을 읽어주었고, 그것들은 대개 뛰어났지만, 그가 참가한 것은 그 정도가 다였다. 난그가 수업을 딱히 좋아하진 않는다는 걸 알았고 다른 사람들도 알았으리라 생각한다. 그러던 어느 날 그는 우리에게 뭐가 맘에 안 드는지 이야기했다.

"난 당신이 우릴 애 취급하는 게 정말 지긋지긋해. 그냥 기저귀까지 채워주지 그래. 당신이 기껏 하는 거라곤 우리가 얼마나 좋은 작가인지 말하는 게 다잖아. 근데, 사실 여기 있는 글 쓰는 놈 중에 몇 놈은 엿 같거든. 그놈들 글은 끔찍스러운데, 당신은 그걸 절대로 애기해주지 않잖아."

"난 몇 가지 제안을 하는걸. 그리고 사람들이 그 제안을 받아들이는 것 같으면, 그래서 그걸 써서 글쓰기가 좀더 나아지면, 내가 좀더 하는 거지. 만일 안 받아들이면, 난 원하지도 않는 데에다가 도움말을 주지는 않을 거고."

"하지만 뭐가 틀렸는지는 우리한테 말해주지 않잖아."

"자네 작품에 대해 내가 제안을 할 때 좀더 밀어붙이기를 바란다면, 기꺼이 그렇게 하지."

"아, 난 내 글쓰기 애길 하는 게 아냐. 내 글은 됐어. 그리고 어쨌든 나한테는 그게 그렇게까지 의미 있는 건 아니지. 하지만 이 안엔 당신이 이야기를 해줘야 되는 사람들이 좀 있거든. 걔들 글쓰기는 엿 같아. 그러니까 당신이 걔들한테 저들 자신의 시간과 더불어 모든 사람들의 시간을 날려버리는 짓을 그만두라고 얘기할 필요가 있다는 거지."

그는 내가 제일 좋아하는 학생들 중의 한 사람을 우선 가리키고 있었는데, 분명히 그런 것 같았다. 그 학생은 매주 수업에 왔고, 사근사근했으며, 글도 많이 썼고, 플롯을 짜내는 재주가 있었고, 그리고 무엇보다도, 가르칠 맛이 났다. 우리가 처음에 함께 일을 시작했을 때는 그 사람이 써온 글은 이야기라기보단 얼거리에 가까웠다.

난 세부 사항들을 집어넣어 보는 게 어떨지 권했다. 이를테면, 죄 없는 사람이 은행 강도가 훔친 돈을 어쩌다 발견하는 걸 보여주기 위해서, 그냥 "그는 걸어서 갔고 백만 불이 든 자루 하나를 발견했다." 고만 말해놓지 말라고 말이다. 난 물었다. 그 가방은 어떻게 생겼을까? 그 사람은 가방을 열어보고는 어떤 느낌이 들었나? 마음을 졸였을까? 그걸 돌려주려고 "생각"이라도 했을까? 이 마지막 질문을 했더니 모두 다 날 쳐다봤는데, 눈칠 보니 내가 바보가 아닌가 하고 생각하고 있는 것 같았다. 다음 주에 그는 다시 쓴 일흔 쪽짜리 글을 들고 왔는데, 어찌나 자세히 썼는지 가방을 발견한 남자가 "정확히" 뭘를 아침으로 먹었는지(일곱 시 이십삼 분에 먹기 시작해서) 소시지는 몇 개나 먹고, 달걀은 몇 개나, 달걀 하나하나는 어떻게 요리했는지 따위도 다 적혀있었다. 그 자신도 인정한 바로는 조금 많단다. 그래서 우리는 좀 쳐내라고 했다. 그는 귀담아 들었고, 잘 알아들었고, 그래서 난 즐거워졌다.

난 이 학생을 내놓고 옹호했다.

그 다른 친구는 계속해서 밀어붙였다. 시간이 다 지나가고 말았다.

난 다음 주에 돌아와, 몇 가지를 분명히 해둬야 되겠다고 말했다.

"아무도," 난 말했다. "내 학생한테 버릇없이 굴어선 안 됩니다. 학생 자신도 그래선 안 됩니다. 여러분은 이 수업에 있는 다른 사람들을 무시해선 안 되며, 그리고 여러분은 여러분 자신을 무시해서도 안 됩니다."

학생들은 대부분 이게 맘에 드는 것 같았다. 난 교실을 돌아보면서 한 사람 한 사람에게 그 문제에 대해 이야기하고 싶은 게 있는지 물었다. 한 학생이 칭찬으로 가르치겠다는 내 방침에 동의할 수 없다고 말했다. 그는 말했다.

"내가 나아지려면, 글 쓰는 사람으로서 내 약점이 뭔지를 알 필요가 있어요."

"글 쓰는 이로서 당신의 강점이 뭔지는 아나요?"

"아뇨."

"그럼, 당신의 강점이 뭔지를 우리가 찾아내고 나면, 당신의 약점이 분명해지겠네요. 먼저 당신의 강점을 찾아내서 발전시키는 게 더 뜻 깊지 않을까요?"

그는 동의했다.

그렇게 계속 해나가서, 마침내 애초에 불만을 제기했던 사람 차례가 되었다. 그는 말했다.

"우린 죄수야. 우린 다른 사람들하고 다르다고. 당신이 기저귈 채워줘야 하는 대학생들과는 똑같지 않단 말이지. 우린 끔찍한 일들을 저질렀고, 우리 중 몇 사람은 아주 무서운 놈들이야. 우린 우리한테 뭐가 잘못됐는지 당신이 말하는 걸 듣고 있을 필요가 없어."

난 몹시 화났다. 그 사람한테 화난 게 아니라, 그 사람이 뭐가 잘못됐는지를 말해줄 때면 그를 봐주고 있는 게 틀림없다고 생각이 들도록 만든, 그 사람 인생의 모든 사람들한테 화가 났다. 그리고 이다지도 받아들이고 보살필 줄 모르는, 존중할 줄도 모르는, 사람들이 자신을 사랑하는 능력을 끊임없이 닳아 없애버리는 일 위에 세워진 이 문화 전체에 몹시 화가 났다. 난 전에 한번 봤던 자동차 범퍼 스티커가 생각났다.

"자기들 자신의 꿈을 좇기를 두려워하는 사람들이 당신의 꿈을 파괴하려 꾀할 것이다."

난 손으로 탁자를 탕하고 내리쳤다.

학생들 몇 사람이 움찔했다.

난 내가 기억할 수 있는 한 가장 날카로운 목소리로 말했다.

"난 여러분이 무슨 짓을 했건 상관없어요. 여러분이 어머니하고 했건 가장 친한 친구를 죽였건 상관없어요. 이 방 밖에서 여러분을 누가 어떻게 대하든 상관없어요. 난 그것들 가운데 어느 것 하나도 좌우할 수 없으니까. 하지만 이 방에서는 여러분은 모두 사람이고, 그래서 여러분을 존중하는 마음으로 대할 겁니다. 그리고 여러분들도 서로 존중하는 마음으로 대할 겁니다. 이건 더 이상 이렇다 저렇다 하지 맙시다."

그가 자리를 떴다. 우리는 계속 수업을 했다. 난 그 뒤로 그 사람 얘길 듣지 못했다. 여전히 아주 멋진 글을 쓰고 있지나 않을까. 어쩌면 언젠간 그를 다시 만나보겠지. 어쩌면 아닐 수도 있고.

교육 체제가 학생들의 영혼을 파괴한다고 하면 놀랄지 모르겠지만, 사실을 알면 더 놀랄 것이다. 애당초 교육의 목표는 그거였다. 이것을 내 말로 하지 않고, 그 체제를 세운 사람들한테서 말을 빌어와 보자.

1888년(난 훌륭한 웹 사이트인 "기억의 빈자리"〔The Memory Hole〕와 훌륭한 교육자이며 작가인 존 테일러 개토가 모아놓은 산업 교육의 으뜸 목표에 대한 인용문들에서 큰 도움을 받았다), 상원 교육위원회는 표준화되지 않고 지역화된 학교들(그곳에서는—끔찍하다! 끔찍해!—선생들이 학생들에게 스스로 생각하라고 실제로 가르쳤다!)이 제공하는 교육의 높은 질에 견줌 달아서는, "우리는 교육이 지난 몇 년 동안에 노동계급들에서 나타나는 불만의 주요 원인들 가운데 하나라고 믿습니다."라고 보고했다.

산업 교육자들은 이 문제를 바로잡는 일에 착수했다. 어떻게? 산업 교육자이자 철학자인 존 듀이가 말했다.

"모든 선생은 자기가 올바른 사회질서를 유지하고 알맞은 사회적 성장을 보장하기 위하여 따로 마련된 사회적 종복임을 깨달아야 한다."

올바른 사회질서란 뭐고, 알맞은 사회적 성장은 뭐냐? 1906년에, 훗날 스탠포드에서 교육대 학장이 된 엘우드 커벌리가 대답을 내놓았다. 학교는 공장이어야 된다는 것이다.

"그 공장에서는 원료인 학생들을 주무르고 틀에 부어 최종 생산물로 빚어내게 될 것이다.……못을 제조해내듯이 말이다. 그리고 제조를 위한 설계 명세서는 정부와 산업체에서 나올 것이다."

그 후 1906년에는 의무 공교육 운동의 주요 후원자인 록펠러 교육위원회가 그 운동에 돈을 들여야 하는 이유를 제시했다.

"우리의 꿈은……사람들이 완벽하게 고분고분해져서 우리가 주무르는 손에 자기들 몸을 내맡기는 것입니다. 현재의 교육 관행[말하자면 가정과 지역 학교에서 아이들의 지성과 인격을 계발하는 일]이 우리 마음에서 희미해지고, 전통이 방해하지 않으니, 우리는 감사히 받아들이고 말 잘 듣는 백성을 우리 자신의 선한 의지대로 움직입니다. 우리는 이 사람들이나 그들 자녀들 가운데 아무도 철학자나 학식 있는 사람이나 학문하는 사람으로 만들려 애쓰지 않을 겁니다.

우리는 그들 가운데에서 저술가, 교육자, 시인이나 문인을 길러내지 않을 겁니다. 우리는 위대한 예술가, 화가, 음악가가 될 싹을 살펴 찾지도 않을 거고, 법률가, 의사, 전도자, 정치가, 정치 지도자가 될 싹을 찾지도 않을 겁니다. 그런 사람들은 공급이 남아돌 만큼 있습니다. 우리가 앞에 내놓은 과업은 아주 간단합니다.……우린 아이들을 조직할 것입니다.……그리고 그들 아버지와 어머니가 완벽하지 못한 방법으로 하고 있는 작업들을 그 아이들은 완벽한 방법으로 하도록 가르칠 것입니다."

담당자들의 생각은 이보다 더 분명할 수가 없었으리라. 1889년에서 1906년까지 미국 교육국장을 지낸 윌리엄 토레이 해리스가 이렇게 썼다.

"[학생들] 백 명 가운데 아흔아홉 명은 자동인형이고, 정해준 길로 주의를 기울여 걸어들어 가고, 정해준 관행을 주의해서 따른다. 이것은 우연한 일이 아니라 효과적인 교육의 결과이다. 그 교육이란, 전문 용어로 정의하면, 개체의 포섭이다."

드디어, 해리스는 이것을 학생들이 자기 자신과 맺는 관계에 뿐만 아니라 대지와 맺는 관계에까지도 끌고 와서는 다시 말했다.

"학교교육의 위대한 목표는 어둠침침하고 숨 막히고 우중충한 장소에서 더 잘 실현될 수 있다.……그것은 신체적인 자아를 정복하는 일, 타고난 본성의 아름다움을 넘어서는 일이다. 학교는 바깥세상으로부터 뒤로 물러나는 능력을 길러줘야 한다."

우리가 모두 학교를 싫어하는 건 놀랄 일도 아니다.

그리고 우리가 학교를 싫어한다는 사실은 아주 좋은 일이다. 우리가 아직도 살아있다는 뜻이니까.

넌 누구니?

가슴의 소리를 따라라, 그래도 괜찮으니까

난 내 참된 자아가 일러주는 말들에 맞추어 살아보고만 싶었다. 왜 그건 그다지도 어려웠을까?

헤르만 헤세

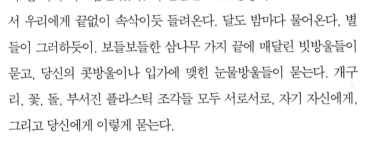

삶에는 정말로 딱 한 가지 물음만 있고
딱 한 가지 가르침만 있다. 이 물음은 모든 방향에
서 우리에게 끝없이 속삭이듯 들려온다. 달도 밤마다 물어온다, 별
들이 그러하듯이. 보들보들한 삼나무 가지 끝에 매달린 빗방울들이
묻고, 당신의 콧방울이나 입가에 맺힌 눈물방울들이 묻는다. 개구
리, 꽃, 돌, 부서진 플라스틱 조각들 모두 서로서로, 자기 자신에게,
그리고 당신에게 이렇게 묻는다.

물음: 넌 누구니?

가르침: 우리는 태어나거나 싹트거나 알에서 깨거나 고드러져 나
오거나 하지, 아니면 우리는 하늘에서 떨어져 내리지. 우린 살아가
고, 그리고 나서는 죽거나 스러져 가버리거나 부스러지거나 강과 호
수와 바다로 흩어져 가서 물결치며 밖으로 밖으로 흘러가 머나먼 기
슭에서 몸을 일으키지. 그리고 그러는 사이에, 그러는 한가운데에
서, 넌 무얼 할 거야? 어떻게 하면 넌 네가 누군지 알 거고, 그리고
네가 될까? 넌 누구고, 네가 되려고 무얼 할 거야?

만일 현대 산업 교육이 — 그리고 더 넓게는 산업 문명이 — "개별 자의 포섭", 곧 살아 움직이는 사람을 "자동인형"으로, 곧 말 잘 듣 는 노동 인력으로 개조하기를 요구한다면, 우리가 할 수 있는 가장 혁명적인 일은 우리 가슴의 소리를 따라서, 우리가 정말 누구인지를 분명하게 보여주는 것이다. 그리고 우리한테는, 가장 개인적인 혁명 에서 가장 세계적인 혁명에까지, 가장 잔잔한 혁명에서 가장 요동치 는 혁명에까지, 온갖 규모와 온갖 방법으로 혁명이 절박하게 필요하 다. 우리는 지구를 죽이고 있다. 우리는 서로 죽이고 있다. 그리고 우리는 우리 자신을 죽이고 있다.

그리고 아직도 우리 이웃들은 — 벌새와 꾸정모기와 허클베리와, 당신을 침대에서 흔들어 깨우는 땅울림의 날카롭고 세찬 우르릉거 림은 — 우리에게 묻는다. 넌 누구냐, 넌 우리들 하나하나와 맺는 관 계 속에서 누구이냐, 그리고 너 자신과는?

지금 우리의 체계는, 우리 가슴과 몸과 이웃들한테서, 인간됨과 동 물성과 우리가 들어 사는 세상 속에 깃들어있음에서, 품위와 심지어 가장 기초적인 지혜에서 우리를 갈라놓는다.(당신 자신의 보금자리를 파괴하려 하다니 얼마나 똑똑한가? 우리 자신의 음식과 물과 공기를 더럽히 려는 생각을 해낸 천재는 누구였을까?)

난 이런 체계의 옹호자들이, 가슴을 따르는 일은 충분히 좋은 도 덕적 나침반은 못 된다고 말하는 걸, 히틀러가 세계를 정복하려 하 고 제가 보기에 무가치하다 싶은 사람들을 세상에서 몰아내려 했을 때도 제 가슴을 따르고 있었던 거라고 말하는 걸 들은 적이 있다. 하 지만 히틀러가 자기 가슴을 따르고 있지 않았다는 것은, 히틀러가 열망했지만 몸소 완성하지 못했던 일을 이룩해내고 있는 문화에 우리들이 맹목적으로 이바지하면서 어느 누구도 가슴을 따르지 않는 것과 똑같다. 진실은—내가 다른 데서 입이 닳도록 말했듯이—우리가 가슴과 정신과 몸을 가장 난폭하게 훼손해야만 체계 속으로 젖어들 수 있다는 것이고, 그 체계 속에서는 손에 닿는 모든 것과 모든 사람을 착취하고 비참하게 만들고 제거하는 일에 바탕을 둔 길을 영속시키는 것이, 뒤틀리고 찢긴 우리 영혼의 한 부분에 의미가 되도록 할 수 있다는 것이다.

이런 상황 속에서는 온 세상이 순간순간 물어오는 물음은 가장 위험스러운 것일 수밖에 없다. 넌 누구니? 정말이지 넌 누구니? 우리들의 삶을 뒤죽박죽으로 만들며 삶을 특징짓는 장신구들과 상처 아래에 놓인 넌 누구니? 그리고 네가 받은 이다지도 짧은 삶을 가지고서 무엇을 하길 원하니?

이런 물음을 피하고, 우리 자신과 다른 사람들을 훈련시켜 그 물음을 피하도록 하고, 다른 사람들이 이런 물음을 우리 앞에 내놓는 걸 못 하도록 강제로 막아야만, 그리고 끝내는 그렇게 하는 사람들을 없애버리려고 해야만, 우리는 지금 살고 있는 식으로 살 수 있으리라.

다들 아시다시피.

첫째 주 수업이 끝나가고 있다. 난 묻고 싶은 게 하나 있다. "여러분이 상상할 수 있는 것보다 더 많은 돈을 갑자기 받는다고 하면, 뭐 백만 달러라고 하지, 학교에 남아있겠습니까?"

누가 말한다. "백만 달러보다 훨씬 더 많이 상상할 수 있는데요."

"좋아, 삼백만"

"더요."

"욕심 사납게 굴지 말고. 자 질문, 학교에 그대로 남아있겠어요?"

"틀림없이 제정신이 아니군요." 다른 사람이 나한테 뭘 피운 거냐고 묻는다.

반 학생들은 아무도 학교에 남지 않을 거란다. 난 몇 년 동안 이 질문을 해왔는데, 다 해서 대여섯 학생쯤이 남겠다고 말했다.

우리는 그럼 대신에 무얼 할 건지 이야기했다. 많은 학생들이 여행을 할 거란다. 몇 사람은 집에 들앉아서 텔레비전을 보겠단다. 어떤 이들은 화려한 파티를 벌이겠단다. 부모, 형제와 친구들에게 절대로 돈 벌러 가지 않아도 되도록 해주겠다는 사람도 많이 있다. 부모에게 집을 한 채 사주겠다는 사람도 많다. 두서넛은—특히 나이 먹고 학교에 되돌아온 학생들은—학교를 그만두는 것 말고는, 생활을 그다지 많이 바꾸지 않을 거란다.

"일자리를 얻거나 계속 일할 건가?"

학생들이 웃는다. 아무도 그러겠다고 말하지 않는다.

"좋아, 여러분은 이 돈을 다 얻었어요. 그리고 다음 날 여러분이 정기 검진 받으러 의사에게 찾아갑니다. 여러분은 영화 「러브 스토리」에 나오는 무시무시한 병에 걸렸다는 걸 알게 되죠. 그러니까 여러분이 아픈 증상은 하나도 없이—뭐 말난 김에 얼굴빛도 내내 좋아 보이고—일 년 동안 살아있을 거란 말입니다. 하지만 그 시간이 다 지나면 여러분은 갑자기 죽을 거예요. 여러분은 무얼 할 겁니까?"

"다른 의사한테 진단을 받아보겠어요."

난 웃는다. "아까랑 똑같아요."

학생들이 그 문제에 대해 생각한다.

"학교에 남아있을 겁니까?"

물론 아니다.

"만일 여러분이 한정된 시간 동안만 산다면—물론 사실이 그렇긴 한데—일자릴 얻을 건가요?"

물론 아니다. 또다시 많은 학생들은 여행을 떠나겠단다. 많은 이들은 가족과 함께 시간을 보내겠다고 한다. 몇몇 사람은 섹스를 실컷 할 거란다. 한 여학생은 아기를 갖겠다고 말한다. 몇 사람은 아이가 곧 엄마를 잃을 테니까 그 여학생의 행동은 아이를 위한 게 아니란다. 하지만 다른 학생들은 여학생의 결정을 지지한다. 서넛 학생은 스카이다이빙하는 방법을 배우겠단다.(그리고 366일째 되는 날에 낙하산을 떼어버리겠단다.) 한 학생은 마지막 날이 되면 (돌고 있는) 비행기 프로펠러 속으로 걸어 들어가겠다고, 그래서 극적인 탈출을 해보겠다고 말한다. 두엇 사람은 치료법을 찾으며 병원에서 그해를 보내겠단다.

대답이 뜸해지기 시작하는데, 한 학생이 생각다 못해 묻는다.

"수업 중에 지금 이런 연습을 하는 것의 핵심이 뭡니까?"

난 잠깐 생각하다가 어깨를 으쓱하고는 말한다.

"재밌잖아."

그는 내 말을 받아들이는 것 같다.

다른 누군가가 내가 병 없이 돈을 가진다면 달리 무얼 할 건지 묻는다.

"빌어먹을 하긴 뭘 해." 나는 말한다.

"아무것도요?"

"아마 밥 먹으러 밖으로 더 많이 나가겠지. 난 요리는 정말 서툴러. 그리고 만일 내가 돈이 충분히 있다면 땅을 사서 그냥 가만히 놀려두고는 땅이 회복할 수 있도록 하겠어."

한 여학생이 수줍게 손을 든다. 난 그녀를 바라보고는 고갤 끄덕인다. 그녀는 나지막하게 말한다.

"선생님은 새 재킷을 살 생각은 없나요? 몸에 맞는 걸로요."

다른 학생이 말한다.

"그리고 그 셔츠들도 좀 어떻게 해보시죠. 어디서 옷 사세요. 길거리 리어카?"

"음, 사실은……."

많은 학생들이 내가 아니라 저들이 그런 돈을 얻더라도, 나한테 맵시 나는 옷을 사주겠다고 생각을 모았다. 학생들은 아주 자세한 데까지 설명해준다. 그들이 마침내 나를 제대로 차려 입히고 났을 때, 누가 묻는다.

"그러면 살 날이 일 년밖에 안 남았다면 뭘할 겁니까?"

"죽어라고 글 쓸 거야. 내 안엔 책이 죽 들어있거든, 그리고 난 내 안에 아직 그 책들이 두어 권 남아있는 채로 죽고 싶진 않아."

"마지막 날에 특별히 할 건 있습니까?"

"그럼," 난 대답한다.

"난 폭발물을 둘러메고는 가장 가까운 댐에 가서 들이받겠어. 그게 내가 조금이나마 강과 연어에게 해줄 수 있는 일이겠지."

얼마 전에 한 여자가, 열다섯 살 먹은 아들이 하나 있는데, 아주 정이 많은데도(아니면 어쩌면 아주 정이 많기 때문에) 학교를 싫어하고 임금 경제 체제를 싫어하고 이 문화를 싫어한다며, 뭐라고 말해줘야 겠냐고 물어왔다. 그녀는 아들에게 일자리를 얻으라고 말하고 싶진 않았고, 학교에 남아있으라고 말하는 게 옳다고 믿으려 애쓰고 있었다. 난 손발이 발발 떨리고, 마음이 죄어오기 시작했다. 난 고작 이렇게밖에는 말할 수 없었다.

"어려운 상황이군요. 당신은 아이들에게 책임감을 가르치길 원하지만, 우리 문화 속에서는 책임감은 학교에 가는 것으로, 일자리를 얻는 것으로 규정되어 왔죠. 노예가 되어서 말입니다. 이런 구속을 받은 채로, 어떻게 책임감을 가르치겠어요? 난 모르겠네요."

한숨 돌리고 나서 계속 얘길 하려는데, 옆에서 듣던 내 오랜 친구이자 뛰어난 활동가이며 사상가인 캐럴린 러펜스퍼거가 한마디 해도 되겠냐고 물었다. 난 고갤 끄덕였고, 그녀는 이렇게 말했다.

"우리가 할 수 있는 가장 중요한 일은 젊은 사람들이 자기 자신보다 더 큰 어떤 것에 이바지하는 방법을 찾도록 도와주는 겁니다. 보통은 아이들이 대학이나 대학원에 가는 이유는—그리고 웨스 잭슨 말로는 단 하나 제공되는 진짜 전공은—상승 이동이죠. 하지만 우리는 아이들한테 자신들보다 더 큰 뭔가에 이바지하는 일이 기쁨이 가득하고 만족을 주는 삶으로 훨씬 더 잘 이끌리라는 걸, 그리고 환경적으로도 풍요한 삶으로 이끌리라는 걸 가르치지 못하고 있어요."

그 여자는 캐럴린을 주의 깊게 바라보았고 방에 있는 사람들도 거의 다 그랬다.

캐럴린은 이어서 말했다.

"그건 모두 물음으로 시작합니다. '내가 내 재능과 솜씨로 해결할
수 있는 가장 크고 가장 중요한 문제가 무얼까?' 그 물음에 임시로
나마 대답을 내리려면 알맞은―그리고 즐거운―길을 뚜렷하게 그려
보기 시작해야 합니다."

그 얘길 들으니 고대 그리스 철학자들 가운데 몇 사람이 삶의 핵
심을 일컬은 말이 생각났다. 에우다이모니아(eudaimonia) 이 말은
보통 행복으로 번역하지만, 난 알맞음이 더 정확한 번역이라고 생각
한다. 당신의 행동이 타고난 자질과 얼마나 잘 어울리는가, 당신이
누구인지와 얼마나 잘 어울리는가 하는 것. 나는 그 말을, 죽고 난
뒤에 우리는 여기 땅에서 우리가 다른 이들을 취급했던 그대로 취급
받으며 백 번이나 거듭해서 되살 것이고, 그 뒤에는 다시 태어날 사
람들 무리 속으로 되돌아가게 된다는 뜻으로 이해한다. 우리는 이쪽
세상으로 깡충 뛰어 돌아오기 바로 전에, 모든 걸 잊어버리게 만드
는 뭔가를 마신다. 그리하여 여기 우리가 있는 것이다. 우리를 인도
하는 정령들이나 수호령 다이몬의 도움을 받으며, 우리의 타고난 재
능과 할 일을 기억하고, 그리고 그것들을 현실화하는 것이 이 세상
에서 우리가 해야 할 과업이 된다. 이와 같이 '에우다이모니아'는
말 그대로 "선한 수호령을 지니고 있음"을 뜻한다.

캐럴린은 계속 이어나갔다.

"대학과 대학원을 나온 뒤에도 난 내 삶으로 다른 무얼 할지를 몰
랐습니다. 그래서 로스쿨에 가야겠다고 생각했어요. 기본적으로 더
높이 계급 상승하려는 거였죠. 법과 대학원 입학시험을 쳤고 맨 밑바

닥 점수를 받았어요. 어쩌면 잘된 일이었을 거예요. 만일 내가 들어 갔다면, 아마도 변호사 농담에나 푹 빠져있었을 테니까. 하지만 나중 에는, 환경보호를 위해서 일할 수 있도록 로스쿨에 가야 되겠다는 그런 생각을 했어요. 이번에는 상위 3퍼센트에 드는 점수를 받았어 요. 나는 똑같은 사람이었지만 이젠 그 일은 내가 해야 할 바로 그 일이었지요. 나는 바른 동기부여를 가진 거였죠. 사람들은 흔히 온 세상에서 오직 그들한테만 있는 재능을 써서 해결할 수 있는 문제가 뭔지를 알 때, 바로 다음에 무슨 일을 해야 될지를 알게 됩니다.

나는 소년 기숙학교에서 8학년에서 12학년 학생들에게 이야기를 해달라고 부탁을 받았다. 난 겁이 났는데, 교도소에 있을 때보다 훨 씬 더 그랬다. 나는 소년들에게 이렇게 말했고, 왜 그랬는지도 말했 다. 내가 중학생, 고등학생이었을 때, 그래서 억지로 전체 학생 회합 에 참석해야 했을 때, 나는 청중석 뒤쪽에 앉아서는 주머니에 손을 넣은 채, 누구든 강연하는 사람이면 어김없이 퉁겨서 날려버리고 있 었노라고 말했다. 난 학생들에게 손을 보여달라고 했다. 그들은 손 을 보여주며 웃었다.

난 그 학생들한테 무얼 말해야 할지—어떻게 하면 내가 글쓰기나 말하기의 첫째 규칙을 분명하게 수행해 보여줄 수 있을지, 그리고 특 히 그들이 아까운 시간을 들인 만큼 값진 어떤 선물을 줄 수 있을 지—오래 고민했었다. 그리고 마침내 결정했다. 보통 때처럼, 다른 모든 이들이 하지 못하니 내가 진실을 말해주어야겠다고 말이다. 그들 나이 또래였을 때 누군가 내게 말해줬더라면 좋았을 얘기들을 좀 하겠다고 나는 말했다.

"누가 나한테 말해줬더라면 좋았을 가장 첫째 이야기는, 학교를 싫어하는 건 좋은 일이라고, 지겨워서 해골이 터지게 만들어놓고는 옴짝달싹 않고 앉아서 재미있는 척하고 있기를 기대하는 건 정말 미친 짓이라고, 게다가 그걸 좋아하길 기대하는 건 훨씬 더 미친 거라는 겁니다."

학생들은 활기를 띠었다. 감독관들도 마찬가지로 그랬지만, 좀 다른 까닭이었지 싶다.

"학교에 있는 내내 내가 한 일이라곤 낮 꿈을 꾸고 있는 거였어요. 나는 월드 시리즈 7차전이 벌어지는 동안 배터박스에서 8학년을 다 보냈어요. 9회 말 투 아웃 두 점차, 주자는 일루 이루, 점수는 2대 0. 투수는 투수판 위에서 커브볼 낌새를 눈치 채이고, 그리고 깡! 좌측 담장을 넘어갑니다. 좋아, 그렇게 해서 15초쯤 때웠네요. 다시, 월드 시리즈 7차전입니다. 투 아웃에 9회 말……버저가 울릴 때 턴어라운드 페이드웨이 슛으로 NBA 챔피언십을 따내면서 난 또 다시 9학년을 보냈어요. 여러분은 내 얘길 들었을지도 모르겠네요. 10학년 때는 엔드존에서 핑거팁 캐치로 슈퍼볼 승부가 결정 났죠. 하키처럼 후진 데엔 결코 빠지지 않았어요."(몇 년 전에 난 내가 어디에 있는지 잊고는 그만 그 농담을 위스콘신에서 했다. 거긴 불교 수련관이었는데, 난 하키 스틱을 휘두르는 반전 평화주의자들 무리한테 거리를 따라 뒤쫓겨보지 않고는 인생을 살아봤다고 말할 수 없다고 생각한다.)

"풋볼 다음에는, 난 바로 쫓고 쫓기기 놀이로 넘어갔고, 고등학교 2학년 3학년과 대학 전부를, 플라스틱 폭탄을 선생들 책상 아래에 놓아두고, 수업이 삼 분도 안 남았는데 질문을 하는 그런 가장 용서 못할 죄를 저지르는 모든 사람들 책상에도 폭탄을 놓아두는 공상을 하며 보냈어요."

소년들은 신났다. 표정으로 미루어보니, 감독관들 몇 사람은 스스로 플라스틱 폭탄을 좀 바라고 있었다.

"누가 나한테 말해줬더라면 좋았을 다음 얘긴, 일이 더 좋아질 거라는 거, 특히 네가 네 자신의 삶을 떠맡으면 그럴 거라는 거예요. 고등학교 졸업 때 졸업생 대표가 언젠가 우리가 이 시절을 우리 인생의 가장 좋은 날로 돌아볼 거라고 말했어요. 그걸 듣고 곧바로 든 생각은, '꽝, 연단이나 죄다 산산조각 나버려'였죠. 하지만 바로 뒤에는 이런 생각을 했어요. 정말 지금이 가장 좋은 날이고 앞으로 나아질 게 없는 거라면, 지금 당장 죽어버리는 게 낫겠다고 말이죠. 그런데 좋아지더라고요. 중학교 형편없었죠. 고등학교 형편없었죠. 대학 형편없었죠. 이십 대 때는 괴로웠어요. 어쩌면 학교 때만큼이나 나빴어요. 내가 그 전에 받은 학교교육에서 회복하고 스스로 보고 생각하고 느끼기 시작하는 데 너무 오래 시간이 걸렸기 때문이에요. 어떻게 생각할지 세상 속에 어떻게 있을지 스스로 배우는 것 말이에요. 근데 삼십 대 때는 좋았어요. 그 무렵엔 내가 정말로 누군지를 알았고, 그걸 살기 시작했죠. 그리고 지금까지 사십 대 때는 굉장히 좋답니다.(정말 고마워 데릭, 넌 적어도 15년도 더 우릴 지옥에 처박아놓았더군.) 그러니까 포기하지 말아요. 사정이 나아질 겁니다. 우리가 아는 한, 여러분한텐 삶이 딱 하나뿐이죠. 그리고 여러분이 뭘 원하는지를—부모나 선생님이나 목사나 광고인이나 신병 모집인이나, 아니면 책을 쓰고 그러고 나선 이 연단에 와서는 학교를 날려버리는 십대 시절 환상을 말해주는 사람이 '너희는 이런 걸 원하지' 하고 말해준 것 말고, 여러분이 원하는 것 말입니다.—발견해내는 것 말고는, 그러고 나서 그것을 지구 끝까지라도 여러분 온 삶을 들여서라도 쫓아가는 것 말고는, 싸워 얻을 만한 가치가 있는 건 없습니다."

"누가 나한테 말해줬더라면 좋았을 셋째 얘기는, 난 그렇게 겁쟁이가 아니니까 앞으로 밀고 나아가고, 다른 사람들은 꺼지라고 요구하라는 겁니다."

학생들 얼굴 낌새를 보아하니, 쓸만한 도움말이 된 것 같았다.

나는, 고등학교 2학년 여름방학을 보내려 캘리포니아로 가는 비행기를 탈 때 어머니가 마지막으로 했던 말을 해주었다.

"여자애가 열여덟 살이라는 걸 명심해."

그리고 난 그 말이 한번도 데이트를 못 해본 아주 수줍고 아주 못미더운 젊은 사내 녀석(근데 이 말은 내 친구들 거의 다한테도 꼭 들어맞는 표현이다)에게 어머니가 해줄 수 있는 가장 좋은 말이었다고 학생들에게 말했다. 내가 그 학생들에게 말했더라면 좋았을 테지만, 나중에 가서야 생각나서 해주지 못한 말도 있다. 그건 내가 앞뒤 헤아리지도 못하고 한 실수보다는 소심해서 하지 못한 실수를 더 많이 아쉬워한다는 말이었다. 한 행동보다는 안 한 행동이 더 아쉬운 거다. 어떤 아픔이 따르더라도 내 가슴을 따라 애정 행위를 했거나 말았거나 하는 데서 후회가 생긴 게 아니라, 두려움 때문에 내가 했어야 할 때 하지 않았거나, 그랬어야 할 때 그만두지 않았을 때 후회가 생겨났다. 후회는 두려움이 나를 내 마음에서 가로막았을 때 생겼더랬다. 이게 그저 여자 문제에만 그런 게 아니라, 모든 일에도 다 마찬가지로 그랬다고 그 학생들한테 말해주었더라면 좋았겠다.

난 학생들에게 높이뛰기 얘길 했다. 나는 늘 높이뛰기를 좋아했는데도, 대학 2학년이 될 때까진 너무 두려워서 힘써 다투어 높이뛰기를 할 수 없었다. 그해, 코치는 내가 모래밭 근처에서 미적대는 걸 보고는 나를 깨우쳐 높이뛰기에 덤벼들도록 만들었다. 난 점점 학교 기록을 깼고 연맹 선수권을 획득했다. 하지만 그러고 나선 졸업을 했고 시간은 다 가고 말았다. 너무 겁이 많아서 더 일찍 높이뛰기를 시작하지 않았기 때문에, 내가 얼마나 더 잘 할 수 있었을지 이젠 난 결코 알 수 없을 거라고 학생들에게 말했다. 난 그런 일이 내 평생 다신 일어나도록 내버려두지 않겠다고 맹세했다. 난 내 시간이 다 되었을 때, 내가 원한 걸, 그리고 내가 할 수 있는 걸 했기를 바란다.

나는 또 이런 얘기도 했다.

"난 때때로 소심함이 탐욕과 군국주의와 증오만큼이나 확실하게 이 행성을 파괴하고 있다고 생각합니다. 난 이제 이것들이 똑같은 문제의 여러 모습이라는 걸 압니다. 만일 우리 나머지 사람들이 이미 복종하도록 길러지지 않았다면, 힘 있는 사람들이 틀에 박힌 흉악한 짓들을 저지를 수 없었을 테죠. 이 행성은 죽임을 당하고 있고, 내가 죽을 그때가 다가올 때, 내가 더 많이 노력했더라면, 더 과격했더라면, 이 행성을 지키느라 더 많이 투쟁했더라면, 하고 뒤를 돌아보고 싶지는 않아요. 난 정말로 내 삶이 중요한 문제가 되는 듯이 내 삶을 살고 싶고, 사는 듯이 내 삶을 살고 싶고, 그게 진짜인 듯이 내 삶을 살고 싶어요."

난 한숨 돌렸다.

"그리고 나보다 앞선 세대 사람들이 내게 미안하다고 했어야 하는 것과 마찬가지로, 나도 여러분들에게 미안하다고 말할 게요. 우리가 세계를 넝마로 만들어 여러분들에게 넘겨주고 있으니까요. 우리 세대 사람들은 여러분에게 사회적 행동 양식들과 구조들, 존재하고 생각하는 방식들, 지구를 죽이고 있는 물리적인 인공물들을 그대로 넘겨주고 있어요. 우리는 얼빠진 짓을 하고 있어요. 형편없이. 그리고 여러분들은 그 때문에 고통받을 거예요. 정말 미안해요."

"이런 얘길 하다 보니까 누가 나한테 말해주었더라면 좋았을 게 하나 더 떠오르네요. 그랬더라면 그건 나를 몇 년 동안의 괴로움에서 구해주었을 텐데요. 여러분들은 미치지 않았습니다. 이 문화가 미친 거예요. 우리 문화가 이 지구의 생태적 하부구조를 체계적으로 뒤흔들고 있고, 그런데도 우리가 프로스포츠에 기울이는 만큼도(아자 마리너스!) 그 문제에 관심을 쏟지 않는 게, 여러분한테는 정신이 돈 짓처럼 보인다면, 그건 정말로 정신이 돈 것이기 때문입니다. 만일 우리 문화가 돈과 경제적 생산성을 사람과 사람 아닌 존재들의 목숨보다 더 값있게 여기는 게 여러분에게 어리석은 일처럼 보인다면, 그건 그것이 진짜 어리석은 것이기 때문이에요. 거의 모든 사람들이 깨어있는 시간을 차라리 하지 않는 게 좋을 작업을 하느라 거의 다 써버리는 것이 여러분에게 미친 짓처럼 보인다면, 그건 그게 진짜 미친 짓이기 때문이죠. 여러분이 이런 것들을 생각하는 데엔 잘못된 게 하나도 없어요. 사실 그건 여러분들이 아직 살아있다는 걸 뜻한답니다."

"난 또 누가 이런 말을—내가 백 번을 들어야 알아듣는다면 백 번이라도—해주었더라면 좋았겠어요. 행복해져도 괜찮아, 네 삶을 네가 원하는 방식 꼭 그대로 살아도 괜찮아. 일자리를 안 얻어도 괜찮

아. 일자리를 결코 얻지 않아도 괜찮아. 널 행복하게 만들어주는 것
이 뭔지 알아내려 하고, 그러고 나서는 그걸 얻으려고 싸워도 좋아.
네가 누군지 발견해내는 일에 네 삶을 다 쏟아 붓는 거야."

내 시간이 다 됐다. 소년들은 소리 지르기 시작했다. 몇몇은 강단
위로 달려들었다.(몇몇 감독관들 또한 그렇게 해볼까 고려하고 있다는
걸 알아차릴 수 있었는데, 다시 생각해보니 그 까닭은 다르지 않았을까 싶
다.) 키가 훌쩍하고 깡마른 한 소년이 간절하게 물었다.

"이 모든 말이 우리가 원하지 않는 건 어떤 것도 결코 하지 않아도
된다는 뜻인가요? 그게 모두 다 쉬울 거란 뜻인가요?"

"아주 힘들 거야. 넌 천 번 만 번 실수를 할 거야. 그러면 넌 그것
들에 다 값을 치러야 해, 이런 식으로든 저런 식으로든. 그게 네가
배워가는 유일한 길이야, 아님 적어도 내가 배우는 유일한 길이야.
그러나 힘든 부분은 너의 힘든 부분일 거고, 다른 사람들이 자기들
이 가진 이유로, 아님 어쩌면 아예 아무 이유도 없이, 너한테 들씌운
힘든 부분들은 아닐 거야. 그리고 네가 그것들의 주인이라는 사실
이—네가 그것들에 대해서 책임이 있다는 것이—온 세상을 다르게
만들어놓는단다."

가장 중요한 글쓰기 연습

온몸으로 글쓰는 법

우리가 결코 저항할 기회를 갖지 않는다면, 우리 자신의 자아를 결코 겪어 보지 못하는 어처구니없는 삶을 살아갈 수밖에 없다는 것이 우리의 숙명이다.

아르노 그루엔

그들이 너에게 줄쳐진 종이를 주거든, 삐딱하게 쓰라.

누가 처음으로 이 말을 했는지 모르겠다.
레이 브래드버리, 윌리엄 칼로스 윌리엄즈, e. e.
커밍즈, 아니면 후안 라몬 히메네즈일지도.

"글쓰기의 여섯째 규칙은 다릅니다."

"그건 이겁니다. 보여줘라, 말하지 말고."

연필이 종이를 가로질러 간다.

"여러분들 가운데 얼마나 됩니까? 책을 읽다가 울어본 적 있는 사람이."

많은 학생들이, 남학생들도 놀랄 만큼 많이, 손을 든다. 무슨 책인지 묻는다. 〔떠돌이 개가 가난한 소년을 만나 친구가 되고 어쩌고 하는, 프레드 깁슨의 눈물 쏙 빼는 책〕『누렁이 할배』의 낙승이다.

"정말로 여러분들이 우는 것은 무엇 때문이죠? 책은 그저 종이 위에 잉크를 갈겨 묻혀놓은 것뿐인데. 그런데 그게 우리 마음을 흔들고, 웃고 울고 우리 삶을 바꾸도록 만듭니다. 어떻게 해서 그러는 걸까요?"

난 대답을 기다린 건 아니었다.

"그리고 영화는 어떻게 그렇게 하는 걸까요? 여러분은 브루스 윌리스가 낭떠러지에 매달린 걸 봅니다. 그리고 그가 죽을까 봐 겁이

납니다. 자, 여러분은 그 사람 아래 한 오 피트쯤 되는 곳에 매트리스가 있다는 걸 알고, 브루스 윌리스가 실제로는 죽지 않을 것도 압니다, 그가 올해에 다른 영화 일곱 군데에 나오니까요. 그런데도 여러분은 여전히 마음을 졸입니다. 그건 어떻게 해서 그런 걸까요."

"대답을 찾아보기 전에, 퍼즐의 다른 한 조각을 가져올 필요가 있겠어요. 그건 단연코 최고의 선생님은 경험이라는 사실입니다. 난 다른 사람의 실수보단 내 자신이 저지른 실수에서 훨씬 더 잘 배웁니다. 그런데 여러분이 뭘 읽거나 영화를 볼 때는 여러분이 그걸 몸소 경험하고 있는 건 아니죠. 그러니까 여러분은 그걸 단지 관계자들을 거쳐서 대리 경험하고만 있는 거죠. 그럼 어떻게 영화 제작자는 브루스 윌리스가 낭떠러지에 매달려있을 때 여러분이 두려움을 느끼도록 만들까요? 그건 여러분이 그 인물과 일체감을 갖도록 만들어서죠. 그러면 어떻게 여러분이 브루스 윌리스의 배역과 일체감을 갖도록 만드는 걸까요? 여러분을, 할 수 있는 한, 그의 경험에 참여하도록 해서죠. 그러면 어떻게 그렇게 하도록 하는 걸까요? 그런 경험들을 할 수 있는 한 정확히 묘사하는 것으로지요. 브루스 윌리스를 따라서 타고 가는 겁니다. 본질적으로 브루스 윌리스가 아니라 여러분을 그 상황에 놓아둠으로써 말이죠"

학생들은 그건 그렇단다.

"한 가지 연습을 해봅시다. 내가 화성에서 온 사람이라고 해봅시다."

학생들은 어쩐지 그런 것 같더라니, 하는 표정이다.

"우리 화성인들은 감정이 없습니다. 우리는 여러분들처럼 똑같이 신체로 감각하지만, 감정으로는 아닙니다. 내 피부에 압력을 느낄

순 있지만, 사랑을 느낄 수는 없습니다. 여러분들은 어떤 점에선 이런 사람과 데이트해봤을지도 모르겠네요. 자, 내가 여러분 지구인을 이해할 수 있도록 여러분이 내게 이를테면 화가 난다는 게 어떤 느낌인지를 이야기해주면 좋겠습니다."

얼마 동안 침묵이 흐르다가, 어떤 학생이 자진해서 말한다.

"내가 돌아버리는 것처럼 느끼는 거예요."

"난 그 느낌도 몰라요."

"좋아요. 분노한 것."

"마찬가지예요."

다른 한 학생이 말한다.

"내가 막 터져버리려는 느낌이에요."

"박하전병을 너무 많이 먹었을 때처럼요. 아님 피부가 풍선 마냥 부풀어 오르는 것처럼요. 그것도 아니면 수업 끝날 시간이 3분도 안 남았는데 누가 막 질문을 하나 했을 때처럼요?"

또 다른 학생: "누군가를 두들겨 패고 싶은 느낌입니다."

"그런 느낌은 어떤 건데요? 어디에서 그걸 느끼죠? 관자놀이 안쪽에서, 목 안에서, 어깨에서, 눈알 뒤쪽에서, 뒷무릎에서 화난 것은 어떤 느낌으로 다가옵니까?"

학생들 눈 속에 이해의 낌새가 보인다. 한 여학생이 말한다.

"내 어깨가 오그라들어요. 근육들이 목덜미를 따라 정말로 바짝 죄어들어요."

딴 학생: "나는 이를 앙다물고, 바득바득 갈아요."

또 딴 학생: "눈을 흘깁니다. 눈 뒤쪽에서 막 누르는 느낌이에요."

또 또 딴 학생: "난 땀나기 시작해요."

"어디에서" 하고 난 묻는다.

"양쪽 등줄기로 땀 한 방울이 타고 내립니다."

"오," 난 말한다. "그것들 다 아주 좋아요. 난 그것들을 느낄 수 있겠어요."

우리는 다음으로 넘어가 무서움을 갖고 똑같이 해보고, 그러고 나서는 사랑을 갖고도 해본다. 학생들은 나한테 어떤 종류의 사랑인지 정해달라고 했는데, 그들 말로는 오래된 연인하고 새로운 연인하고 사랑하는 게 다른 느낌이고, 연인을 사랑하는 거하고 부모를 사랑하는 게 다르고, 부모를 사랑하는 건 개를 사랑하는 것과 다르고, 개를 사랑하는 건 살고 있는 땅을 사랑하는 것하고는 다르기 때문이란다. 학생들이 엄밀한 정의를 요구하는 게 난 기쁘다. 난 다시 말한다.

"상대방이 여러분하고 똑같이 느끼고 있다는 걸 여러분이 알고 있지만, 아직은 관계가 제대로 자리 잡지 않은 딱 그런 단계에서 남자 친구나 여자 친구에게 느끼는 사랑."

학생들은 지금까지 배운 걸 다 잊어버린다. 누가 말한다.

"구름 위를 걷는 느낌입니다."

"지구에서는 구름 위를 걷는 걸 할 수 있나? 우리 화성에서는 할 수 없는데. 하늘에 구름이 좀 있었던 것 같으니까, 밖으로 나갑시다. 그러면 자네가 나한테 보여줄 수 있겠지."

"온 세상 모든 게 다 멋져 보이는 느낌이에요."

"그건 어떤 느낌이지?"

다시, 학생들 눈 속에 이해가.

학생들은 몸으로 느끼는 감각들을 묘사한다. 때로는, 내 얼굴을 달아오르게 만드는 세세한 것을 하나하나 묘사하는 쪽으로 방향을 돌리는데, 그것도 인정해야만 한다. 하지만 때로는 두려움과 다르지 않은 용어로 사랑을 묘사하기도 한다.

"좋아, 다른 방향으로 들어가 봅시다. 난 여러분이 다시 화난 느낌을 묘사해주길 바래요. 그러나 이제는 여러분이 영화를 만들고 있다고 가정해보자고. 그러니까 여러분이 화난 게 어떤 느낌인지 묘사하느라 사람 안쪽으로 들어갈 수는 없다는 뜻이지요. 여러분은 바깥쪽에서 행동을 보여주어야 합니다."

그들은 멍하니 나를 바라보고만 있다.

나는 손바닥으로 책상을 내리치고는 내뱉는다.

"이런 씨 제기랄!"

나는 눈살을 찌푸린다. 교실 한가운데를 이리저리 왔다 갔다 한다. 학생들이 움찔한다. 학생들은 저들이 잘못했을 일이 뭐가 되었건 어쨌든 아주 미안해한다. 난 다시 말한다.

"아니 그게 아니라, 내 말은 이런 겁니다. 그걸 보여주란 말이에요. 난 쉬지 않고 이래저래 싸움을 걸어대는 여자와 몇 년 전에 데이트를 했어요. 짜증나는 일이었지만, 그녀가 진짜로 발끈하지만 않으면, 대단한 건 아니었죠. 그런데 그녀는 어떻게 자신이 그렇다는 걸 보여주었을까요? 난 그녀가 아랫입술을 깨물고, 머리를 끄덕이고, 그러고는 눈을 딴 데로 돌려버리면, 아주 골치 아프게 되었다는 걸 재빨리 알아차렸어요."

누가 말한다.

"화가 났을 때 난 정말로 조용해집니다. 그리고 목소리는 아주 굳어져요."

다른 학생이 말한다. "온몸이 부들거리기 시작하고, 주먹을 불끈

쥐어요."

그들은 이런 식으로 계속해나간다. 교도소 학생들과 대학 학생들 사이에 흥미로운 다른 점이 있다는 걸 난 알아챘는데, 교도소 학생들이 고른 보기가 보통은 더 노골적이라는 것이다. 말하자면, 걸상 집어던지기 대 성난 모습. 여기엔 다른 뜻은 전혀 없다. 그냥 지켜보니 그렇다는 것뿐이다.

이런 연습을 하면서, 난 학생들이 세부 사항에 주의를 기울이도록 만들고 싶다. 알맞은 세부 사항에 주의를 기울이는 일은 삶의 근본적인 가르침이다.(어떤 세부 사항이 중요하고 어떤 게 안 중요한지 식별하지 않는 채로 꽉 막힌 도로에서 운전하는 걸 시도해보라.) 그리고 아마도 그것이 글쓰기가 주는 바로 그 근본적인 가르침이다.(여러분은 읽는 이를 여러분과 함께 데려가려면 어떤 세부 사항을 포함할지, 그리고 읽는 이를 쓸데없이 지루하게 만들지 않으려면 어떤 걸 빼버릴지 끊임없이 선택을 해야 된다. 이를테면 사람들은 거의 다 하루 한 번 배변을 하지만, 이걸 독자에게 꼭 보여줘야 할 까닭은 좀처럼 없는 것이다.)

난 학생들에게 자세한 묘사 글 하나를 써달라고 말한다. 난 학생들이 어두운 방 하나, 한줄기 빛, 악기 하나, 그리고 먼지 이야기도 담기를 바란다. 나는 이렇게 일러준 것들이 집중적인 사고의 결과라고 말하고 싶고, 그것들은 가능한 한 가장 좋은 글쓰기를 만들어내기 위해서 서로서로 엇걸리도록 고안되었다고 말하고 싶지만, 사실은 그냥 나한테 처음 떠오른 것들일 따름이다. 난 다섯 가지 감각을 다 담아서 써달라고 한다. 줄거리 하나에 짜넣어도 되고, 아니면 다르게 좋을 대로 해도 된다. 내가 신경 쓰는 단 하나는 내가 그 방에 있어야 된다는 것이다. 만일 그게 늦은 유월 스포캔 서부의 펄루스

한 구석에 있는 할머니네 다락방이라면, 나는 새로 베어들인 꼴 냄새를 맡고 싶다. 그리고 만일 새벽 네 시에 칙칙한 술집이라면, 김빠진 맥주와 담배 연기 냄새를 맡고 싶다.

학생들이 글을 쓴다. 이야기들이 좋다. 기쁘다.

이제 우리는, '말하지 말고 보여줘라' 규칙에 따라붙는 스티븐 킹 얘기로 가야겠다. 그건 이거다.

특정한 걸 갖고 와라.

스티븐 킹은 추상적인 세부 사항보다는 특정한 세부 사항을 제공하고, 그 특정한 세부 사항을 써서 독자를 끌어들이는 데 가장 뛰어난 한 사람이다. 스티븐 킹 책 속에는 그냥 아무 오래된 차는 거의 나오지 않는다. 대신 "낡은 시트로앵 세단"하고 나온다. 아무 늙은 사업가가 그냥 아무 옛 장소에 점심 먹으러 가진 않는다. 대신 이렇게 쓴다.

"마을 경적이 한바탕 길게 울리며, 세 군데 학교 모두 점심시간이 되었음을 알리면서 오후를 반기고 있었다. 롯의 도시 행정 부위원이며 크로켓 서든 메인 보험 자산 회사의 소유주인 로렌스 크로켓은 읽고 있던 책(『악마의 성 노리개』)을 치워놓고, 경적 소리에 시계를 맞추었다. 그는 문으로 가서 차양 손잡이에 "한 시에 돌아옴" 팻말을 매달아놓았다. 그의 일과는 변함이 없었다. 그는 엑설런트 카페까지 죽 걸어가서, 속을 잔뜩 채운 치즈버거 두 개와 커피 한 잔을 들고는 윌리엄 펜을 피우면서 폴린의 다리를 쳐다보곤 했다."

학생들은 이 부수적인 규칙을 대하고 어떨 땐 이렇게 말한다. "하지만 난 내 글이 보편적이길 원해요. 그걸 모든 사람에게 얘기해주고 싶거든요."

난 먼저, 모든 사람에게 이야기하는 건 불가능하다고 말한다. 그리고 둘째로, 할 수 있는 한 많은 사람들에게 가 닿는 가장 좋은 길 가운데 하나는, 네가 전하려고 하는 것을 그들이 다시 한 번 겪도록 만드는 것이고, 그걸 하는 가장 좋은 방법은 그들이 꽉 붙들고 매달릴 수 있는 이미지들을 주는 것이라고 말한다. 스티븐 킹의 저 대목을 읽고 나면, 나는 거기 엑설런트 카페 안에 로렌스와 함께 폴린의 다리를 바라보면서 있는 것이다.

하지만 여기에서 더 중대한 문제를 하나 지적해야겠다. 그건 모든 것의 특수성과 관계가 있다. 우리 문화가 크게 실패한 일들 가운데 하나는 무엇이든 보편적인 것은 존재한다는 거의 보편적인 믿음이다. 한 문화 속에 있는 우리는 서로 다른 풍경들을 모두 놓쳐버리면서 시애틀에서나 마이애미에서 사는 것과 다를 게 하나 없이 피닉스에서 생활해간다. 우리는 이 학생들 모두를 희생하면서 학생들이 보편적으로 적용되는 규격화된 수업 계획과 규격화된 테스트를 받을 수 있다고 믿는다. 우리는 살아있는 야생 나무들을 규격화된 단면 2×4 인치 재목들로 만들어놓는다. 우리는 살아있는 물고기를 물고기 토막으로 바꿔놓는다. 우리는 살아있는 당근을 당근 토막으로 바꿔놓는다. 하지만 모든 당근은 모든 다른 당근과 다르다. 모든 물고기는 모든 다른 물고기와 다르다. 모든 나무는 모든 딴 나무와는 다르다. 모든 학생은 다른 모든 학생과는 다르다. 모든 장소는 다른 모든 장소와는 다르다. 만일 우리가 사람이 된다는 게 뭔지를 조금이라도 기억한다면, 그리고 우리가 땅에서 지속 가능하도록 살기 시작하기를 조금이라도 희망한다면(그게 지속 가능하도록 사는 단 하나의 길이다), 우리는 특수성이 모든 것이라는 걸 기억해야만 할 것이다. 그게 우리가 지닌 유일한 것이다.

이 순간에, 나는 추상적으로 쓰고 있지 않다. 나는 이 특별한 낱말들을 이 특별한 종잇장 위에 이 특별한 펜을 써서, 이 특별한 침대에 이 특별한 고양이 옆에 누워서 쓰고 있다. 개별적인 것 말고는 아무것도 없다. 이제, 난 확실히 글쓰기나 인간됨이나 도시나 자연이나 세상의 추상 개념을 끌어내 만들 수 있지만, 그것들은 진짜로 있는 게 아니다. 진짜로 있는 것은 지금 바로, 내 앞에 있는, 저마다 따로, 제가끔 남다른 것이다. 그건 삶에서도 마찬가지다. 그건 글쓰기에서도 마찬가지다. 그리고 글쓰기는 그 어떤 것 못지않은 출발하기 좋은 장소이다.

우리 학생들은 거의 언제나 그들이 있었던 장소에서 본 악기들을 묘사한다. 교도소 방에서는 몰래 들여온 하모니카를, 교회에서는 피아노를, 어릴 때 살던 집의 지하실에서는 바이올린을 그린다.

난 다음에는 나를 해변으로 데려가 달라고 부탁한다. 그 해변이 뜨거우면, 이야기를 크게 소리 내어 읽을 때 내 발이 데기를 바란다는 거 말고는 어떤 것도 상관하지 않는다고 말한다. 만일 해변이 남부 캘리포니아에 있으면, 코코넛 오일 냄새를 맡고 싶다. 만일 알래스카에 있으면 죽은 물고기 냄새를 맡기를 바란다.

다시 학생들이 쓴다. 글이 좋다. 그들이 보았던 바닷가, 그들이 앉았던 바닷가, 그들이 공을 차며 놀았던 바닷가를 그려 보인다. 난 말한다. 글쓰기는 그리 어렵지 않다. 그냥 너희가 있었던 장소들, 너희가 했던 일들을 떠올리고, 그리고 그것들을 내게 그려 보여달라. 정말로 듣고 싶다.

학생들은 그걸 좋아한다. 학생들은 거의 모두 자기 글을 귀 기울여 들어주는 걸 좋아한다. 그리고 그들은 모두 들려줄 이야기를, 말할 거리를 틀림없이 갖고 있는 것이다.

내가 가장 좋아하는 수업 날이다. 둘째 주 첫 시간. 저번 학기 학생도 두엇 보였고, 새 학생들은 뭔가 묘한 일이 일어나는 게 아닌가 하고 생각한다. 나는 시디플레이어와 시디 한 묶음과 책 한 뭉치를 가져왔다. 난 말한다.

"보통 내가 여러분에게 물음을 던질 때, 특정한 대답을 딱히 기대하고 있는 건 아닙니다. 난 그냥 여러분이 생각하는 걸 알고 싶을 뿐이에요. 그런데 바로 이제 내가 여러분에게 뭘 물어볼 거거든요. 분명하게 답해줘요. 준비됐죠?"

다들 끄덕끄덕.

"로큰롤의 매력이 뭐지?"

학생들이 얼어붙는다. 저들 자신의 대답을 찾는 대신에 내 마음을 읽어 대답을 내놓으려고 애쓰고 있다.

"로큰롤은 꽉 끼는 가죽 바지 입은 긴 머리 사내들인가?" 하고 난 묻는다.

"아님 어쩌면 저 꽃처럼 활짝 핀 녹색 팔찌들이겠네. 신발에 토하는 누군가를 가로 넘는 건 어떻습니까? 아마 그건 그 노래들의 지적인 가사 내용일 겁니다."

우리들은 하나같이 록은 그것들 중 어느 것도 아니라고 생각한다. 심지어 "네 울타리 속이 야단법석이면, 자 놀라지 마라, 그냥 오월의 여왕을 위한 봄맞이 청소니까"도 아니다.

"그러면 이런 건 어때? 힘. 열정. 에너지."

학생들이 그건 좋아한다.

"지미 헨드릭스가 기타를 부쉈을 때는, 조심스럽게 줄 하나하나 뽑아내지는 않았어요. 후려쳐서 산산조각 냈지. 피트 타운젠드가 풍차 돌리기를 했을 때는, 손목만 튕기지 않았고, 온몸을 그 안에다 쏟아넣곤 했지요. 키스 문이 드럼셋을 부수었을 때, 그걸 그냥 조심스럽게 툭 치지는 않았죠."

난 일체형 책걸상 위를 툭툭 두드린다. 털썩 소리를 내며 쓰러진다.

"대신 그걸 산산조각으로 터뜨려버리곤 했지."

난 책상을 붙잡아서, 천장 쪽으로 빙빙 돌려 던진다. 바닥에 쾅 소리를 내며 떨어진다.

난 다시 말한다.

"우리들 한 사람 한 사람 속에는 글 쓸 수 있는 사람이 백 명이 들앉아 있습니다. 사는 일이 씁쓸한 늙은 사내가 있고, 외로운 늙은 여인도 있습니다. 삶에 지쳤지만 만족스러워하는 행복한 늙은 여인이나 사내가 있습니다. 열광에 사로잡힌 젊은 사내, 기뻐 날뛰는 어린 소녀가 있습니다. 화가 난 여자도 있습니다. 그들은 모두 분명한 자기 생각을 갖고 있고, 그리고 우리들 한 사람 한 사람 속에 다 있습니다. 안타깝게도 글 쓸 줄 모르는 딱 한 사람은 우리가 얼굴 위에 언제나 쓰고 다니는 그 한 사람입니다. 예의 차리는 사람. 붙임성 좋은 사람. 인정받기를 원하는 사람. 등급 매기기를 원하는 사람. 모든 강한 의견, 모든 강한 충동 앞에서 얼버무리는 사람. 그 사람은 지랄같이 가치 있는 걸 쓸 줄 모릅니다."

숨을 돌린다.

"글쓰기는 정말 아주 쉽습니다. 혈관 꼭지를 따서 종이쪽 위에 흘려보내세요. 다른 모든 건 그냥 기술적인 것이에요. 아님 만일 여러분이 그렇게 하길 원하지 않으면, 진 파울러의 말마따나, 여러분 이마 위에 핏방울들이 맺힐 때까지 텅 빈 종잇장을 빤히 바라볼 수도 있습니다."

난 칠판 쪽으로 달려서는, 굵은 글씨로 쓴다.

"자, 가자."

휘적휘적 시디플레이어로 다가가서는 튼다. 타미 볼린의 「포스트 토스티」다.

나는 스피커가 찢어질락 말락 하게 소리를 높이고는 칠판 쪽으로 돌아간다. "아냐! 진짜로 가자!"하고 쓴다.

나는 시디플레이어 쪽으로 고개를 돌리려다가, 휙 돌아서 칠판 위에 쓴다.

"아냐! 찐짜로 가자!"

시디플레이어로 돌아간다. 내 목소리가 들릴 만큼 소리를 줄이고는 에드워드 애비의 「사막 은둔자」에서 몇 구절 읽기 시작한다.

"다음 유월에는 자동차에 올라타지 말고, 내가 이 글 몇 쪽에서 불러일으키려고 애쓴 것들을 좀 보려고 희망하며 협곡 마을로 달려가라. 자 먼저, 차에서 봐서는 아무것도 볼 수 없다. 그 빌어먹을 괴상한 기계에서 뛰쳐나와야 된다. 걸어라, 아님 기어가면 더 좋다. 손바닥과 무릎으로, 모래 바위 위로 그리고 가시덤불과 선인장을 뚫고 가라. 핏자국들이 네가 지나간 길을 어룽지게 하기 시작할 때 아마 무언가를 볼 것이다. 어쩌면, 못 볼지도. 다음, 내가 이 책에서 쓴 것은 거의 다 벌써 가버렸거나 재빨리 가버리고 있다. 이 책은 여행 안내 책자가 아니라 비가(悲歌)다. 추모비다. 너는 네 손에 묘비를 끌어안고 있는 거다. 피투성이 바윗돌. 그걸 네 발 위에 떨어뜨리지 마라. 그걸 거대하고 매끈매끈한 무언가에 던져버려라. 네가 잃어버릴 게 무어냐?"

난 그 책을 옆에 던져두고는 다른 책, 달턴 트럼보의 『조니는 총을 들었네』를 집어들었다.

"만일 너희들〔정치꾼과 CEO들과 애국자라는 사람들〕이 전쟁을 일으킨다면 겨눌 총이 있다면 쏘아 보낼 탄환이 있다면 죽임을 당할 사람이 있다면 그들은 우리가 아닐 것이다. 그들은 밀을 키우고 그걸 빵으로 구워내는 우리네 패들이 아닐 거고 옷을 짓고 종이를 뜨고 집을 짓고 타일을 붙이는……그리고 삽과 자동차와 비행기와 탱크와 총을 만드는 패들 아 안 돼 죽는 사람은 우리가 아니길.

그건 너희들일 거야. 그건 너희들일 거야—우리를 전쟁에 몰아넣는 너희들 우리를 우리 자신에게 맞서도록 부추기는 너희들 신기료장수가 다른 신기료장수를 죽이도록 만들던 너희들 일하는 한 사람이 일하는 다른 한 사람을 죽이도록 만들던 너희들 다만 살기만을 바라는 한 인간이 다만 살기를 바라는 다른 인간을 죽이도록 만들던 너희들일 거야. 이걸 기억해. 전쟁을 계획하는 인간인 너희들 잘 기억해. 너희 애국자들 너희 잔인한 이들 너희 증오의 자식들 너희 슬로건의 창안자들 이걸 잘 기억해. 너희가 너희들의 삶에서 다른 아무것도 기억 못 하게 되더라도 이건 잘 기억해. 우리는 평화의 사람들이야 우린 일하는 사람들이야 우리는 싸움을 바라지 않아. 그러나 만일 너희들이 우리 평화를 깨뜨린다면 만일 너희들이 우리 일을 빼앗아간다면 만일 너희들이 우리를 한 사람이 다른 사람과 맞서도록 줄 세워놓으려 꾀한다면 우리는 무얼 할지를 알게 될 거야. 만일 너희가 우리에게 세상을 민주주의를 위해 안전하게 만들라고 말하면 우리는 너희를 진심으로 받아들이고 하늘에 맹세코 우린 세상을 그렇게 만들 거야. 우린 너희가 우리 앞에 억지로 갖다 댄 그 총을 사용할 거야 우린 우리의 바로 그 삶들을 지키기 위해 그 총을 쓸 거야 그리고 우리 삶을 위협하는 건 우리 동의 없이 외따로 떨어져 있던 사람 없는 군사 완충지대 저쪽에 놓여있지 않아 그건 우리 자신의 경계선 안쪽에 지금 그리고 여기에 놓여있어 우리가 그걸 보았고 우리가 그걸 알아. 총을 우리 손에 놓아줘 그럼 우리가 그걸 쓸 거야. 슬로건을 우리에게 줘 그러면 우리가 그걸 현실로 바꿔놓을 거야. 전투 찬가를 불러 그러면 우리가 그걸 너희가 떠나버린 곳에서 기꺼이 부르기 시작할 거야 한 사람도 아니고 열도 아니고 만도 아니고 백만도 아니고 천만도 아니고 억도 아니고 우리들 십 억 이십 억 사람이 온 세상 모든 사람인 우리가 슬로건을 가질 거야 그리고 우리는 찬가를 가질 거야 그리고 우리는 총을 가질 거야 그리고 우리는 그것들을 쓸 거야 그리고 우리는 살 거야. 틀림없이 우리는 살 거야. 우리는 살아있을 거야 그리고 우리는 걷고 말하고 먹고 노래 부르고 웃고 느끼고 사랑하고 아이를 낳을 거야 평안함 속에서 안전함 속에서 의젓함 속에서 평화로움 속에서. 넌 전쟁을 꾀하지 너 사람들의 주인인 너 전쟁을 꾀하지 그리고 방향을 가리키지 그리고 우린 총을 겨눌 거야."

감정이 복받쳐 목소리가 갈라져서 나는 이따금씩 읽는 걸 쉬어야 한다. 나는 말한다.

"그건 격분일 필요는 없습니다. 그건 아름다움일 수 있어요."

나는 테리 템페스트 윌리엄즈가 쓴 「사막 사중주」의 서곡 한 대목을 읽는다.

"땅. 바위. 사막. 나는 맨발로 모래 바위 위를 걷고 있다. 살이 살에 화답하며. 뜨겁다. 아주 뜨거워 바위는 굳은살 박인 내 발바닥을 다 태워버리겠다고 으른다. 나는 걸음을 빠르게 해야 한다. 내가 딛는 곳에 마음을 기울이며. 왜냐면 내가 볼 수 있는 한 멀리, 남부 유타의 협곡 지역이 온갖 쪽으로 뻗어있기 때문이다. 어떤 나침반도 여기 내 방향을 가리킬 수 없다. 오직 사랑하며 걷겠다는 서약만이 내 앞에 펼쳐진 무시무시한 광활함을 말해줄 뿐. 내가 세상에서 가장 두려워하고 갈망하는 것은 열정이다. 나는 그것이 제 뜻대로 하겠다고, 내 통제를 벗어나겠다고, 이름 붙일 수 없다고, 내 이성적인 자아를 넘어선다고 약속하기에 그것이 두렵다. 열정은 내 앞의 풍경처럼 빛깔을 지니고 있기에 난 그걸 갈망한다. 그건 창백하지 않다. 그건 밋밋하지 않다. 그건 가슴 뒤쪽까지 내보인다. 닳아서 맨들맨들한 바위를 온 사지로 기어오르고, 내 손과 발은 열기로 고동친다. 땀에 젖은 느낌, 푹 빠져들어 있는 느낌, 짐승처럼 꿈틀대는 내 몸에 깃들어 사는 느낌이 좋다."

나는 수전 그리핀, 이 엠 포스터 그리고 그렇지, 스티븐 킹의 책에서 아름답고도 마음을 북돋아주는 구절들을 읽는다.

"꼭 로큰롤 음악이어야 할 필요도 없지."

시디를 바꿔넣고 베토벤 교향곡 5번 도입부 소절을 튼다. 다시 바꿔서 베토벤 9번 교향곡「환희의 찬가」가 흘러나오도록 한다. 다시 칠판 쪽으로 간다. 기다란 분필 한 개를 집어들어 분필대에 대고 후려쳐서 두 조각으로 분지른다. 긴 쪽을 쥐고 나는 쓴다.

"아이를 골방에게 나오게 해줘라."

일부러 세게 눌러 쓴다. 분필이 칠판 위에서 뭉그러진다. 나는 손에 남아있는 것을 빙빙 돌려서는 뒤쪽 벽에 대고 던져버린다. 분필을 더 많이 집어들고는 할 수 있는 만큼 세게, 방 여기저기에 던져버린다. 분필은 사방 벽에 가서 바스러져 버린다.

나는 쓴다, "짐승을 풀어주어라!"

나는 쓴다, "넌 누구냐?"

나는 쓴다, "재밌게 놀아라!"

나는 쓴다, "가자!"

나는 쓴다, "꺼져!"

분필을 더 많이 던진다.

음악 소리가 잦아든다. 머리카락에 땀방울이 맺혀 얼굴에 감겨 붙는다. 나는 마지막 시디 한 장을 넣고, 한 학생에게 불을 꺼달라고 부탁한다. 교실이 깜깜해지고, 시디플레이어에 빨간 전원 표시등만 남는다. 핑크 프로이드의 「시간」을 튼다.

> 똑딱똑딱 순간을 흘려보내 멍한 하루를 채우며,
> 잘게 썰어 되는 대로 시간을 내버려.
> 네가 사는 마을 한 조각 땅 위를 돌아다니며,
> 네게 길을 보여줄 누군가 아님 무언가를 기다려.
> 햇볕 속에 누워있기도, 비를 보며 집에 있기도 지겨워,
> 넌 젊고 삶은 길어, 오늘도 때울 시간은 있잖아.
> 그러던 어느 날, 네 뒤로 십 년이 가버린 걸 알게 되지.
> 아무도 언제 달리라 말 않았지. 넌 출발 총소리를 놓친 거야.
> 달리지, 넌 해를 따라잡으려 달리지, 하지만 해는 가라앉고,
> 뻥 돌아 뒤에 다시 나타나지.
> 해는 웬만큼 그대론데, 넌 조금 더 늙었고,
> 숨결은 더 가빠지고, 죽음에 하루 더 가까이 가지.
> 한 해 한 해 갈수록 짧아지고, 때를 찾지 못할 거 같아.
> 계획마다 허탕이고, 아님 반쪽짜리 끼적거린 낙서뿐.
> 말없이 절망 속에서 그저 기다리는 게 영국인의 길인 걸.
> 시간이 다 됐어. 노래는 끝나고, 할 말이 더 있는 것 같은데.

우리는 어둠 속에 몇 분 동안 앉아있다. 아무도 아무 말도 하지 않는다. 마침내 어떤 학생이 불을 켠다. 난 말한다.

"오늘 하루는 이걸로 충분하다는 생각이 드네요. 저녁 시간 잘 보
내세요."

다음 번 수업 시간이다. 나는 이런 말로 시작한다.

"이제 여러분이 가장 중요한 글쓰기 연습을 했으면 좋겠네요. 그
건 손가락 운동입니다. 글쓰기는 힘든 작업입니다. 그러니 트랙에
있을 때처럼이나 어떤 다른 스포츠를 할 때처럼, 일을 하기 전에
몸을 풀어야 돼요. 아니면 근육이 뭉칠 수 있으니까. 그러나 몸 풀
기에 앞서, 몸을 좀 데워야 합니다. 그러니까 모두 손을 흔들어봅
시다."

학생들은 빤히 바라본다.

"자 진짜로. 손을 마구 흔드세요."

그들은 손을 앞으로 내고는 흔든다.

"이제 손을 위로 들고는 손바닥을 얼굴에 갖다 대세요."

그렇게 한다.

"먼저 여러분 엄지손가락을 죽 넘겨서 새끼손가락 바깥까지 닿도
록 하는 겁니다. 쭉쭉 뻗어요. 쭉쭉, 쭉쭉. 이제, 새끼손가락을 구부
려서 엄지손톱을 덮어보세요. 알아듣겠죠? 다음에, 집게손가락을
뻗어서 엄지손가락 밑동 마디를 덮으세요. 그건 어렵습니다. 끝으로
약손가락을 뻗어서 엄지손가락 가운뎃마디를 덮으세요."

학생들이 따라하는 데 좀 시간이 걸린다.

이어서 나는 말한다.

"그게 여러분이 할 수 있는 가장 중요한 글쓰기 연습입니다. 그걸 자주 하세요. 모든 권위 있는 인물들 앞에서 그리고 특히 여러분 속에 있는 비평가 앞에서."

학생들이 웃는다.

그들은 내 말이 농담이 아니라는 걸 아직 모른다.

성적

막히는 건 신나는 거다

고등학교의 기능은 지식을 전달하는 것이라기보다는, 아이들이 마침내 수·우·미·양·가를 저들 내면의 뛰어남을 재는 척도로 억지로 받아들이게 시키는 것이다. 그리고 미국 아이들 속에 있는 자기 파괴적 과정의 기능은 그들이 그들 자신의 기준이 아니라 가지각색의 남의 기준들을 마치 수·우·미·양·가 체계처럼 자신을 재기 위해 기꺼이 받아들이도록 만드는 것이다. 그렇기에 열등감과 무가치의 감정을 낳지 않으면, 미국 문화가 이제 통합되는 길은 산산이 부서지리라는 게 뻔히 보인다.

줄 헨리

내가 다른 곳에서도 썼듯이, 성적은 문젯
거리다. 대부분의 일반적인 수준에서, 성적을 매긴다는
것은 여러분이 하고 있는 일이 스스로 기꺼이 그걸 하기에는 별로
재미가 없거나 보람이 없는 일이라는 걸 명백히 승인하는 것이다.
어떻게 놀지, 어떻게 자전거를 탈지 아니면 어떻게 키스할지 배우는
일에는 여태까지 아무도 당신에게 성적을 매긴 적이 없다. 그런 활
동이 어떤 거든 그것에 대한 사랑을 파괴하는 가장 좋은 방법은 성
적을 사용하고, 성적이 대표하는 강제와 평가를 사용하는 것이다.
성적은 마음 내키지 않아 하는 사람을 두들겨 패서, 하고 싶지 않은
걸 하도록 만드는 몽둥이이고, 저들 위에 어쩌다 비쭉 내밀고 있는
어떤 권위에라도 복종하는 평생 가는 행동 양식 속에 아이들을 심어
놓는 중요한 도구이다.

특히 글쓰기와 관련해서는, 사람들에게 가슴에서부터 쓰라고 요
구하고는 성적을 매기는 건 어처구니없고, 부도덕하며, 그리고 역효
과를 낳는다는 생각이 곧바로 들었다. "이 글은 너희 아버지가 유년

기 시절 너를 성적으로 학대한 장기간의 영향을 남달리 용기 있게 다시 이야기하면서 꾸밈없이 쓴 글이네. 하지만 이 글이 일주일 늦었을 뿐만 아니라 구성이 좀 모자라고, 정신적 충격이란 말은 여러 번 맞춤법이 틀렸더구나. 넌 '적'을 빼먹었어. 네 성적은 C야."

하지만 나는 어떤 형태의 외적 동기부여나 책임제가 도움이 되는 때가 있다는 것도 인정한다. 이십 대 중반에서 후반 무렵, 어떻게 쓸지를 내 스스로 처음 배워갈 때, 글쓰기가 아주 재미나지는 않았다. 어떤 사람이 나한테 네가 백만 낱말을 쓸 때까지는 진짜 작가는 아니야, 하고 말했더랬는데, 난 얼마나 멍청이인지, 낱말을 얼마나 썼는지를 기록하기 시작했다. 또 다른 한 작가가 내게 말해줘서, 글쓰기는 다시 쓰기라는 사실도 알고 있었기에, 그리고 나는 진짜 바보였기에 체계를 하나 만들어냈는데, 이야기 글이나 논설의 초안에서 쓴 낱말 하나는 한 낱말로 세고, 두 번째 초고에 쓴 낱말 하나는 낱말 반 개로 치고, 세 번째 초고에서는 낱말 셋을 하나로 세고 하는 식으로 계속 세나가는 거였다. 나는 하루에 낱말 천 개를 목표로 삼았다. 그런 식으로 난 작가가 되려 했고, 계획은 삼 년 좀 못 미치게 진행되었다. 나는 매일의 목표를 달성할 수 없었지만(낱말 천 개짜리 하루만 빼먹어도, 다음 날엔 낱말 이천 개를 써야 된다!) 평균 잡아 한 오백 낱말쯤 쓸 수 있었다. 난 그걸 하도록 자신을 억지로 몰아붙여야 했다. 힘들고 괴로운 일이었다. 문제는 내가 다만 머리로만 쓰고 있다는 것이었다. 나는 아직 가슴을 발견하지 못했고, 뮤즈가 살고 있는 곳으로 열린 그 문, 다른 세상이나 이 세상으로 열린 문을 발견하지 못했다. 그게 문제가 되어, 나는 내가 살고 있는 곳으로 열린 문을 발견할 수 없었다. 그리고 또 그래서 모든 것이 고된 일이었다.

나는 "글쓰기가 갈수록 좀 쉬워집디까?" 하는 물음을 받은 어떤 작가의 인터뷰를 읽은 적이 있다.

작가는 대답했다. "아뇨, 하지만 더 나아는 집니다."

나로서는, 글쓰기가 훨씬 더 쉬워졌다. 만일 글쓰기가 오늘도 나한테 십오 년 전만큼 어렵다면, 나는 쓰고 있지 않을 거다. 삶은, 아주 불편하다고 느끼는 무언가를 그렇게 힘들게 하고 있기에는 정말 너무 짧은 길이다. 하지만 나한테 어렵고 곤란한 느낌을 주었던 부분은 글쓰기 자체는 아니었다. 내 기술들이 내 능력의 범위와 맞지 않아서 생기는 좌절감이었다. 바꾸어 말해서, 늘 그렇긴 했지만 글 쓰는 게 어렵다고 느껴질 때면, 그건 거의 언제나, 내가 전달하려고 시도하고 있는 게 무엇이든, 정확하고 꼭 들어맞게 전해줄 수 있는 기술이나 정보나 관점이 나한테 없기 때문이었다. 그런 일은 아직도 일어나지만, 요즈음에는 그걸 억지로 하려 들지 않는다. 나는 어제 이 문단의 넷째 문장을 쓰고 나서 꽉 막혀버렸는데, 화면을 들여다 보면서 좌절감에 빠지는 대신에, 밤늦게 그 다음 문장이 떠올랐을 때까지 그냥 다른 일을 했다.

나는 이젠 막히는 게 나쁜 일이라고 생각지 않는다. 더 이상 그것 때문에 좌절하지도 않는다. 이제는, 그냥 그건 나한테 뭔가를 알려 줄 따름이다. 그 알림은 내가 아직 그 주제에 대해서 충분히 모르고 있고, 그러니 더 많은 탐구가 필요하다는 것일 수 있다. 만일 한번도 바다에 안 가봤다면 바닷가를 묘사하는 글을 쓰는 것보다 더 어려운 일도 없다. 만일 가봤다면 그보다 쉬운 일도 없다. 단지 장소 묘사만 이 아니라 주장을 펼치는 일도 마찬가지다. 내 삶의 커다란 기쁨의 하나는 내가 이해하고 있지 못한 질문에 맞닥뜨리게 되어서, 그걸 더듬더듬 헤쳐가려고 시도하는 일이다. 처음으로 맞닥뜨린 글쓰기는, 불가능하지는 않다고 하더라도, 여전히 어렵긴 마찬가지다. 그러나 그 문제에 줄곧 전념하고, 그 문제가 실컷 제 자신을 드러내 보이도록 내버려두면서 시간을 보내고 나서, 내가 질문들과 대답들을 펼쳐놓고, 알맞은 때가 되었을 때에 물음에서 대답으로 가는 과정들을 가능한 한 분명하고 흥미롭게 펼쳐놓아 두면 글쓰기는 비교적 쉬워진다.

이를테면, 일찍이 나는 『믿도록 만드는 문화』를 쓰면서 증오와 멸시와 실직 수당 수급권과 수급권에 대한 위협 사이의 정확한 관계를 조사하고 숙고하며 두 주를 아주 재미있게 보내고 나서야 분명한 대답을 얻었는데, 그건 부분적으로는 어쩌다 발견한 "사람은 경멸할 수 있을 때는 증오하지 않는다."는 니체의 인용 구절 덕분이었다. 전통·철학·경제학·학교 제도 등등을 통해서 권리 부여의 자리를 유지할 수 있는 한, 권력을 쥔 자들은 그들이 착취하는 사람들에 대해 그저 멸시만을 느낄 뿐이다. 그러나 그런 자리가 위협받으면, 때려잡기가 시작되는 걸 보게 될 것이다. 우리는 아마 교실에서 똑같은 일이 훨씬 더 작은 규모로 일어나는 걸 볼 수 있으리라. 학생들이 언제나 선생에게 생각을 떠맡기는 한, 모든 사람은 잘 맞춰가며 지낸다. 그러나 만일 학생들이 선생의(아니면 감독관의) 권위에 너무 진심으로 의문을 품기 시작하면, 이런 형태의 사회 통제의 얼굴에 띤 미소에는 조금씩 금이 간다.

때때로 꽉 막히는 일이 내가 그 주제에 대하여 지식이 모자람을 뜻하지는 않는다. 그건 내가 잘못된 물음을 던지고 있다는 걸 뜻한다. 나는 『말보다 오래된 언어』를 쓸 때 낱말 하나도 적지 못한 채,

'인간 아닌 존재들이 느낄 수 있고 의사소통할 수 있다는 걸 어떻게 설득력 있게 이야기할까?' 하는 질문과 싸우면서 일 년 반이나 꼼짝 못하고 앉아있었다. 물음이 이렇게 바뀌었을 때에야, 비로소 나는 그 책을 쓸 수 있었다. 물음은 먼저, '왜 어떤 사람들은 사람 아닌 존재들에게 (그리고 다른 사람들에게) 귀를 기울일 수 있고, 기꺼이 그러려고 하고, 어떤 이는 그렇지 않을까?' 그 다음 더 나아가, '입 닥치게 만드는 것과 착취 사이의 뗄 수 없는 관계가 무얼까?' 하는 것으로 바뀌었다. 이와 비슷하게, '어떻게 우리가 산업 문명을 지속가능하도록 만드는가?' 하는 물음에 관해서 글을 쓰려고 시도한다면 난 아마도 막히고 말 것이다. 그 물음을 '왜/어떻게 문명은 본래적으로 지속 불가능한가, 그리고 우리가 그것에 관해서 무얼 할 것인가?' 하는 물음으로 바꿔보자. 그러면 나는 뭔가에 홀린 사람처럼 써 내려 갈 것이다.

물론 그 물음들이 철학적일 필요는 없다. 소설에서는 물음이 플롯과 관련되어 있겠다. 잘은 모르지만, 마가렛 미첼이 『바람과 함께 사라지다』를 쓰고 있었을 때, '어떻게 스칼렛과 애쉴리를 낭만적으로 얽힌 관계 속에서 벗어나게 할까?' 하는 물음에서 막혀있었을지도 모르겠다. 그리고 '어떤 종류의 관계를 스칼렛과 애쉴리는 가져야 할까?' 로 물음을 바꾸고 나서야 앞으로 나아갈 수 있지 않았을까.(아니면 어쩌면 더 정확하게, '스칼렛은 자기 자신과 어떤 종류의 관계를 맺는가?' 였을지도. 나는 스칼렛이 다른 누군가와 진짜 관계를 맺기라도 하는지 잘 모르겠다.)

꽉 막히는 건 때때로 내가 잘못된 길로 접어들었다는 걸 뜻한다. 나는 자주 글쓰기를, 냄새를 쫓는 개가 되어보기에 빗대곤 한다. 때때로 그 냄새를 놓쳐버린다. 그러고 나서는 한 문장 뒤로 물러난다. 여기가 내가 놓쳐버린 곳인가? 그러고 나서는 하나 더 물러나고, 그리고 하나 더, 더 이상 길을 잃었다는 느낌이 없고 다시 한 번 냄새를 찾아낸 듯한 장소를 발견할 때까지 물러난다. 그러고 나서 나는 앞으로 나아갈 수 있다.

어떨 때는 글이 막히는 건 길을 잘못 들어섰다는 걸 뜻하는 게 아니라, 내가 정말로 원하지 않는 글을 쓰고 있다는 걸 뜻한다. 내가 원하지 않는 무언가를 쓰는 것(아니면 내가 원하지 않는 무언가를 하는 것)을 억지로 하게 만드는 건 너무 어렵다. 그리고 내가 나이를 먹어 갈수록(죽기 전에 쓸 시간이 더욱 적어질수록) 그리고 내가 내 자신 속에서 더욱 편안해져 갈수록 그건 더욱 어렵게 된다. (그 불쾌한 느낌으로) 일을 하고 있다는 느낌은, 자아의 다른 부분들이 서로 마찰을 일으키고 있기 때문에 생겨난다는 사실을 주목해서 말한 사람이 내가 처음은 아니다. 자아의 다른 부분들이 연합해 활동할 때, 그 "일"은 별로 마찰이 없다. 운동 경기에서 "그 구역"에 들어가 본 사람은 누구나 그것을 경험해본다. 글쓰기에도, 사람 사귐에도, 삶의 모든 것에도 마찬가지로 똑같다. 나는 때때로 "내 결정은 거의 다 틀려" 하고 말하는 버릇이 있는데, 왜냐면 내가 올바른 방향으로 향하고 있을 때 보통은 아무 결정도 내린 게 없기 때문이다. 확실히 여기에는 없어서는 안 될 예외가 있다. 나는 떠나버렸어야 하는 상황에, 그러니까 나쁜 일에, 나쁜 관계에 놓여있었는데, 결단력이 없어서 그대로 머물러있었다. 떠나는 데는 결단을 내리는 행동이 들지만, 이런 상황들은 처음에 결코 마찰이 없지 않았다는 걸 명심하라.

아직도 어떨 때는 글이 막히는 게 내가 아직 그 글을 쓸 준비가 안 되었음을 뜻한다. 나는 이 책 처음 열 쪽을 두 해 전에 썼는데, 내가 냄새를 놓쳐버렸다는 걸 알았고, 뒤로 물러났는데도 그 냄새를 찾아낼 수 없었고, 그래서 이 책을 그때 당장은 쓰지 않는 게 좋겠다고 결정해버렸다. 나는 대신 다른 책을 하나 썼다. 그러고 나서 두서너 주 전에 이 책으로 돌아와서, 한 문장을 뒤로 되짚어갔고, 냄새가 이제 생생하다는 걸, 책은 써질 준비가 되었다는 걸 알았다. 그걸 두 해 전에 썼다면, 다른 책이 되었을 것이고, 그다지 쓰는 재미도 없고 아마도 별로 좋지도 않은 책이 되었을 것이다.

지난 열다섯 해 동안에 내가 배운 몇 안 되는 것 가운데 하나는, 내가 똥을 쓰고 있을 때—글은 흐르듯 나오지 않는다, 조바심만 난다, 그리고 나는 머리로 쓰고 있지 몸으로 쓰고 있는 게 아니다—어떻게 그걸 알아채고는, 쓰지 않을까 하는 것이다.("선생님, 선생님, 난 이걸 할 때는 괴로워요." "그럼, 그걸 하지 말려무나.")

난 또 때때로 글쓰기를 낚시하기에 빗대어 말한다. 몽둥이를 꺼내서 물을 두들기기 시작하면서 물고기를 많이 잡기를 기대할 수 없다. 그러니 너무 달려들어서 억지로 글을 끄집어내려고 해서는 안 된다. 하지만 물 속에 낚시줄을 드리우지 않고 있다면 그 또한 물고기를 잡을 수 없을 것이다. 그래서 나는 너무 소극적이어도 안 된다. 나는 언제나 그 일 앞에 가있을 필요가 있는 것이다. 어제 글이 막혀서 다른 일을 했을 때, 나는 내 마음속으로 돌아가 막혀버린 곳에 자리잡고서는, 무슨 움직임이라도 있는지, 다음에 내가 해야 할 일의 무슨 낌새라도 있는지 보면서 지키고 앉아있었다.

이 모든 것은, 내가 믿기론, 글쓰기에만 그런 게 아니라, 다른 많은 일에도 마찬가지다.

여기엔 좀 앞뒤가 안 맞는 데가 있다. 한편으로는, 내가 앞에 몇 쪽에서 쓴 모든 얘기는 외부적인 시간 계획이나 동기부여를 하지 못하게 가로막고, 그리고 글쓰기를 가르치는 일의 (아니면 그 문제라면 무어라도 가르치는 일이라면) 논의와 관련지어 보면, 성적 매기기를 하지 못하게 가로막는다. 다른 한편으로는, 만일 내가 하루에 낱말 천 개 쓰기라는 전적으로 인공적인 목표를 나에게 세워놓지 않았다면, 어떻게 하면 글쓰기가 쉬울 수 있는지를 배우는 고되고 어려운 과정을 내가 뚫고 나올 수 없었으리라는 것도 충분히 알고 있다.『말보다 오래 된 언어』를 쓸 때도, 좀더 작은 규모로긴 하지만 마찬가지로 그랬다. 써지지 않으려는 책에 붙어 앉아있는 일에 물렸을 때, 나는 다음 세 달 안으로 그걸 시작하지 않으면 계획을 완전히 철회하고 다른 것으로 옮겨가리라고 자신에게 말했다. 최종 기한 두 주 전에는 실마리 푸는 물음이 달라졌고, 그러고 나서는 일주일 뒤에 다시 바뀌었다. 그 책은 다음 해에 쓰였다.

나는 또한 다른 굽고 가파른 배움의 길에서 충분히 오랫동안 살아봤기에, 어려운 도제 수업을 겪어야 일이 쉬워지는 게 글쓰기 하나만은 아니라는 걸 알고 있었다. 나는 학문, 벌치기, 농구, 높이뛰기, 사람 사이에 소통하기, 다른 종 사이에 소통하기, 꿈에 귀 기울이기, 내가 내 삶으로 무얼 하길 바라는지 알아내기에서 그걸 경험했다. 뭐라도 다 그렇다.

그럼에도, 내가 앞서 몇 쪽에서 써온 얘기하고 성적 매김하고는 여전히 맞지 않다. 내가 그런 불일치를 말 않고 슬쩍 넘어가선 안 되겠다. 내가 세운 목표와 최종 기한은 자연스럽진 않은 거라고 하더라도, 여전히 내가 세워놓은 것이었다. 그것은 교실에서 딱 그렇듯,

내 일 진행을 나보다 더 잘 안다고 생각하는 권위 있는 인물이 밖에서 부과한 것은 아니었다. 그것은 전문지식과 경험 때문에 내가 기꺼이 기대는 남이 세워준 것도 아니었다. 이를테면 사냥을 하러 갈 때면 언제나, 나는 내 사냥 파트너들 두 사람 말에 늘 따랐는데, 왜냐면 그들이 나보다 훨씬 뛰어나고 더 경험 있는 사냥꾼이었기 때문이다.

한번은 쟈니와 함께 차를 타고 거칠고 더러운 길을 따라 울퉁불퉁한 용암 지대를 지나가는데, 그가 갑자기 운전대에서 한 손을 떼어서는 가리키며, "난 사람들이 저런 짓 하는 게 싫어"하고 말했던 일이 생각난다. 나는 그의 눈길을 따라갔고 까마귀가 풀밭 바로 위쪽으로 머리를 내밀고 앉아있는 것을 보았다. 쟈니는 트럭을 세웠다. 우리는 내려서, 그가 가리킨 곳으로 걸어갔다. 우리는 암사슴과 새끼 사슴의 몸뚱이를 보았다. 밀렵으로 죽은 것이었다. 쟈니는 운전을 하면서도, 귀 한쪽이 풀밭 위로 쫑긋 솟은 걸 봤고, 몇 발짝 떨어져 까마귀 한 마리가 있어야 할 것보다 더 높이 앉아있는 걸—새끼 사슴 머리 위에 자리 잡았으니—보았고, 그것으로부터 그림 속을 채워넣었던 것이었다. 난 검은 새 한 마리의 머리가 옆쪽으로 나와 있는 것 말고는 아무것도 보지 못했었는데, 그리고 그것에 대해 전혀 아무 생각이 없었는데 말이다.

여러분은 왜 내가 그를 따랐는지 알 수 있다. 하지만 내 파트너들 자신이 나한테 존경받을 가치가 없음을 보여줬더라면 나는 따르는 일을 집어치워 버렸을 것이다. 지금, 나는 학생들보다 더 많은 글쓰기 경험을 가졌지만(나는 마침내, 세어봤더니, 낱말 백만 개를 썼다), 학생들이 내 말을 따른 건 결코 선택해 그런 게 아니었다. 그리고 난 확실히 내 존경을 받아 마땅하고, 나에게 목표나 최종 시한을 세워 주기를 내가 허락하고 심지어 부추긴 교실 안팎의 선생님들과 더불어 내 일을 함께 해오면서도, 또한 그런 존경을 받을 만하지 않은 사람과도 내 일을 함께해 왔다. 그러나 교실에서는 나는 따르기만 하고, 내 할일로 나눠 받은 일을 하고, 선생님들이 내 할일과 나에 대해 내린 판단들을 받아들여야 되었다. 비록 선생님들이 아무리 편협하고, 무지하고, 오만하고, 아니면 자기도취에 빠져있다고 하더라도 말이다.(하지만 선생님들이 다른 사람들보다 더 편협하고, 무지하고, 오만하고, 자기도취에 빠져있다는 말은 아니다. 핵심은 이건데, 선생님들이 남들보다 덜하지는 않다는 말이다.) 그럴 수는 없는 노릇이다. 자신의 영혼에 마음 쓰는 학생으로서, 아니면 당신 학생들의 영혼에 마음 쓰는(그 일이라면 당신 자신의 영혼에도 마음 쓰는) 선생님으로서, 당신은 무얼 하겠는가?

바로 오늘 밤에 나는 아는 사람한테서 바로 이 주제에 대한 이메일을 한 통 받았다. 그 여자는 이렇게 썼다.

"나는 좀 다르게 가르치고 싶어하면서 선생 일을 시작했는데, 본보기가 아니라 강제로 지도하는 그 따위 선생이 되고 말았어. 그러나 일단 내가 날마다 똑같은 지겨운 일을 하러 들어가서, 현상 유지는 받쳐줘야 하지 않겠냐고 억지 부리는 사람들, 감독관, 다른 선생들과 부모들과 학생들한테 둘러싸이면, 나는 미끄러지기 시작하는 거야. 나는 왜 내가 거기에 있는지, 그리고 내가 무얼 하려고 하고 있는지를 잊어먹기 시작하지. 대신 잔소리 듣지 않고 하루를 때우는 게 내 목표가 되고 말아. 나는 지쳐버렸어. 그리고 나는 내가 믿지도 않는 방침을 강요하고 내가 믿지도 않는 권력을 끊임없이 휘두르려

고 하고 있기 때문에, 내 일을 싫어하기 시작해. 그리고 나는 어찌나
짓눌리고 들볶이고 바쁜지, 일이 잘못되어 멈춰서 다시 따져보느라
시간을 보내야만 할 때까진, 일이 뭐가 어떻게 되고 있는지조차 알
아차리지 못할 정도야. 그러고 나면 일에 마음을 쏟지만, 또 다시 그
런 상황으로 되돌아가고, 나는 다시 천천히 좀먹기 시작해. 내가 높
이 사는 시인의 시가 한 편 생각나네. 그 여자 이름은 클라우디오 마
우로야."

넌 생각진 않겠지,
그게 그렇게 쉬울 거라고는.
잊는 것 말이야,
우리가 진짜로 누군질
또는 죽음이 우리 어깨에 늘 있다는 걸
또는 모든 게 살아있다는 걸
또는 하느님이 모든 곳에서 노래하고 있다는 걸
잊는 것 말야.

"여러분들의 글쓰기가 섹스보다는 더 좋도록 만들려고 하라는 생
각이 여러분에게 별로 도움이 안 되면," 하며 나는 말을 꺼낸다. "다
르게 생각하는 길도 있어요."

찰스 존슨이(야구 포수 말고 작가인) 한 인터뷰에서 그것에 대해 좀
얘길 한 적이 있었다. 나는 다음과 같은 구절을 학생들한테 읽어준다.

"나는 진짜 작가는 그냥 다른 방식으로 생각해야만 한다고 생각합니다. 내가 이 잡지에 실릴까? 내가 내년에 국립예술진흥재단의 지원을 받을까? 하는 것이 아니라, 총 한 자루가 머리를 겨누고 있고 마지막 문단의 마지막 낱말을 마치자마자 곧바로 누군가가 방아쇠를 당기려고 한다 해도, 이 작품이 쓰려고 할 작품인가 아닌가 하고 말이죠. 이제 그 작품을 다 쓰자마자 당신이 죽을 거라는 느낌으로 글 쓸 수 있다면, 그러면 당신은 긴박함, 정신, 용기를 지니고, 게다가 전혀 주춤거림 없이, 이것이 당신이 존재했음을 언어로 보여줄 수 있는 마지막이기라도 한 듯이, 당신이 누군가에게든 할 수 있는 마지막 한마디이기라도 한 듯이, 글을 쓸 겁니다. 만일 한 작품이 그렇게 쓰였다면, 그러면 난 그걸 읽고 싶습니다. 만일 누군가가 그런 느낌에서 글을 쓴다면, 그러면 나는 말할 겁니다. '이것은 진심이다. 이 사람은 쓸데없이 글 장난이나 하고 있는 건 아니다. 이 작품은 뭔가 다른 목적에 매인 수단이 아니다. 이 작품은 그냥 어떤 우스운 피상적인 목적을 노리고 한 것이 아니다. 이 작품에선 작가가 무언가를 말하고 있는데, 그가 말하지 않는다면 결코 아무도 말하지 않을 거라고 느끼기 때문이다.' 바로 이들이 내가 읽고 싶은 작가들입니다. 그리고 그러한 이십 세기 작가는 그리 많지 않습니다."

잠깐 동안 학생들은 말이 없다가, 한 사람이 말한다.

"누군가 내 머리에 총을 들이대고, 마지막 낱말을 썼을 때 죽이겠다고 말한다면, 나는 열라 긴 글을 쓰겠노라고 지금 바로 여러분들에게 똑똑히 밝혀두겠어요."

나는 학생들이 서로서로 글을 다듬어주도록 시키려고 했지만, 그게 거의 곧바로 실패한다는 걸 알고는 그만두었다. 학생들은 어떻게 그걸 해야 할지 전혀 몰랐다. 이것은 놀랄 일은 아니다. 그 일을 잘하는 사람들은 많지 않다. 글다듬기는―나는 빨리 배우긴 했지만―글쓰기나 벌치기나 자동차 수리, 아니면 정원 손질만큼이나 배우기 어려운 기술이다. 하지만 훨씬 더 어려운 건, 우리 문화 속에는 드문 이기적이지 않은 마음, 글쓴이한테만 그런 게 아니라 글 자체에도 공감하고 동감하는 태도이다.

　대학원에 갔을 때, 나는 꽤 많은 글쓰기 워크숍 수업에 들어갔다. 거의 다 끔찍했다. 글쓴이 한 사람이 이야기 글 하나를 복사해서는 수업 듣는 사람들한테 죽 돌리곤 했다. 다른 학생들은 겉으로만 그 이야기들을 읽었고, 그러고 나서는 일주일 뒤에 돌아와서 그것들을 되는 대로 씹어댔다. 때때로 입발림 말도 했지만, 심지어 이것들도 흔히는 도움이 안 됐는데, 학생들은 어떻게 도울지를 배운 적이 한 번도 없었기 때문이었다. 내 이야기 또는 다른 누군가의 이야기가 "연습거리"가 되어 갈수록 내 마음속에는 전문가 열둘이서 테이블 위에 놓인 몸뚱이를 찔러대고 있는 이미지가 계속 떠올랐다. 이제 그 몸은 죽었을지도 모르고, 셋째와 넷째 갈비뼈 사이에 날카로운 아픔이 있거나, 가볍게 힘줄이 당기는 걸 느낄지도 모른다. 몸은 암 덩이가 가득할지도, 완벽하게 건강할지도 모른다. 그럭저럭하는 사이에, 전문가들 한 사람 한 사람이 바로 앞에 있는 몸보다는 그 전문가의 선입관과 훨씬 더 관련되어 있는 진단을 내린다. 종양 학자는 모든 곳에서 암을 보고, 족부 치료 학자는 모든 걸 발 문제로까지 끌고 간다. 침술사는 기가 경락을 따라서 끊긴 걸 보고, 척추 지압 전문가는 등뼈가 어긋나 있는 걸 본다. 부두교 전공자는 부두 의식의 측면에서 본다. 안타깝게도 이 개별적인 전문가들 중 아무도 진짜 몸을 보지 않는데, 가르치는 이들이 우리에게 어떻게 볼지를 가르치지 않았기 때문이다. 또—진짜 핵심은 이건데—그들은 다른 글쓴이들에게 마음 쓰는 것도 우리에게 가르치지 않았다. 이건 몹시도 해로운 일이다.

나는 글쓰기 워크숍에서 두 가지 좋은 경험을 했다. 한번은 초대 작가가 내가 쓴 글과 다른 한 사람이 쓴 글을 다듬어주었다. 그날 말을 한 사람은 그 사람뿐이었는데, 그는 무슨 제안을 내놓든 이런 논평으로 머리를 달았다. "여러분의 본능은 이런 작은 대화를 쓸 때에는 제대롭니다. 꼭 사람들이 정말 말하는 것처럼 들립니다. 우리는 자신과 이야기하더라도 우리 대화가 실감나기를 바라지만, 그렇게 하지 않는다는 게 문제죠. 우리가 이걸 해보고, 어떻게 들리는지 봅시다." 나는 그날, 어떻게 글 쓸지에 대해서 다른 워크숍을 거의 다 합한 것보다도 더 많이 배웠다.

또 다른 때 한번 워크숍이 도움이 되었는데, 묘한 이야기긴 하지만, 강사가 수업 첫 여섯 주 동안 아팠기 때문이었고, 그래서 학생들이 수업을 스스로 끌어갔기 때문이었다. 우리가 갑자기 그런 환경에 떠밀렸다는 사실이 우리가 서로서로 보살피도록 부추겼던 건 아닌지, 아니면 그게 왜 도움이 되었는지를 다르게도 설명할 수 있는진 모르겠지만, 어쨌든 그건 도움이 되었다. 우리는 그럭저럭 우리들 한 사람 한 사람이 교실에 가지고 온 특정한 문제들을 해결해보려고 함께 일하면서, 한데 뭉쳐 친구가 되었다.

내가 편집자들과 함께했던 긍정적인 경험들은, 편집자의 기술적인 능력보다는, 그가 얼마나 내 글을 잘 읽고는 내가 말하려 하고 있는 것에 얼마나 잘 응답하는지와 늘 관련되어 있었다. 몇 해 전, 내게는 고등학교를 마치지 못했고, 딱히 읽은 것도 없지만, 이야기 글에서 아직 잘 안 먹히는 부분들을 조금도 틀리지 않고 딱 집어내는 능력이 있어서, 내가 글을 고치는 데 도움을 주는 친구가 있었다. 내가 작품을 큰소리로 읽으면 그녀는 내 목소리를 읽고서, 아주 가벼운 망설임도 감지하고서, 또는 내가 어떤 단계에서는 지루하다는 걸 알고 한 문단을 서둘러 지나가 보려는 듯이 어떤 부분을 빠르게 읽었다는 걸 알아차리고서 집어내 주었다. 지금은 내가 내 글에 어떤 관심을 갖고 있는지를 거울처럼 되비추어 내게 더 잘 보여주는 친구가 한 사람 있는데, 그 친구는 이 멋들어진 감수성을 오래도록 글을 읽고 쓰고 다듬어온 경험과 더불어 지니고 있다. 이런 친구들이 내게 어떻게 글을 다듬을지, 그리고 어떻게 글을 쓸지 가르쳐주었다.

내 학생들이 아직 배우지 못했던—그리고 이것은 도움말을 주는 일에도 마찬가지고, 어쩌면 삶의 모든 일에도 마찬가지인데—글 손질의 비법은, 다른 이의 가슴이 어디에 자리 잡아 사는지 찾아내는 것, 그리고 나서 그 사람이 그곳에 닿도록 돕는 것이다.

학교교육에는 강압이 있다는 나의 분석은 다 아주 좋다지만, 그래도 학교 측은 내가 성적을 매겨야 한다고 요구했다. 만일 성적을 매기지 않으면, 나는 가르치도록 허락을 얻지 못할 터였다.(교도소에서 가르치는 일의 좋은 점이 바로 이거다. 거기선 성적을 안 매겨도 된다.) 나는 학생들에게 성적을 매기는 일을 어떻게 해야 할지 몰랐다. 내가 학생들의 글쓰기를 판단하지 않으리라는 건 알고 있었고, 그래서 나는 어떻게 성적을 줄지를 계산하는 과정에 내 첫 학생들을 끌어들일 필요가 있음도 알았다. 나는 이 과정을 『말보다 오래된 언어』에서 짤막하게 묘사했다.

한 학생이 모든 학생에게 4.0을 주자고 제안했다. 이 생각을 지도 주임에게 가져갔더니, 그 자리에서 딱 잘라 안 된다고 했다. 그 다음에 나는 학생들에게 학점을 마구잡이로 나눠 갖자고 제안했다. 나는 별 의욕 없는 학생들조차도—적어도 그들 가운데 몇 사람은 확실히 성적 면에서 덕을 볼 텐데—이 생각을 좋아하지 않는 것에 놀랐다. 심지어 그들은 성적이 노력과 대충은 들어맞아야 한다고 느끼는 것 같았다. 그래서 나는 모든 학생에게 파이 성적 또는 3.141592를 주는 게 어떻겠냐고 했다. 수학 전공자들은 이 생각을, 적어도 이론적으로는, 좋아했지만 감독관들도 나머지 학생들도 그 농담을 받아들이진 않았다.

이윽고 우리는 확인 표시를 바탕으로 성적을 주자는 생각을 해냈다. 글 쓰는 것을 글쓰기로 배우는 거니까, 더 많은 글을 쓰면 쓸수록 그만큼 더 좋은 성적을 받는다는 거였다. 학생들은 써낸 모든 글에 대해서 확인 표시 하나를 받을 것이었다. 그리고 글쓰기는 다시 쓰기이기 때문에, 이렇게 다시 쓴 글에도 확인 표시를 하나 더 받게 된다. 이 확인 표시들은 곧바로 성적 점수로 변환될 것이었다. 만일 누가 수업 12주 동안 매주 글 하나를 써내면, 그리고 내가 글을 살펴

보고(또 그것들을 칭찬하고) 난 뒤에 셋 중의 하나 꼴로 글을 고쳐 써
내면, 그 사람은 열둘 더하기 여덟의 확인 표시를 얻어, 4점을 기준
으로 해서 2.0점의 점수(미는 아름다운 성적이란 뜻이잖아!)가 될 것이
었다. 여태까진 이걸로 좋다.

우리는 그걸 꽤 금세 손봤는데, 그렇게 하면서 한 가지 문제를 더
해결했다. 모든 학생들의 강점과 약점이 학생마다 남다르기 때문에,
나는 교실 안이라는 상황에서 어떻게 내가 학생들을 개별적으로 도
와서 강점을 늘리고 약점을 이겨내도록(아니면 비껴가도록) 도울까
생각했었다. 어떤 학생은 활극에 대한 훌륭한 감각을 가지고 있지만
문법을 충분히 파악하는 데는 서툴러서, 읽는 이들이 이 글쓴이가
도대체 뭘 말하고 싶은 건지 알쏭달쏭하게 할지도 모르고, 그래서
주어와 동사의 일치와 쉼표의 분명한 사용을 가르치는 강의에서 도
움을 얻을 수 있을지 모른다. 이런 강의는 나머지 학생들을 골이 띵
하도록 지루하게 만들 것이다. 문법 강의를 섹스보다 더 재미있게
만들 수 있는 길은 거의 없고, 특히 세미콜론의 기쁨들을 벌써 이해
하는 사람들한테는 더 그렇다.

해결책이 있다. 나는 학생들에게 말했다.

"여러분이 무척이나 좋아하는 글 하나가 있으면, 여러분과 내가
그것을 한 줄 한 줄 살펴볼 수 있고, 그 글을 진짜로 눈이 번쩍 띄는
걸로 만들기 위해 다듬을 수 있습니다. 우리는 그걸 놓고 얘길 나누
고 또 나눌 것이고, 여러분과 내가 모든 낱말을 맘에 들어 할 때까지
다듬을 겁니다."

비록 성적을 잘 받으려는 것과는 정반대로, 글 그 자체를 완성하
려는 데 주목적이 있었지만, 학생들은 잘 익혀 가져온 글 하나에 확

인 표시 네 개를 받기도 했다. 나는 학생들에게 그런 길로 가보라고 부추겼고, 바로 그런 과정을 통해서 어떻게 글 쓸지를 진짜로 배울 거라고 말했다. 무엇보다 중요한 건, 그게 재미날 거라는 거였다.

그건 내가 많은 시간을 학생들과 얘길 주고받으며 보낸다는 얘긴데, 그것도 괜찮은 일이었다. 글쓰기를 개인적으로 북돋우고 가르침을 주는 것은 수업 시간을 자유롭게 풀어놓아서 사랑과 같은 더 중요한 것들에 대해서도 이야기할 수 있도록 해주곤 했다.

사랑

글 다듬는 법

현대의 학교들과 대학들은 학생들을 비인간화된 배움, 본성과 성으로부터 소외됨, 위계질서에 복종함, 권위를 두려워함, 자기 대상화와 살 떨리는 경쟁의 습성들 속으로 밀어넣는다. 이런 성격 자질들은 현대 산업주의의 뒤틀린 성격형의 본질이다. 그것들은 본성과 성 그리고 사람에게 진짜로 필요한 것들과는 철저히 떨어진 사회 체제를 지탱하는데 필요한 바로 그 성격 자질이다.

아서 에반스

"눈을 감으세요."

학생들은 나를 빤히 바라본다.

"자 정말로, 눈을 감으세요."

그렇게 한다.

"이걸 머릿속에 그려보세요. 다음 봄에 여러분은 한 회의에 참석하러 갑니다. 애틀랜타 근처예요. 복숭아꽃이 막 터지려고 하고 있어요. 어디서나 그 향길 맡을 수 있습니다. 회의는 여러분들이 가장 마음에 들어하는 거라면 무슨 회의라도 좋습니다. 만일 여러분이 물리치료를 좋아한다면, 그건 물리치료 회의입니다. 여러분이 야구를 좋아한다면, 그건 그런 주제예요. 여러분이 기독교인이라면, 기독교인 집회고요. 나한테는 산업 문명을 무너뜨리고 싶어하는 사람들 모임일 겁니다."

"여러분은 그곳에 금요일에 다다랐고, 첫 강연은 금요일 밤에 있어요. 여러분은 뒤쪽에 앉지만, 잘 보이는 자리입니다. 여러분은 그 회의가 아주 흥미롭습니다. 옆에는 빈자리가 하나 있네요. 강연이 시작되기 십 분쯤 전에, 여러분이 선호하는 성별의 누군가가 다가오는 걸 곁눈질로 봅니다. 그 사람은 여러분 앞을 지나가면서, 옆 자리에 누구 앉을 사람이 있는지 묻습니다. 여러분은 그 사람이 지나가도록 막 일어서려 하다가, 그 사람 얼굴을 슬쩍 보고는 무릎이 잠겨버립니다. 여러분은 다시 시도하고는, 결국 이럭저럭 일어설 수 있습니다. 그 사람이 '그 자리에 누가 앉을 건가요?' 하고 물어봅니다."

"여러분은 더듬으며 말하죠. '당신이 앉기를 바래요.' 여러분은 자신이 방금 그 말을 했다는 걸 믿을 수 없습니다. 하지만 그렇게 된 건 된 거죠."

"그 사람이 앉습니다. 여러분은 강연 시작 전에 즐거운 얘기를 나누고, 그 사람의 지식과 유머와 빠른 이해력과 매끄러운 어휘(폭넓은 어휘 구사에―현학적인 거 말고 자연스레 풍부한 거―여러분은 그냥 녹아나지 않나요?), 자신감 있는 태도, 그리고 물론 그 눈빛에서 끊임없이 깊은 인상을 받습니다. 강연이 시작됩니다. 이런저런 이유들 때문에 여러분은 거기에 집중을 못 하지만, 대신 바로 옆 자리에서 일어나는 아주 가벼운 변화에도 집중하죠. 여러분 손이 옆 사람 손 끝에 살짝 닿고, 여러분 가슴은 멎습니다."

나는 이야기를 멈추고, 깊게 숨을 들이쉰다. 학생들 눈은 아직 감겨있다. 대부분은 빙긋 웃고 있다.

"얘길 나누고 나서도 여러분 마음에 뭔가 좀 있죠. 그래서 딱히 잘되지는 않지만, 문득 생각난 듯이 들리게 애쓰면서 말합니다. '한 시간 뒤에는 뭐 할 겁니까?'"

"그 사람이 대답합니다. '당신 전화를 기다리고 있죠.'"

"여러분은 전화를 겁니다. 함께 길을 걷습니다. 세 시까지 이야기
합니다. 따로따로 방에 들어가서, 잠을 잡니다. 다음 날 여러분은 강
연에 참석하지만 그다지 주의를 기울이지 않습니다. 여러분은 이야
기하고 이야기합니다. 그날 밤 다시 세 시까지 자지 않고 이야기를
나누고, 그러고 나서 따로따로 제 방에 들어갑니다. 일요일에는 굳
이 강연을 들으러 가지도 않고, 대신 케니소 산에 있는 전쟁 공원으
로 가서는, 140년 전에 사람들이 싸우고 죽었던 장소를 죽 걸어 다
닙니다. 여러분은 인간의 죽을 운명에 대해 이야기하고, 그리고 아
름다움을 이야기합니다. 그날 늦게, 해가 지평선 가까이에서 부풀
때, 그 사람은 당신에게 말합니다. '당신이 내일 스포캔에 돌아가야
만 하는 걸 알지만, 오늘은 당신과 밤을 보내고 싶어요. 우리는 지난
이틀 동안 이야기로 사랑을 나누었고, 그리고 난 우리 몸이 그 대화
에 함께하길 바래요.'"

나는 다시 이야길 멈춘다. 그러고 나서 학생들에게 말한다.

"그래서 내가 묻고 싶은 물음은 이렇습니다. 여러분은 어떻게 할
겁니까?"

학생들이 눈을 뜬다. 어떤 학생이 묻는다.

"집에 돌아가면 사귀는 사람이 있나요?"

"지금으로선, 없다고 하죠."

학생들이 얘기하기 시작한다. 눈빛이 살아있다. 학생들은 좋다
고 말할지 안 된다고 말할지 반반으로 갈린다. 여학생들이 남학생
과 똑같은 비율로 좋다고 말한다. 한 여학생이 말한다.

"나라면 셋째 날 밤까지 기다리지 않았을 텐데요. 왜 처음 이틀을
써버린 거죠?"

다른 여학생이 말한다.

"왜 그 사람은 섹스 문제를 꺼내서 그걸 망쳐야만 했나요?"

또 다른 여학생의 말.

"섹스가 어떻게 망친다는 거예요?"

한 남자가 말한다.

"나는 일본에서 왔거든요. 그래서 물론 나라면 좋다고 말하겠어요."

우리는 모두 웃었다. 하지만 그 말이 무슨 뜻인지는 모른다. 그는 설명하려 애썼지만, 그의 영어와 우리의 일본어가 서로 모자랐고, 그래서 그조차도 웃는 걸로 마무리 짓는다.

한 여자가 말한다.

"반지 없이는 안 돼요."

몇 사람이 그녀와 입씨름을 했다. 다른 학생들(몇은 남자고 몇은 여자다)은 그녀에게 동의한다. 나는 미칠 듯 기쁜데—이 말은 과장이 아니다—이중 잣대가 없기에 그렇다. 안 된다고 말한다고 해서 남자를 좀팽이놈이라고 부른다거나, 좋다고 말한다고 해서 여자를 화냥년이라고 한다거나 하는 낌새는 조금도 없다.

이런 대화가 불편한 듯 보이는 사람도 셋 있다. 한 사람은 근본주의 기독교인 여성인데, 그녀는 얼마 뒤 교실에서 이야기해서는 안 되는 것들도 있다는 내용을 담은 신랄한 짧은 글을 써낸다. 나는 그녀 뜻에 내가 동의하며, 맹세코 문법이나 지루하게 만드는 어떤 다른 것에 대해서도 이야기하지 않겠다고 답장한다. 다른 두 학생은 더 흥미로웠다. 그들은 스무 살 남학생과 여학생으로 한 달쯤 데이트를 해오고 있었다. 교실에 있는 다른 모든 학생들은 자유롭게 말하지만, 나는 그 둘 중 한쪽이 말을 꺼내려 할 때마다 제 말이 다른 한쪽에 어떤 효과를 미칠지 재고 있는 게 보였다. 특히 남자 쪽이 이런 공상 속에서는 그러겠다고, 그녀와 자겠노라고 말하고 싶어하지만, 만일 그렇게 말하면 현실 세계 속에서는 혼자 자는 걸로 끝나버리지 않을까 걱정하고 있다는 걸 알겠다. 교실의 모든 학생들이 그들의 불편함을 알아차리고는, 한 학생은 한쪽이 정말로 어떻게 느끼는지 말하는 동안에 다른 한쪽이 교실 밖에 나가 있는 게 어떠냐고 짓궂게 제안한다. 마침내 남학생은 빠져나올 길을 찾고는 눈이 밝아진다. 그가 말을 하는데, 겉으로는 학급 학생들에게 말하는 목소리지만, 그녀에게 전하는 메시지가 담겨있다는 걸 우리 모두 알겠다.

"우리가 이런 관계를 시작했을 때, 우리는 그것보다 천천히 나갔어요. 하지만 그건 우리가 급하게 달려들어서 하고 싶지 않았기 때문이에요. 그런데도 우리가 회의에서 그런 식으로 만났다면, 첫째 날 밤에 너와 모든 것을 했을 것 같아."

그는 그녀를 바라본다. 그녀의 얼굴엔 아무 낌새가 없다.

그는 이어서 말한다.

"내가 다른 사람 아무나 하고 그렇게 빨리 나간다는 말은 아니야, 왜냐면 난 그러지 않을 테니깐, 하지만 너랑은……."

그녀는 슬며시 웃고, 그는 다시 숨을 쉴 수 있게 된다.

어떤 학생이 나라면 어떡하겠냐 묻는다. 나는 말한다.

"스무 살 무렵에는 너무 겁이 많았고, 그래서 두려움 때문에 안 된다고 말했을 겁니다. 지금은 좋아요, 하고 말하고 싶어요. 아니면 정말로는, 뭐든 바로 그때 옳고 진실하다고 느끼는 대로 말하고 싶어요."

누가 좋아요, 하든지 안 돼요, 하든지 나는 늘 왜냐고 묻는다. 나는 지성적인 친밀성과 감정적인 친밀성 사이에—만일 있다면—어떤 관계가 있는지 그리고 그것 중 하나와 육체적 친밀성 사이에는 어떤 관계가 있는지 묻는다. 대답이 뭐든 내가 상관하지 않는다는 건 분명하고, 나는 그냥 어떻게 해서 학생들이 그런 대답에 이르게 되는지에만 흥미가 있다.

마침내 나는 말한다.

"이제, 틀이 되는 조건들을 바꿔서 해봅시다. 이제는 집에 돌아가면 사귀는 사람이 있는데 관계가 막바지에 이르렀고, 일단은 아주 좋지는 않다고 합시다. 여러분이 행동하는 방식이 달라질까요?"

한 여학생이 말한다.

"나는 그 남자에게 그날 밤을 함께 보내고 싶지만, 먼저 얼른 전화를 해야 한다고 말하겠어요."

안 된다고 말한 사람들은 분명히, 여전히 안 된다고 말한다. 좋다고 말한 사람들 중에서도 많은 이들이 여전히 좋다고 말한다.

"좋아", 난 말한다. "여러분이 이미 사귀고 있는 관계가 좋다고 한다면요. 하지만 지금 만난 사람은 마법에 걸린 듯 끌려요. 그러면 일이 좀 달라질까요?"

어떤 학생이 주말 동안 만난 걸 사귀는 관계라고 부를 수 없다고 말한다. 어떤 일도 그렇게 재빨리 벌어지진 않는단다.

나는 그에게 우리 어머니의 사촌 이야기를 해준다. 그는 2차대전 중에 무릎에 총을 맞고는 태평양 어느 섬에 돌격하는 중대 수송에서 떨어져나와 군인 병원에 있었다. 그는 어느 날 구내 식당에 앉아있었는데, 간호사 한 사람이 걸어 들어와서 그를 한눈에 보고는, 옆에

서있는 간호사에게 말했다.

"저 사람이 바로 내가 결혼할 남자야."

그들은 이제 거의 60년 동안 함께 지내왔다.

다른 학생이 묻는다.

"왜 우리는 이 멋진 주말이 멋진 주말이 되도록 그냥 둘 수 없나요? 그건 사귀는 관계일 수도 있지 않겠어요? 그리고 몇 해 동안 지내온 것만큼이나 진정하고 중요한 것일 수도 있지 않겠어요? 어쨌든 그 순간에 우리는 행복한 사람 아닌가?"

나는 옛날에 신문에서, 눈살을 찌푸리며 침대에 앉아있는 한 여자를 그린 똑같은 그림 두 칸짜리 만화를 봤던 이야기를 학생들에게 해준다. 왼쪽 그림에는, 하룻밤의 관계를 곰곰이 생각하면서, '오래도록 사귀는 관계가 되었어야 했는데' 하는 글이 붙어있었다. 오른쪽 그림에는 여자가 오랜 기간 사귄 관계를 곰곰이 생각하면서 '하룻밤 관계로 끝냈어야 했는데' 하는 글이 있었다.

한 여학생이 말한다.

"너무 많은 후회가 있기 전에 어느 쪽이 어느 쪽인지를 가려내는 게 재주죠."

학생들은 푹 빠져있다. 그들은 즐거워 보인다. 모두 다 얘길 한다.

나는 조건을 거듭거듭 바꾼다. 멋진 대화를 나누었지만 그 사람이 내가 말한 것만큼은 매력적이지 않으면 어떻게 하겠나? 노트르담의 꼽추 카지모도 정도는 아니더라도, 꽤나 생김새가 심하면 그게 문제가 될까? 아니면 그 사람이 겉모습은 아름답지만, 함께 이야기 나눌 상대가 아니란 걸 금방 알아냈을 땐 어떨까?("이를테면, 여러분은 그 사람이 갈갈이 삼 형제를 좋아한다는 걸 알아낸 거지." "저기요."하고 한 사내가 대답한다. "난 갈갈이 삼 형제를 좋아한다구요." "좋아, 그러면," 나는 되받아친다. "자넨 나한테 같이 자자고 하진 마.") 집에서 300마일 떨어진 대신에 50마일 떨어져 있다면 어떨까? 또 우리가 이 연습을 앞서 했던 것과 결합해보면, 그러니까 살 수 있는 시간이 제한되어 있다면 어떻게 할까? 다르게 행동하도록 만들 만한 게 이것들 중에 있나?

수업이 끝난다. 갈 시간이다. 아무도 자리를 뜨고 싶어하지 않는다, 골 오른 근본주의자만 빼고. 그녀는 물건을 챙기더니 종종걸음으로 나간다. 우리는 모두 좀더 오래 머물러있다. 사람들이 빠져나간다.

다음 며칠 동안 수업에 참가하기에 너무 늦은 건지 아닌지 묻는 전화를 몇 통 받았다. 우리 학생들이 기숙사로 돌아가서는 룸메이트들에게 이런 물음들에 대해 이야기했던 것이다. 룸메이트들은 기숙사 홀로 내려가서 다른 학생들에게 이야기했고, 그 학생들은 다른 기숙사에 있는 친구들에게 전화를 했고, 또 그 친구들은 함께 모여서 밤늦게까지 이야기를 나누었던 것이다. 그들은 들떠있다.

다음 수업 시간에, 죽을 병에 걸리는 일에 대한 대화의 핵심이 무언지 물었던 바로 그 학생이, 다시 여기서 핵심이 뭔지를 묻는다. 이번에 난 어깨를 으쓱하고 씩 웃는다. 나는 학생들에게 이야기하진 않았지만, 그러나 대화의 핵심은 결코 섹스는 아니었다. 티끌만큼도 아니다. 핵심은 어떻게 생각할지, 어떻게 구별할지(어떤 때 그렇게 할 거고, 어떤 때 그렇게 안 할 건지), 그리고 어떻게 입장을 뒷받침할지(왜 그렇게 하고, 아니면 왜 그렇게 안 할 건지)를 배우는 것이었다. 그 대화는 갈라진 나뭇가지 그림을 따라가며 의사 결정을 하는 일에 대한 것이었다. 하지만 그것마저도 진짜로 핵심은 아니었다. 핵심은, 학교에서 바보 취급당하는 경험을 그렇게 많은 해 동안 겪고 나서도, 생각하기는 재밌을 수 있고 또 재밌어야 한다는 걸 학생들이 기억하도록 돕는 것이었다.

얼마 전 우리는 교도소에서 파티를 벌였다. 여태껏 가장 재미있었던 그런 일이었다. 그건 글다듬기 파티였다. 학생들 가운데 둘은 새로 온 사람이었다. 나머지 사람들은 여섯 달에서 세 해까지 수업을 들어온 노련한 사람들이었다. 그들이 글 손질을 어떻게 하는지 배워가는 걸 보는 것은 즐거운 일이었다. 우리는 노련한 사람들이 쓴 이야기 글 두 편을 살펴보고 있었다. 이야기는 둘 다 훌륭했고, 짜임새가 탄탄하고 힘차게 쓰인 것이다. 하나는 자신의 각성제 중독 때문에 아내를 잃은 사내 이야기다. 아내는 스스로 목숨을 끊고, 딸은 살해당하고, 자신은 갇힌 몸이 되어 교도소에서 일생을 마친다. 다른 하나는 부모가 하도 싸워대서 괴로워하는 어린 소녀 이야긴데, 소녀는 사람 없는 바닷가에 있는 가장 좋아하는 장소에 가서는 흔히 그렇듯 잠에 빠지고, 그리고 깨어나서는 개구리 소년, 그러니까 개구리로 변한 한 소년을 만난다. 그들은 동무가 된다. 하지만 그때, 소년에게 약물을 쏘아서 개구리로 변하게 했던 과학자들이 나타나 소녀를 잠자리로 만들어버린다. 나는 그가 이야기를 끝맺지 않았기 때문에 그 뒤에 무슨 일이 일어났는지를 말해줄 수는 없지만, 이 사건들 덕분에 소녀의 부모가 다시 사이좋게 지내게 된다는 건 분명히 알겠다.

우리는 다듬을 글을 복사해서 죽 돌렸다. 우리는 벌써 여러 차례 이 이야기를 들었고, 글쓴이에게 두루 도움말을 주었다. 이제는 한 번 빠져 들어가 볼 때였다. 나는 큰소리로, 천천히, 한 문장씩 읽고 는, 누가 무슨 할 말이 있을까 봐 잠깐씩 쉬었다. 우리는 사내가 각 성제를 한 대 땡기는 장면에 이르렀다. 나는 말했다.

"잘 그렸네요. 하지만 아직 느껴지지는 않는데요. 앞에서 사내와 아내 사이의 사랑을 보여준 방법은 아주 좋던데. 식구를 내팽개칠 만큼 각성제가 왜 그렇게 좋은 느낌인지를 내가 이해할 수 있도록 도와줄 수 있겠어요?"

글쓴이: "이걸 말해야 되겠네요. 내가 글을 썼을 때 망설였거든 요. 누가 그걸 읽고는 그 짓에 다시 빠지는 걸 바라지 않았기 때문 이죠."

나: "그건 아니지. 당신은 듣는 이들을 그런 식으로 생각하면 안 돼요. 당신 글이 보통 그런 것처럼 그 글도 그만큼 좋겠지 하는 기대 만 하면 돼요. 무슨 문장을 쓰든 내가 자신에게 묻는 한 가지 물음은, 이 문장이 참된가? 문제가 되는 건 딱 그것 하나뿐, 내가 생각할 수 있는 것도 딱 그것 하나뿐이에요."

다른 학생: "난 세세한 부분들이 더 많이 있었으면 좋겠어요. 그 가 한 대 땡기는 방은 어떻게 생겼나요?"

또 다른 학생: "골골이가 쓴 이야기에 나오는 [골골이는 또 딴 사람 이다] 중독 끊는 장면 생각나요? 한 남자가 아들이 구부러진 숟가락 으로 시리얼을 먹기 시작하는 걸 보고는, 아들이 마약과 엮이길 바 라지 않기 때문에 아버지로서 그 숟갈을 되구부릴 수밖에 없는 장

면. 세부 묘사를 그런 식으로 집어넣으면 어때요?"

나: "당신은 한 대 쏠 때 느낌을 오르가즘처럼 묘사하네요. 그게 정말 그렇게 느껴지나. 그럼 당신 물건에서 그렇게 느껴진다는 건가?"

글쓴이: "제기랄, 나는 보통 한 대 쏘자마자 오던데."

나: "진짜?"

글쓴이: "이따금은, 화장실에 앉아있어야 했는데, 오줌 싸고 똥 싸고 온몸이 꼴려 올라왔기 때문이었지."

나: "그게 좋은 건가요?"

다른 학생: "나는 그렇게 하는 사람이 있다는 얘긴 들어봤지"

나: "자 가라앉히고, 무슨 일이 벌어지는지 말해봐요."

그는 우리에게 천천히 자세하게, 한 대 땡기는 전 과정이 어떻게 돌아가는지를 이야기했다. 약을 사기로 마음먹은 순간부터, 사들이고 주사기를 마련하고 한 대 땡기고 확 달아오르고 가라앉고, 그러고 나서는 그가 식구들 밥값을 다 써버렸다는 걸(아기 새 신을 사는데 필요한 돈마저 잃었다고 말하지는 말라고 누가 말렸다) 다시 한 번 깨닫게 되는 데까지 얘기했다.

나는 거듭 말을 했다.

"그건 멋진 세부 묘사야! 지금 우리한테 이야기하고 있잖아, 그런데 이야기 속에는 그게 없거든! 그걸 집어넣지!"

세부 사항을 집어넣고, 우리는 그걸 다시 읽었다. 학생들 가운데 한 사람이, 옛날에 몸소 뽕쟁이였던 사람이, 팔로 제 몸을 감싸면서 말했다.

"이걸 보니 몸이 오싹해지는데."

"그게 바로 여러분이 해야 하는 겁니다." 나는 말했다. "만일 마약

이야기를 쓰려고 한다면 여러분은 그 장면에서는 읽는 이를 중독자로 만들어야 합니다. 그 남자가 가족을 내팽개칠 만큼 그게 왜 그렇게 끝내줬는지를 우리가 이해할 수 있도록 만들어주어야 합니다. 우리가 우리 식구를 내팽개치고 싶게 만들어줘야 합니다. 다른 어떤 것도 마찬가집니다. 만일 여러분이 잠자리로 변하는 어린 소녀를 묘사하고 있다면, 읽는 이들이 그걸 읽고 있으면서는 잠자리로 변해야만 합니다."

우리는 더 많은 물음을 던졌다. 폭주족이 정말로 제 오토바이를 천리마라고 부르나? 시동을 걸었을 때 당신 천리마가 진짜로 우레 소리를 내나? 아니면 대포 소리를 내나, 아니면 무슨 다른 소리를 내나? 주인공이 비록 제 아내를 사랑한다고 하더라도, 그와 마약 밀매인의 애인 사이에는 화학반응이 일어난다. 그 여자는 어떻게 생겼나? 무슨 옷을 입고 있나?

우리는 다른 이야기를 살펴보기 시작했다. 나는 마찬가지로 천천히 읽었다. 여기저기에서 물음이 나왔다. 날개가 돋아나기 시작할 때 느낌이 어땠지? 근질근질한가? 여기 이 넷째 문장에, 이게 세미콜론이 되는 거야 아님 콤마가 되는 거야?

"나는 그걸 두 문장으로 쪼개야 할 것 같은데."

누가 생각을 내놓았다.

"아냐, 그건 세미콜론이야."

다른 누가 주장했다.

그럭저럭하는 사이에, 다른 두 학생이 잠자리로 변한 소녀가 갓 돋아난 날개로 구불구불한 길을 어떻게 빠져나오는지 알고 싶어했고, 다른 학생은 그녀가 홑눈에서 겹눈으로 바뀌는 동안 무얼 보는지 궁금해했다.

"그녀는 말은 할 수 있을까?" 한 사람이 물었다.

다른 사람이 또 물었다. "그녀는 무얼 먹지?"

노련한 학생들 모두 한꺼번에 말하고 있었다. 나는 새 학생들을 힐끗 보았고, 얼굴에서 혼란과, 솔직히 말하면 근심의 빛을 보았다. 갑자기 나는 그 방이 그들 눈에 어떻게 보일지를 깨닫고는 웃음을 터뜨렸다. 여기에서 "흉악범" 일고여덟 사람이 세미콜론에 대해 이야기를 하고 있고, 그것도 스포츠 팬처럼 신바람 나서 그러고 있으니 말이다. 나는 갑자기 깨달았는데, 우리는 창조적인 글쓰기 파티를 벌이고 있었던 것이다. 뭐가 그보다 더 재밌는 일일 수 있는지 모르겠다.

"글다듬기의 첫째 규칙은," 나는 이스턴 워싱턴 대학에서 우리 학생들에게 말한다. "글 다듬는 사람이 자아를 가지면 안 된다는 겁니다. 글쓴이는 마음껏 입을 삐죽거려도 괜찮아요. 그러나 글 다듬는 이가 생각을 내놓았는데 글쓴이가 그걸 좋아하지 않으면 그건 별일 아니어야 합니다. 옛날에 한 번 데이트한 사람하고 내 작품 이야기를 나눈 게 생각나네요. 그녀는 두 가지 생각을 내놓았는데, 진짜로 도움은 안 됐어요. 난 그녀에게 왜 그런지 좋게 얘기했죠. 그녀는 무겁게 한숨을 내쉬고는 '내 도움말을 받아들이지 않을 거면, 왜 그걸 물어봤나요?' 하고 말했어요. 바로 그때 나는 홀로 기나긴 밤을 맞게 되었다는 걸 알았죠."

"이걸 다르게 말해보면, 글쓴이가 언제나 대장이라는 겁니다. 여러분이 편집자로서(그리고 정말이지, 친구로서) 그렇게 할 수 없다면, 입 다물고 있어야 됩니다. 편집자가 할 일은 한 가지, 딱 한 가지입니다. 글쓴이가 쓰고 싶어하는 걸 정확하게, 할 수 있는 한 가장 좋은 식으로 쓰도록 돕는 것. 편집자가 할 일은 저자더러 편집자가 원하는 작품을 쓰도록 시키는 것이 아닙니다. 나는 출판 대리인 두 사람과의 일을 그만두었는데, 그 사람들이 그렇게 하려고 했기 때문이에요. 어떤 사람과 함께 내 작품 하나를 만들기 시작하면, 나는 그 사람이 내가 말해야 되는 걸 말하도록 도와주려고 하고 있는지 아닌지 아주 잘 감지합니다. 만일 그렇다면, 나는 어떤 충고든 귀 기울여 들을 겁니다. 그걸 언제나 받아들이진 않겠지만, 귀 기울여 들을 겁니다. 만일 그렇지 않다면, 아예 귀 기울이지도 않을 겁니다. 내가 편집자를 두고 말한 건 모두 선생님한테도 똑같이 꼭 들어맞는 얘기예요. 이건 그러니까, 그리고 여러분은 이런 말을 듣는 데 익숙지 않을지도 모르겠지만, 특히 학교에서는, 여러분이 대장이란 뜻입니다. 나는 여기 있는데—그리고 이것은 글 다듬는 일뿐 아니라 교실에서 하는 모든 일에도 마찬가지인데—여러분의 시중을 드느라 여기 있는 겁니다.

"진짜로 그런 것과는 정확히 반대되는 전반적 위계질서가 학교 안에 있음을 우린 느껴서 알고 있습니다. 여러분은 나를 위해서 여기 있는 게 아니고, 나는 지도 주임을 위해서 여기 있는 게 아니죠. 지도 주임은 나를 도우러 여기 있고, 감독관은 그를 도우러 여기 있고, 그렇게 내내 죽 이어갑니다. 바로 여러분 때문에 우리가 모두 여기에 있는 겁니다. 여러분, 무얼 하고 싶으신가요?"

나는 지도 주임한테서, 이스턴 워싱턴 대학에서는 수업 출석에 대한 공식 방침이 수업에 두 번 넘게 빠지는(의사 소견서 없이) 학생은 누구라도 낙제시켜야 하는 거라는 말을 들었다. 내가 보기에 그건 미친 짓 같지만, 앞에서 얘길 꺼냈듯이, 무책임하다는 것 말고는 딱히 별 까닭 없이 수업을 제끼는 그런 학생들한테는 뭔가 그럴듯한 게 있어야 될 것도 같다. 한 여학생한테서 해결책이 나왔다. 그녀는 하루를 결석하고 나서는, 의사한테서 (권위자에 걸맞게 알아볼 수 없는 손 글씨로 쓴) 긴 소견서를 받아서 가져왔는데, 의사 이름은 공교롭게도 프랑켄슈타인이었다. 그는 여학생의 봉사 활동이 그가 하고 있는 어떤 일에 어떻게 필요했는지를 묘사하면서, 만일 내가 어쩌다 생물학과에 가게 되면, 그리고 그들이 그곳에 어쩌다 모아놓은 사람의 뇌를 내가 어쩌다 보게 되면, 그리고 어쩌다 하나가 없어졌다는 걸 알아차리게 되어도 걱정하지 말라고 말하고 있었다. 그 뇌는 좋은 데 잘 쓰이고 있으니까 말이다.

　내가 그나마 내 힘으로 학교를 마칠 수 있었던 유일한 방법들 가운데 하나는 지정된 교과서는 어떤 것도 읽지 않는 것이었는데, 교실에서 나누는 대화에 도움이 되고자 아직도 그러고 있다. 그러지 않으면 너무 지루할 뿐이었다. 내가 그 방법으로 자랑스럽게도 잘 이룩해낸 건, 내가 읽어오기로 한 비극 작품 서른 편에 관해 고등학교 영어 선생님과 함께 반 시간쯤 일대일로 이야기를 나눈 때였다. 난 세 편을 읽었다. 하지만 이제 내가 몇 해 동안 가르치고 보니까, 영어 선생님이 무슨 일이 벌어지고 있는지를 정확하게 알았는데도,

나중에 내가 그런 것처럼, 말을 안 들었다고 벌주는 대신에 내 창조성에 상을 주기를 선택한 게 아닌가 하는 생각이 든다.(사실 나는 그저 읽고 말기보다는, 비극 작품을 본따서 쓸 수 있을 정도로 배워보려 훨씬 더 열심히 공부했다.) 게다가 난 존재하지도 않는 책에 대해서 늘 독서 감상문을 쓰던 친구 한 사람도 사귀었다. 나나 다른 내 친구들만큼이나 아주 멍청이인 친구였는데, 그의 역사 보고서는 결코 일어나지도 않은 "알려지지 않은" 전투의 자세한 묘사들과 있지도 않은 장군의 얽히고설킨 인생사 얘기로 가득 차 있었다.

물론 난 그런 일을 하도록 북돋아주고 싶다.

나와 학생들이 이르게 된 결론은 한 번 결석할 때마다 확인 표시 하나를 빼자는 것이다. 이 확인 표시는 나중에 글을 하나 더 내면, 되도록이면 프랑켄슈타인 박사의 변명만큼이나 창조적인 글을 하나 더 내면 메울 수 있었다

넷째 주 수업이다. 프랑켄슈타인 이야기를 쓴 여학생이 지난주에 기숙사 방에서 두 여학생이 키스하는 걸 보고 메스꺼웠던 느낌을 표현한 글을 하나 써왔다. 나는 그녀의 메스꺼움이 어쩜 그렇게 절박하게 솟는지에 충격을 받았다. 그녀의 글을 두고 나는 그런 일을 보면 뭐가 괴로운지를 물었다. 그녀는 나더러 여자들끼리 섹스를 하는 게 메스꺼운 일이라고 생각하는지 아닌지 물었다.

나는, 아주 솔직히, 다른 사람 성생활에 대해서는 자주 생각하지 않는다고 말한다. 동성애, 이성애, 양성애, 전성애, 또 뭐라 뭐라 부

르든, 그런 자세한 세부 사항을 딱히 알고 싶은지도 확실히는 모르겠다. 하지만 내가 다른 누군가의 성생활을 생각할 때면, 갈수록 상처만 주는 기계화되고 파편화된 사회에서 기쁨과 관계를 찾으려고 시도하는 서로 다른 사람들의 복잡한 사연을 내가 더 많이 듣고 이해할수록, 내가 그런 행위에 몸소 참가하고 싶은지 아닌지와는 그 어떤 상관도 없이, 남들과 관계를 맺으려는 악의 없고 폭력적이지 않은 노력들을 내가 판단할 자격이 더욱 없음을 발견하게 된다.

"하지만," 그녀는 말한다. "만일 부모님에게 선생님이 게이라고 말하면 부모님은 어떻게 생각하고, 어떻게 하실까요?"

나는 갑자기 그녀의 절박함을 깨달았다. 나는 대답한다.

"아버지와는 만남이 없어서 아버지 생각은 모르겠습니다. 하지만 한번은 호기심으로 어머니한테 그 물음을 던져보았죠. 어머니는 말했어요. '우선, 왜 내가 걱정하겠니? 거기엔 잘못된 게 하나도 없잖아. 그리고 있다 해도 나에게 달라지는 건 없어. 그리고 나에게 달라지는 게 있다 해도, 넌 나에게 이야기하고 나서도 네가 오 분 전에 있던 것과 여전히 똑같은 사람일 거잖아. 나는 전에도 널 사랑했지, 그러니 왜 내가 그 뒤에는 너를 덜 사랑하겠니?'"

"어머니가 그렇게 말했어요?"

"그래, 그리고 내가 병렬 문장 구조를 선호하는 게 어디서 왔는지 알겠지."

나는 생각했지만, 말하지는 않았다. '그리고 너도 어느 날 네 부모가 그렇게 똑같이 받아들여 주기를 소망하고 있구나.'

여섯 달이 지났다. 그 여학생이 내 사무실에 찾아왔다. 우리는 내 새 수업들 이야기를 나누었고, 그리고 그녀의 수업 이야기도 나눈다. 그러고 나서 그녀가 그 얘길 꺼낸다.

"나는 어떤 사람과 사귀고 있어요."

나는 "그 여자 이름이 뭐야?"하고 묻고 싶은 마음을 누른다. 대신에 그냥 싱긋 웃는다.

그녀가 말한다.

"여자예요."

"행복해?"

"네," 그녀가 말한다. "정말 그래요."

"그렇다면 나도 그렇단다."

생각

묻고 묻고 또 묻자

우리 문화 안에서는 생각을 깊이 하는 건 저도 화나고 남들도 화나게 만드는 일이다. 그리고 만일 당신이 이 화를 참을 수 없다면, 당신은 깊이 생각하느라 들이는 시간을 낭비하고 있는 거다. 깊은 생각의 보상 가운데 하나는 그릇된 것을 발견하면 화가 솟구친다는 것이지만, 만일 화가 금기라면 생각은 굶주려 죽을 것이다.

줄 헨리

넷째 주 후반, 교실 내 실습을 하나 더—내가 성가신 녀석이라고 부르는 걸—할 때다.

연습: 힘차게 내세우는 의견을 하나 마음에 두고는 스스로 다시 또다시 물어라. 왜 네가 그런 식으로 느끼는지, 왜 그게 중요한지, 그리고 이것저것. 네가 몰려서 정신이 아뜩해질 때까지, 아니면 네 의견을 세운 바탕이 되는 전제에 다다르게 될 때까지.

보기를 하나 들어보자.

힘차게 내세운 의견: 야구의 지명타자 룰은 아주 고약하다.

성가신 녀석이 던지는 물음.

"왜요?"

꾀바르고 참을성 있는 어른이 주는 대답.

"그 룰은 감독이 어려운 결정을 비켜갈 수 있게 해주니까. 이를테면, 7회 초이고, 넌 2대 0으로 몰리고 있어. 투 아웃에 주자는 이삼루야. 투수의 투구 수는 아흔일곱 개, 불펜은 지난 며칠 경기로 지쳐 있고, 투수가 타자석에 들어올 차례라면 넌 어떻게 하겠니? 너는 동점을 바라고 대타를 내세우겠니, 뭐 그땐 불펜 쪽으로 가야겠지만, 아니면 아마도 득점을 포기하고 투수를 계속 내버려두겠니?"

아이는 묻는다.

"그런 경우에 왜 어려운 문제를 비껴가는 게 나쁜 일이에요?"(옳 거니, 녀석은 정말 똑똑하다, 말도 잘하고.)

어른은 대답한다.

"도덕적이든, 윤리적이든, 실천적이든 어떤 거든, 어려운 결정은 드라마의 본질이야. 그것들은 긴장을 만들어내지. 그리고 적어도 오락거리에서는 말이지, 긴장과 드라마는 좋은 거야. 좋은 소설이나 연극에서처럼, 주인공이, 이번 경우에는 감독이, 어려운 결정에 맞닥뜨리길 바라지. 『햄릿』에서는 주인공이 의붓아버지를 죽일지 말지를 결정해야만 해. 만일 카디널스가 다저스와 맞붙으면 토니 라리사 감독은 맷 모리스를 빼고 대타를 세울지 말지를 결정해야 하는 거야."

"왜 오락거리에서는 긴장이나 드라마가 좋아요?"

"글쓰기의 처음 규칙 다섯 개는, 읽는 이를 지루하게 만들지 마라야. 아무런 긴장이 없으면 사람들이 보겠니?"

"왜 점수가 적게 나는 경기에서는 감독의 결정이 홈런보다 더 드라마틱해요? 9회 말에 두 점 뒤지고 있는데 누군가 주자 일소 삼 점짜리 홈런을 치는 것보다 더 흥미진진한 게 뭐가 있을 수 있죠?"

"까닭이야 어떻든 나는 물리적인 도전보다는 정신적인 도전이 더좋거든. 나한테는 몸소 감독 입장이 되어서 결정하느라 근심하는 일이, 선수 입장이 되어서 배트 한가운데로 공을 쳐내고는 쭉쭉 뻗어가는 공을 보면서 느끼는 짜릿함보다는 더 재밌기 때문이야."

"그게 그런 거라면, 왜 아저씬 중학교 때는 야구 감독하는 꿈이 아니라 홈런을 치는 꿈을 꾸었죠?"

"아이였을 때조차도 나는 홈런 경쟁보다는 투수 싸움이 더 좋았어. 그래서 그저 그땐 내가 더 활발했다거나 내 공상도 내 기질에 맞았던 거라고 생각진 않아. 나는 하는 것하고 보는 것하고는 다르다고 생각한단다. 만일 내가 그게 영화든 야구 경기든 뭔가를 구경하러 갈 거라면, 그리고 만일 선택을 해야 한다면, 나는 액션보다는 지적인 드라마 쪽에 오히려 끌릴 테지. 확실히 나한테는 책도 그렇고 영화도 마찬가지야. 무엇보다도 이야기가 둘 다 담고 있을 때가 가장 좋지만 말이야. 그리고 지명타자 룰은 어려운 결정을 피할 수 있도록 해놓고는, 적어도 어느 정돈 그런 선택을 억지로 하게 하는 것처럼 보인다구."

이 연습의 핵심은—버틸 수 있는 만큼 오래 계속 가보는 게 도움이 된다—당신의 선입관에 살을 붙이도록 돕는 것이다. 당신은, 당신의 주인공이 어슬렁대거나, 발을 질질 끌거나, 방으로 살금살금 들어가거나(빛이 조금 들고 악기가 놓여있는, 아마도 어둑한 방에) 하는 대로 읽는 이도 함께 따라가기를 바란다. 그리고 이렇게 하는 으뜸가는 방법은 주인공이 보고 듣고 맛보고 만지고 냄새 맡는 모든 걸 정확하게 그려 보이는 것이다. 바로 이처럼 당신은, 당신이 주장을 펴는 대로 독자가 그렇게 함께 따라가길 바라고, 그래서 입장을 가능한 한 정확하고 근본적으로 기술하고, 할 수 있는 데까지 자신의 생각이 기우는 쪽을 뚜렷이 드러내야 한다. 하지만 정말은 읽은 이를 돕는 게 으뜸가는 목표는 아니다. 글 쓰는 이가 어떻게 하면 더 뚜렷하게 생각하고 자신이 살펴보지 않은 가정들의 노예가 되지 않을 수 있을지 배우도록 돕는 것이 목표다.

　내 자신도 글쓰기를 하면서 늘 이런 연습을 하고, 그리고 내가 힘껏 지니는 의견들 가운데 할 수 있는 한 많은 것을 가지고 그렇게 한다. 이를테면 내가 얘길 많이 했던 센 의견이 여기 하나 있다.

　"산업 문명은 결코 지속 가능할 수 없다."

　"왜 그렇게 말하지?"

　"재생할 수 없는 자원 사용에, 또는 재생 가능한 자원의 과잉 채취에 바탕을 둔 어떠한 생활 방식도 언제까지 지속 가능할 수는 없다."

　"그건 왜 그렇지?"

　"만일 생활 방식이, 한정된 양으로 존재하는 어떤 걸(이를테면 석유) 쓰는 데 바탕을 두고 있다면, 마침내는 그걸 다 써버릴 것이다. 그렇게 하고 나면 당신은 어디에 있을 텐가? 마찬가지로 생활 방식이 스스로 재생되는 뭔가를 쓰는 것에 바탕을 두고 있다면, 너무 빨리 써버리지 않는다고 하더라도, 마침내는 그것도 마찬가지로 다 써버릴 것이다."

　"왜 마음 쓰나?"

　"망쳐진 세상을 물려받을, 우리 뒤에 올 사람들한테 마음이 쓰이니까. 그리고 망가지고 있는 세상이 마음에 걸리니까."

　"왜 그런 데다 마음을 쓰지?"

　"왜냐면 나는 사람이니까."

　"왜 사람이라는 게 마음 써야 한다는 말이 되지?"

　"왜냐면 사람이란 그저 살가죽으로 된 자루 속에 든 자아 구조만은 아니니까. 사람이라는 존재는, 그리고 이건 모든 존재들도 마찬가진데, 그들이 함께 맺고 있는 관계야. 나의 건강함, 감정적이고 신체적이고 도덕적인 건강함은 이 관계들의 특성들과 풀 수 없게 서로 얽혀있지. 내가 그 관계를 인정하든 그러지 않든 말이야. 만일 관계들이 빈약하거나 내가 그들하고는 관계가 없다고 우기면서 그 존재들을 조직적으로 뿌리 뽑는다면, 나는 아주 많이 더 작아지고 아주 많이 더 약해지지. 이 말은 정서적으로 영적으로 그런 것만큼 신체적으로도 마찬가지로 그래."

나는 한 학생에게 의견을 내보라고 말한다. 그녀는 말한다.

"우리한텐 야생 언어가 있어야 해요."

"왜?"

그녀는 재빨리 대답한다.

"다양성은 강함이에요."

"그게 왜 중요하지?"

"가장 큰 다양성을 지닌 야생 군집은 가장 안정적이에요. 만일 어떤 재앙이 있더라도 그들은 더 잘 회복할 수 있죠."

"왜 넌 그런 데에다 마음을 쓰지?"

그녀는 생각하더니 대답을 갖고 돌아왔다.

"다양성은 다만 물리적인 세계에만 강함을 주는 것은 아니고, 정신적이고 정서적인 세계에도 강함을 줘요. 모든 것은 우리 인간 공동체에 가르침을 줘요. 물고기한테 '우우' 하고 말하는 식으로가 아니라, 우리가 어떤 특정한 장소에서 어떻게 살지를 늘 배워오던 식으로요. 우리를 둘러싼 모든 걸 살펴보면서 그들과 협동하는 일은 우리 종이 진화하고 우리 개인이 발전하는 바탕이 되어왔죠. 더 다양한 서식 환경은 더 많은 가르침을 뜻하고, 그 특정한 거주 환경 속에서 우리 자신이 살아남을 기회가 더 많음을 뜻하죠."

"왜 우리한테 그런 연어들이 있어야 하지? 왜 그냥 그것들을 양식하면 안 되지?"

"먹는 데 필요한 모든 연어를 양식할 수는 있겠죠. 하지만 모든 기술적인 재주를 다 갖고도 우리가 여기에서 어떻게 살아야 할지는 아직도 모를 겁니다. 연어는 저들 자체보다 더 많은 것을 우리에게 가르쳐줘요. 우리가 야생 연어를 살피고 그들이 우리 행동에 어떻게 반응하는지를 살핀다면, 우리는 깨끗한 마실 물에 대해, 먹을거리가 열리는 나무에 대해, 우리의 상류와 하류에 있는 이웃을 존중하는 마음에 대해 배울 거예요. 만일 우리가 연어를 객관화해 고깃덩이로만 여기고 고립시킨다면—그들의 가르침을 무시한다면—계속해서 하던 행동을 하고는, 모든 걸 파괴하고, 그러고는 죽을 수 있어요. 우릴 둘러싼 모든 다양성에도 똑같이 마찬가지죠. 만일 우리를 둘러싼 모든 크고 작은 가르침을 저버린다면(그리고 우리가 꾸며낸 조건 속에서 살 수 있는 것들로만 우리 이웃들을 제한한다면), 우리는 원하는 건 뭐든 다 제멋대로 파괴하고는 훨씬 일찍 죽어버리겠죠."

반 학생들이 놀란다. 나도 그렇다. 그녀의 분석은 눈부셨다.

학생들을 둘씩 짝 지어 주고는, 이렇게 묻는 걸 몸소 해보라고 한다.

핵심은,—힘주어 말하건대—그들을 딴죽 거는 사람으로 바꿔놓고는 서로서로 주장들을 찢어발기도록 하는 게 아니라, 앞뒤가 안 맞고 약한 지점들을 상냥하게 함께 찾아내고, 생각을 넓혀 앞뒤 안 맞는 구석을 건둥그리도록 돕고, 생각을 갈고 닦아 허술함을 깎아내도록 돕는 것이다.

진짜 핵심은, 늘 그렇듯, 재밌게 즐기는 것이다.

연습을 끝마쳤다. 갈 시간이다. 이제까지 난 수업 때마다 앞뒤로 적어도 한 시간은 상담을 하고 있었다. 오늘밤 마지막 상담은, 교실에서 섹스에 대해 대화하는 걸 좋아하지 않던 여학생과 함께였다. 나는 학생보다 먼저 내 사무실 문으로 걸어가서, 학생이 들어오는 동안 옆으로 비껴 서있다. 그녀는 곧장 망설임 없이 내 의자로 죽 걸어가더니 거기에 앉는다. 그 전엔 이렇게 한 학생이 아무도 없었다. 나는 잠깐 머뭇거리다가, 다른 의자에 그냥 앉는다. 이 의자는 바퀴가 없어 구르지 않는데, 하지만 뭐 어디로 움직여 가야 할 일이 생기진 않겠지.

그녀는 곧바로 딱 잘라 말한다.

"선생님은 위험에 빠져있어요. 그리고 선생님 수업을 듣는 사람들한테도 위험한 사람이에요."

무얼 말하려는 건지 잘 모르겠다.

그녀는 이어서 말한다.

"지옥에 갈 거예요. 그리고 멈추지 않으면, 많은 사람들도 함께 데리고 갈 거구요."

"무슨 말인지 잘 모르겠네."

"선생님이 무슨 짓을 하고 있는지 몰라요?"

나는 머리를 흔든다. 혹시 총을 가진 게 아닐까 하는 생각이 들기 시작한다.

"사람들이 스스로 생각하는 세상에서 신앙이 깃들 자리가 어디 있죠?"

"왜 너는 비판적인 사고가 신앙을 파괴한다고 생각하지?"

그녀는 의자에서 미끄러져 내려와 내 앞에 무릎을 꿇고 앉는다. 한 손은 제 가슴에 얹고 한 손은 내 무릎에 얹는다. 내 의자에 바퀴가 달렸더라면, 뒤쪽으로 굴러갔을 텐데. 그녀는 고개를 숙인다.

"넌 정말 그렇다고 생각……."

나는 얘길 꺼내지만, 말을 맺기도 전에 그녀가 기도하기 시작한다.

그녀는 하느님에게 나를 용서해달라고 간청하고, 내가 빠져있는 위험을 볼 수 있도록 당신께서 나를 도우시라고 간청한다.

그녀의 배낭 가방이 뒤쪽 마루에 놓여있다. 나는 배낭 지퍼가 열렸는지 잠겼는지 보려고 그녀 어깨를 넘겨다 본다. 열려있다. 난 도망칠 틈을 엿보며 기다릴 것이다. 그녀가 내 무릎에 손을 대고 있어서 다행이다. 그 덕분에 자세의 갑작스런 변화를 내가 미리 느낄 수 있을 테니까. 아무라도 다른 학생이 밖에서 기다리고 있으면 좋으련만.

하지만 내 속에는 이 여학생이 정말로 어떤 사람인지 궁금해하는 마음도 있다. 나는 그녀가 나한테서 뭘 원하는지—겉으로 말고 그녀의 두려움 아래 깊은 곳에서 뭘 원하는지—그리고 어떻게 하면 어디든 그녀가 가고 싶은 데에 다다를 수 있도록 도울 수 있을지 궁금하다.

그녀는 계속해서 기도하며 내가 깨달을 수 있도록 도와달라고 하느님한테 빈다.

여러 해가 지나고 난 뒤, 이제 이 글을 쓰면서, 나는 그녀의 핵심을 알 수 있었고, 필요했다면 내 방식을 바꿀 수 있었노라고, 아니면 여자 둘이 키스하는 걸 보고 메스꺼워한 여학생에게 해줄 수 있던 것처럼, 적어도 그녀가 한 말을 넘어서 정말로 말하려 했고 바랐던 걸 볼 수 있었노라고 말하고 싶다. 요컨대, 내 자신이나 그녀 둘 중에 하나라도 도울 수 있었노라고 말할 수 있다면 좋겠다. 그러나 그런 일은 일어나지 않았다. 그녀는 날 두고 조용히 기도했고, 그러고 나서는 그녀 의자로 (아니, 그보단 내 의자지) 돌아갔다. 그리고―우리는 좀더 오래 이야기했고(아니, 그보단 그녀가 좀더 오래 얘기했지)―그러고는 그녀는 떠났다.

나는 지도 주임에게 그 학생 이야기를 했는데, 그는 도움이 될 것 같으면 그녀를 기꺼이 다른 반으로 옮겨주겠다고 말했다. 나는 고맙다고 하고는, 하루나 이틀 기다리면서 무슨 일이 벌어지는지 보겠다고 말했다.

그녀는 다음 수업 시간 한 시간 전에 나타나서 미안하다고 했다. 자신의 행동은 전혀 받아들일 수 없는 행동이었으며, 내가 원한다면 수업을 철회하겠다고 했다. 나는 걱정 말라고, 모든 일이 다 잘될 거라고 말했다.

끝으로 나는, 그녀의 사과는, 내가 그것과 무슨 관계가 있건 없건 상관없이, 어떤 깨달음 같은 것의 결과였다고, 그리고 그녀는 나머지 수업에 함께 참여했고 수업을 즐거워했다고 말하고 싶다. 아니면, 어쩌면 차라리 그녀는 그 수업을 훨씬 더 많이 싫어하도록 만드는 깨달음을 얻었다고 말하고 싶다. 그것이 그녀가 더욱 그녀 자신이 되어가는 일에 속하기만 한다면, 그것 또한 나를 기쁘게 만들었을 터이다.

하지만 사실은―내가 알 수 있는 한은―둘 다 아니다. 그녀는―다시 내가 알 수 있는 한은―이어서 진행된 모든 일에 아주 무관심한 태도로 계속 수업에 들어왔다.

하지만 그것 또한 좋다. 학생한테 어떤 종류든 깨달음을 요구하는 것은 학생들한테 한 가지 특정한 깨달음을 요구하는 꼭 그만큼이나 강압적이다. 나는 우리 학생들이 무얼 바랄지 무얼 배울 수 있을지 조종할 수 없고, 그러고 싶은 마음도 없다. 학생들이 수업을 좋아하는지 아닌지도 조종할 수 없고, 그렇게 할 마음도 없다. 학생들이 저들 삶에서, 내가 내놓는 무엇에서라도 배울 수 있는 자리에 있는지 아닌지도 나는 조종할 수 없다. 이들 가운데 어떤 거라도 조종하려고 시도하는 건, 세상을 죽이고 있는 관료주의 모델을, 곧 개별성보다 획일성을 높이 치고, 눈앞에 있는 그대로 보는 것보다는 선입견을 높이 치고, 학생한테 실제로 필요한 것보다 선생인 내가 원하거나 원한다고 믿는 걸 높이 치는 그런 모델을 내 자신의 교실에서 재생산하는 일일 터이다.

선생님 말씀을 늘 따르도록 거듭거듭 배워 와서, 스스로 생각하도록 하자는 나의 계획에도 잘 따르는 학생들을, 아니면 내가 '적어도 스스로 생각하는 건 이런 거다' 하고 여기는 것에도 잘 따르는 학생들을 받아들이고 길러주는 것은 아주 쉽다. 하지만 만일 내가 그들을 받아들이고 길러주는 일이 선생의 똑같은 옛날 쇠주먹에 우단 장갑을 덧씌운 게 아니려면, 학생들을 위해서 내가 깔아놓은 길과는 다른 길을 따르겠노라고 학생들이 선택했을 때에도—아니면 아무런 선택을 안 했을 때도—나는 그들을 똑같이 기꺼이 마음으로(그리고 사실은 똑같이 열심히) 받아들여야 한다. 내가 학생들이 저들 자신의 길을 걸어가도록 북돋우려는 사람이어야 한다는 건 다름이 없다. 내가 보기에 학생들이 나아가야 할 방향이라고 여긴 것이, 학생들이 실제로 향할 필요가 있는 방향이나 그들이 향할 깜냥이 되는 방향과는, 아니면 그들이 정말로 마침내는 향하는 방향과는 아무런 관계가 없을지도 모른다. 그리고 나는 언제 어느 때든 그런 불확실함과 그런 신비로움을 섬겨야 된다.

그러나 그건 학생들이 내 의자에 앉도록 내버려둬야 된다는 말은 아니다.

선택

한번 겪어보고 쓰든지 말든지 해라

웃기는 노릇이다. 과격파들은 심야 경찰서 기습을 꿈꾸거나, 커피를 들며 둘러앉아서 억압에 관해—텅 비길 기다리고 있는 저 정치범 수용소들에 대해—눈을 반짝이며 이야기한다. 그리고 언제나 미스 존스는 3학년인 아이들과 함께 조용히 일을 한다. 사람들은 파시스트의 위협이나 공산주의자의 위협에 대해 한담을 나누길 좋아한다. 그러나 그들이 억압을 보는 눈은 거의 다 낭만적이고 저 좋을 대로다. 대학살, 라 마르세이예즈 소리를 지우는 기관총들. 그리고 그러는 동안에 누군가는 다른 10학년짜리를 세워서 학생증을 검사하고는 그의 티셔츠에는 주머니가 없다고 지적한다. 그러는 동안에 미국 은행은 고등학교 우등상을 한 바퀴 더 죽 돌린다. 그러는 동안에 나는 쪽지 시험 성적을 매긴다. 진짜 대학살이 계속되고 있다는 건 아무도 모른다. 그러나 기관총은 우리 문명화된 서구 세계에서는 진짜로 가장 두려워할 만한 것은 아니다. 그저 그렇게 많이는 필요하지 않다는 거지. 아이들은 존스 양의 수업을 마친다. 그리고 그들은 중학교로 고등학교로 그리고 대학교로 올라간다. 그리고 그들 중 대부분은 정치범 수용소에는 결코 갇힐 필요가 없을 것이다. 그들은 벌써 그 안에 있기 때문이다. 내가 허풍을 떤다고 생각하는가? 그게 바로 너무도 무서운 일이다. 우리는 우리가 자유롭다는 환상을 지니고 있다. 학교에서 우리는 착한 꼬마 미국인이나, 아님 프랑스인, 러시아인이 되는 걸 배운다. 우리는 평생 우리 위에 퍼 올려놓을 똥을 받아들이는 방법을 배운다. 학교에서 국가는 사람들의 정신을 어찌나 바짝 조여대는지 몸만 홀로 남겨둘 수도 있을 정도다. 억압? 억압의 희생자들을 보고 싶은가? 내가 일하고 있는 샌 디에고 주립대학으로 와서 학생들을 죄다 봐라. 그들은 무얼 할지 누가 얘기해주길 원한다. 그들은 어찌 해야 자유로운지를 모른다. 그들은 저들 의지를 이 제도에 줘버렸다. 미래에도 그들을 집어삼키는 제도들에 계속해서 저들 의지를 줄 것이듯 말이다.

제리 파버

학생들은 확인 표시 시스템을 좋아했는데, 그들이 어디쯤 서있는지를 늘 알 수 있기 때문이기도 했지만, 그보다는 성적을 자신들이 결정짓기 때문이었다. 내가 대학에서 특히 좋아하지 않았던 것은 우편으로 성적표를 받을 때까진 어떤 성적을 받게 될지 좀처럼 모른다는 거였다. 수업을 재수강해야 하는지 아닌지를 결정지을 수 있는 시험을 벼락치기로 준비하면서 기말시험 전 돌아버릴 듯한 주말들을 몇 차례도 넘게 보내고, 그러고 나서도 내 운명을 깨달을 때까지는 두 주일을 기다려야 했다. (하지만 몹시 자주 이 공부 기간이 "계산기집 야구"의 장기전으로 바뀌었다는 걸 인정해야겠다. 우린 말랑말랑한 계산기집에다가 종이를 가득 채워넣고는 손을 방망이 삼아 빈 교실에서 금 넘기기 야구의 실내 판을 벌였다. 만일 공이 책상 첫 세 줄 안쪽 아무 데나 바닥에 떨어지면 아웃이다. 다음 네 줄은 일루타. 다음 네 줄은 이루타. 마지막 두 줄은 삼루타. 뒷벽을 맞추면 홈런. 공이 잡히거나 책상 위나 의자에 떨어지면 아웃이다.) 어쨌든 죄다 아주 변덕스러워 보였다. 어떤 이유로건 가장 적게 공부한 단원에서 시험 문제가 거의 다 나오는 그런 시험을 우리 모두 겪어보았다. 그리고 다른 건 다 놔두더라도 시험은 정말로 뭘 시험하는 걸까? 시험을 치르는 능력을 시험한다. 그건 무슨 쓸모가—아니면 재미라도—있나? 확인 표시 시스템에는 깜짝 놀랄 일은 전혀 없었다.

그렇다고 시스템을 조정하지 않았다는 말은 아닌데, 우리가 그렇게 했고, 그것도 자주 했으니까 말이다. 처음으로 바꾼 것 하나는 학생들이 한 주에 낼 수 있는 글 편 수를 제한했다는 사실이다. 학기 중간에 평균 성적은 보통 한 0.7쯤 되었다.(당연하지!) 열두 주 가운데 아홉째 주까지는 보통 1.7쯤 되었다. 그러고 나면 당황스러움이 밀려들곤 했고, 그러면 나는 매주 성적을 빨리 올리려고 눈이 벌게진 학생들이 써낸 엄청난 종이 더미를 건네받곤 했다. 이런 글들은 당연히 거의 다 똥이었다. 나는 그런 걸 좋아하지 않았는데, 내 자신을 위해서만 그런 게 아니라, 학생들이 학기 내내 글쓰기에서 이로움을 얻지 못했기 때문이고, 또한 말할 거리가 어느 주일에나 두 가지나 세 가지 넘게 늘 있는 사람은 많지 않기 때문이기도 했다. 하지만 무엇보다 가장 중요한 것은 글쓰기는 과정을 겪는 일이기 때문에, 나는 글을 쓰고 고쳐 쓰는 게 확인 표시를 얻는 일이 아니라 발견하고 글 쓰는 과정을 겪는 일이 되기를 바랐다. 그래서 한 주일에 글을 세 편 넘게 써내선 안 된다고 말했다. 학생들은 이걸 좋아했다.

다음으로, 우린 비록 글쓰기 수업이긴 하지만 글이 아닌 다른 표현 형태에도 확인 표시를 주자고 결정했다. 쿠웨이트에서 온 요리사는 일곱 단계 전통 코스 요리를 만들어주었고, 자기네 식구 슬라이

드를 보여주었다. 어떤 다른 학생은 바위산을 기어오르는 제 모습을 찍은 비디오를 가져왔다. 다른 한 사람은 우리 앞에서 춤을 추었다.(내가 맡은 어떤 수업에는 전직 스트리퍼도 있었지만, 춤춘 사람은 그 여자는 아니었다.) 또 다른 학생은 몸소 연주한 피아노 협주곡 녹음테이프를 가져왔다. 한 여학생은 바이올린을 켰다. 한 여자는 반 학생들의 허락을 얻고는, 열 살짜리하고 열두 살짜리 아이들을 데려왔다. 한 남자는 자기 과수원에서 딴 과일과 정원에서 키운 채소를 가져왔다. 많은 사람들이 그림을 그려왔다. 나는 글을 대신하는 이런 표현 형태들 중에 한 가지에서 네 가지까지 가져오라며 학생들을 북돋았다.

하지만 이윽고 우리는 배움이 종이 위에 연필을 놀리는 것에서, 아니면 심지어 글쓰기 수업 시간에 과자를 가져오느라 화덕 속에 반죽을 집어넣는 것에서 다 나온다고 생각하는 건 미친 짓이라는 걸 깨달았다. 삶 그 자체는 어떤가? 여러분은 삶으로부터 어떻게 배우는가? 내가 아는 가장 좋은 길은 해본 적이 없는 일을 해서 배우는 거다. 그래서 우리는 학생이 뭔가 새로운 일을 하고 나서 그것에 관해 한 문단쯤 써낼 때마다, 확인 표시 하나를 주자는 결정을 했다. 이 일은 즉시 대단한 성공을 거두었다. 록 음악 전문가는 고전음악 연주회에 갔고, 고전음악 연주자는 마이너리그 야구 경기를 보러 갔다. 힘만 센 남자 운동선수들은 외국어로 된 영화를 보러 갔다.(그 때문에 몇 사람은 구로사와 영화광이 되었다.) 보통 땐 보수적인 경찰관 한 사람은 모피 사용 반대 시위에 참가했고, 시민 불복종 운동에 마음을 뺏겼다. 난 스무 살이나 될 때까지 인도 음식을 먹어보지 않은 사람이 그렇게 많다는 데 놀랐다. 예전에 제7일안식일재림파 교인이던 여자는 처음으로 햄과 치즈가 든 샌드위치를 먹었다. 한 학생은 [음식 이름만 다르지 나오는 건 죄다 똑같은 멕시칸 패스트푸드점] 타코벨에서 색다른 걸 좀 주문하는 걸로 인정을 받으려고(성공은 못 했지만) 시도했다.(만일 그가 정말 꿋꿋하게 나갔다면 그건 진짜로 새로운 일이어서 나는 인정해주었을 테지만, 그는 그저 시늉만 내려고 하고 있었다.) 한 친구는 무슨 일이 벌어지나 보려고 나흘 밤낮을 자지 않고 깨어있었다. 날이 갈수록 눈은 퀭해졌고, 그는 그 뒤로 오랫동안 다른 사람은 아무도 이해 못 하는 것들을, 아니 어쩌면 들리지조차도 않는 소리들을 듣고 킬킬대기 시작했다. 두세 사람은 생전 처음으로 데이트를 하러 갔다. 한 녀석이 글은 하나 써내고는 열두 주 동안에 새로운 경험을 서른아홉 가지나 해댄 뒤로는, 한 사람에 확인 표시 열다섯 개로 제한을 두어야 했다. 그렇게 많은 완전히 새로운 일들을 생각해내는 데 그가 보여준 남다른 창조성에 나는 크게 놀랐지만(지금 기억하는 단 하나는 "전방 현수하강"이라 부르는 어떤 일인데, 그건 보통처럼 얼굴을 하늘 쪽으로 하는 대신에 아래쪽을 보면서 줄을 타고 벼랑을 내려오는, 정말 겁나는 일이다.) 어쨌든 그건 글쓰기 수업이었다.

가벼운 기술적인 문제가 아직도 내 앞에 놓여있었다. 모방은 강력하고 흔한 배움의 도구이다. 어렸을 때 난 리틀리그에서 공을 던졌는데, 투구 발차기는 [다리를 머리 위까지 차올리는] 후안 마리샬을 본떴고, 팔로우 쓰루는 [던지고 나면 쓰러질둥말둥하는] 밥 깁슨을 괜시리 본떴다. 나중에 높이뛰기 선수가 되어서는, 내 기술보다 진보했다고 생각하는 선수들의 기술을 여러 군데 흉내 내 보려고 다른 선수들을—필름으로도 보고 직접 보기도 하며—지켜보았다. 나는 삶에서도 똑같은 짓을 해왔다. 내가 좋아하는 특징을 지닌 어떤 사람을 볼 때, 그것이 알맞은 관대함이건, 알맞은 사나움이건, 알맞은 다정함이건, 아니면 알맞은 무정함이건 상관없이, 그런 성향을 내 속에 집어넣으려 꾀했다. 그리고 물론 이건 예술에서도 마찬가지다. 화가들은 언제나 그걸 알았다. 음악가들도 그래 왔다.("내 사랑하는 그대여" 계신가요?) 그리고 "미숙한 시인들은 흉내 내지만 성숙한 시인들은 훔친다."고 쓴 사람은 엘리어트가 아니던가?

내가 글 쓰는 법을 혼자서 배우던 때, 나는 좋아하는 책에서 몇 쪽을 골라 전부 손으로 (정자로) 베껴 쓰곤 했으며, 천천히 써 내려가서 낱말들이 내 몸속을 지나도록 하자고 스스로 다그쳤고―어느 문단을 베껴 쓸지 정하기 전에 낱말이 눈에서 머리로 가서 혈류로 흘러 들어가서는 내장과 심장과 허파를 죽 훑고는 다시 눈과 머리를 지나서 팔을 타고 내려가 손가락 끝에서 밖으로 나오도록 하면서―그러고 나서 내 속 모든 부분에서 그 낱말들이 어떻게 느껴지는지를 알았다. 이렇게 해서 나는 좋은 첫머리는 어떻게 느껴지는지, 좋은 끝맺음은, 좋은 묘사는 어떤 느낌인지를 배웠다. 나는 위대한 작가들이 어떻게 누군가를 방을 가로질러 움직이게 하고, 아픔을 보여주고, 사랑을 보여주는지를 배웠다. 요즘은 책 한 권이나 이야기 글이나 수필 한 편을 시작하기 전에, 마루 바닥에 앉아서 내 둘레에 책을 열댓 권이나 스무 권 모아놓고는, 글을 열어가는 구절들과 뒤따르는 구절들을 읽고 또 읽는다.(내가 본보기로 무슨 책을 고를지 생각만 해도 이제는 마음이 들뜬다!)

"오늘은 봐줄 만한 책이 거의 없다."

"우리 형 젬은 열세 살쯤 되었을 때, 팔꿈치가 심하게 부러졌다."

"잔혹함에 대한 일상적인 반응은 그것들을 의식 속에서 몰아내는 것이다."

"나는 아이 적에 이름 붙인 풀들과 남모르는 꽃들을 기억한다. 두 꺼비는 어디에 살고 있을지 여름날엔 새들이 언제 잠 깨는지, 나무들과 계절은 어떤 냄새를 풍겼는지, 사람들이 어떤 모습이었고 어떤 걸음걸이였고 어떤 냄새였는지조차 기억한다."

"내가 처음으로 죽은 사람을 보았을 때, 난 열두 살이 지나 열세 살이 되고 있었다. 그건 아주 옛날 1960년의 일이었다……. 때때로 나한테는 그렇게까지 오래된 것 같진 않지만. 싸락눈이 그 죽은 사람의 열린 눈 속으로 떨어져 내리는 꿈을 꾸다 깨어나는 밤에는 특히 그렇다."

"사람은 두 길 가운데 한 길을 따라 커 나가리라. '사랑'의 길이나 '힘'의 길."

"문명은 나라 안에서는 억누르고 나라 밖에서는 정복하는 일에서 비롯된다."

나는 이 구절들의 결이 내 속으로 스며들고는 나를 뚫고 가서 내 글에까지 스며들도록 해주고, 또 북돋는다.

나는 학생들도 똑같이 해보기를 희망했다. 그래서 문제는, 어떻게 하면 학생들이 글을 읽을까 하는 것이었다. 처음엔 읽은 글에 관해 물음을 던져보았다. 아주 많이는 아니고 한 주일에 마흔 쪽쯤, 학생들이 읽고 싶은 건 뭐든지. 나는 학생들이 음식과 다른 오락거리를 실험 삼아 바꿔보듯이, 읽는 것도 이리저리 바꾸어보는 게 더 좋겠다고 말했다. 그러나 곧 거의 어떤 학생도 아예 아무것도 읽지 않고 있다는 사실이 분명하게 드러났다. 내가 학생들을 꾸중한 건 아니다. 나는 책을 읽는 사람이지만, 나도 대학생이고 선생님이 읽으라고 시킨 거라면 아마도 원칙적으로 계속해서 독서 파업을 했을 테니까 말이다.(이런, 난 정말 계속해서 독서 파업을 원칙적으로 했다.) 나는 정말 그게 사실이냐고 물었는데, 학생들이 사실대로 말해줬다는 건 우리가 신뢰를 쌓아왔다는 증거였다. 나는 다른 선생에게 이 문제를 어떻게 다루는지 물어보았는데, 그의 제안은 학생들의 글쓰기를 개선하는 데에 완벽하게 딱 들어맞아서 난 그걸 하기로 했다. 난 학생들이 그 주에 읽은 글에서 한쪽을 손으로 (다시 말하지만 정자로. 타이핑은 너무 빠르다) 베껴 쓰도록 시켰다. 만일 이걸 하지 않는다면 확인 표시를 잃을 것이다. 학생들은 스스로 이런 과정을 즐기고 있음을 곧 알게 되었고, 그리고 이렇게 베껴 쓴 몇 쪽을 다른 이의 글을 저들 몸속에 받아들이는 기회로 바꾸었을 뿐 아니라, 자기표현의 또 다른 기회로 삼아서, 저들이 가장 좋아하는 책에서 고른 가장 좋아하는 몇 쪽을 나한테 가져왔다.

우리는 모두 선택을 한다. 날마다 순간마다. 바로 지금 난 이 문장을 쓸 수 있다. 아니면 다른 문장을 하나 쓸 수 있다. 나는 불을 끄고 잠자러 갈 수 있다. 나는 컴퓨터 게임을 하며 놀 수 있다. 개와 고양이를 기를 수 있다. 친구에게 전화를 걸 수 있다. 내 차에 올라타서는(바람 빠진 왼쪽 뒷바퀴를 손보겠다는 선택을 아직 하진 않았지만) 찻길을 붕붕 달려, 연어를 죽이고 있는 가장 가까운 댐으로 갈 수 있고, 그래서 곡괭이와 삽을 들고 댐에 달려들 수 있다. 나는 시베리아까지 헤엄쳐 가려고 해볼 수도 있고, 아마 그러다 목숨을 잃을 수도 있다.

모든 선생님은 선택한다. 날마다 순간마다. 무엇을 어떻게 가르칠
까 선택한다. 그리고 아예 가르쳐야 할지 말지도 선택한다. 그저 직
무 지침서를 따르고, 관례를 따르고, 상관이 바라는 일이 이거겠거
니 하고 짐작되는 걸 따른다고 해서, 선택을 하지 않는다는 뜻은 아
니다. 그냥 선택하지 않는 선택이라 하더라도 선택이다.

모든 학생들도 선택한다. 날마다 순간마다. 무엇을 어떻게 배울지
를 선택하고, 아예 배울지 말지를 선택한다. 그저 그의 학업 지침서
를 따르고, 관례를 따르고, 부모님과 선생님과 친구들이 그더러 하
기를 바라는 일이 이거겠거니 하고 짐작하는 걸 따른다고 해서 선택
을 하고 있지 않다는 뜻은 아니다.

치클론-B 독가스 결정체를 비운을 당한 유태인들의 방 속에 떨어
뜨린 모든 사람들은 그 순간에 선택을 한 것이다. 기차들이 죽음의
수용소로 술술 달려가도록 하는 모든 행정 관료들은 선택을 한 것이
다. 민간인을(아니면 군인도 덧붙여) 과녁으로 삼아 폭탄을 떨어뜨리
는 모든 미국인(아니면 미국인이 아닌) 병사들은 선택을 한다. 병사들
에게 폭탄을 떨어뜨리라고 시키는 모든 정치인이나 장군은 선택을
한다. 그 폭탄들을 조립하는 공장에서 작업하는 모든 사람, 그 폭탄
을 실어 나르는 비행기에 댈 알루미늄이나 연료를 만드는 모든 사
람, 그 폭탄에 드는 세금을 내는 모든 사람은 매순간 선택을 한다.
바로 오늘 이 대목을 쓰고 나서, 나는 국세청에서 보낸, 지난해 납세
신고서를 다시 제출하라는 우편물을 받았다. 이제 난 선택을 한다.
세금을 내 그걸로 온 세상에 걸쳐 사람과 사람이 아닌 존재들을 살
해하고 경제적으로 착취하는 일을 뒷받침할 수도 있고, 아니면 세금

을 내지 않고 무슨 일이 벌어지는지를 볼 수도 있다. 그저 어떠한 선택을 하지 않으면 처벌받을지 모른다는 사실이, 우리가 선택을 하고 있지 않다는 걸 뜻하진 않는다. 사실 우리 문화가 앞으로 나아가는 중추적인 길은, 파괴적이거나 자기 파괴적인 선택지들이 주어진 상황에서 가장 좋은 선택처럼 보이도록, 또는 가장 좋은 선택이도록 만드는 수법을 쓰는 것이다.

모든 강간자는 선택한다. 모든 아동 학대자는 선택한다. 연인을 때리는 모든 사람은 선택을 한다. 이런 사람들이 세상을 바라보는 방식이 이전에 그들이 당한 폭력에 영향받았을지도 모른다고 해서, 그들이 선택하고 있다는 사실이 달라지지는 않는다. 이런 끔찍한 일들이 우리 가까이 어디에나 있다는 사실은—우리 문화에서는 전체 여성의 25퍼센트가 일생에 한 번은 성폭행을 당하고, 다른 19퍼센트가 성폭행을 당할 뻔했으며, 56만 5천 명의 미국 어린이들이 부모나 보호자에 의해 죽임을 당하거나 학대를 받는다—해마다 많은 사람들이 그런 선택을 하고 있다는 사실을 암시하며, 사람을 사회적으로 틀 지우는 조건들이, 많은 이들에게 이런 선택이 할 만한 선택이라고, 사실상 최적의 선택이라고 여기도록 만든다는 걸 뜻한다.

모든 삼림 파괴자는 선택을 한다. 댐을 설계하거나, 석유를 얻느라 구멍 뚫는 일을 돕는 모든 기술자는 선택을 한다. 모든 유전공학자는 선택을 한다. 우리 경제 시스템이 이런 선택에 보상을 해준다고 해서, 그 사람들이 조금이나마 선택을 덜 하는 것은 아니다. 보상 때문이라고 해서 그런 선택을 한 사람들이 결과에 대한 책임을 면할 수는 없는 것이다.

좋아하지도 않는 일에 인생을 파는 모든 사람은 선택을 한다. 우리 경제 시스템이 적어도 어느 정도는 그런 선택을 강제했을지 모른다는 사실도 책임을 조금이나마 덜어주는 것은 아니다.

우리는 주로 우리가 세상을 어떻게 보는지에 바탕을 두고 선택한다. 만일 당신이 세상을 어떤 특정한 방식으로 본다면, 당신이 사랑하지도 않는 일에 당신 인생을 파는 것이 조금은 의미가 있을 수도 있다. 그게 아니라면 아무도 그렇게 하지는 않을 테니까. 이와 비슷하게, 당신이 그걸 통해 보면 삼림 파괴가 합리적으로 보이도록 만드는 렌즈가 있다. 그걸 통해서 보면 아동 학대자들이 학대하는 것도 말이 되는, 그리고 강간범이 강간하는 것도 말이 되게 만드는 렌즈도 있다. 이런 사람들이 자신이 한 선택을 하는 데도 까닭은 있단 말이다. 당신이 삼 만 피트 상공에서 사람들에게 폭탄을 떨어뜨리기로 선택하도록 하는 그런 식으로 세상을 보는 것도 가능하고, 이 폭탄들에 대해 세금을 내기로 선택하도록 세상을 바라보는 것도 가능하다. 죽음의 수용소에 유태인과 다른 사람들을 집어넣고 독가스를 채워넣는 일도 말이 되도록 세상을 보는 것도 가능하다. 돈을 벌고 힘을 쌓기 위해서, 경제 시스템을 성장시키고 영속시키기 위해서 이 행성을 파괴하는 게 말이 되도록 당신 자신과 남들을 바라보는 것도 가능하다.

이런 선택들이 슬기로운 선택이라는 말은 결코 아니다. 어쨌든 그것들은 선택이라는 말이다. 그 말은 또한, 의심받지 않은 가정들이 얼마나 흔히 우리 선택에 틀을 씌워놓는지를 거듭 강조하려는 거다. 만일 다른 선택을 하고 싶다면 우리는 우리를 가두고 있는 틀들을 깨부수어야 한다. 만일 우리가 우리 자신의 삶에 마음 쓴다면 그리고 이 행성의 삶에 마음 쓴다면, 우리는 어떻게 비판적으로 생각할지 어떻게 스스로 생각할지를 떠올려내기 시작해야 한다.

사진에는 이런 설명이 붙어있다.

"1916년 포르티노 사마노 처형 전 순간들: 멕시코 혁명 동안에 무자비하고 냉정한 저항군 지도자이던 포르티노 사마노는 1916년에 연방 정부 세력에 의해 살해당했다. 그는 사형 집행인들 앞에 눈을 가리지 않고 서서는 몸소 그들에게 발사 명령을 내렸기 때문에 이름 높은 인물이 되었다. 마음은 아주 평온했고 시가에 길게 붙은 담뱃재조차도 그가 쓰러지기 전에는 땅에 떨어지지 않았다."

한 남자가 손은 호주머니에 꽂은 채 벽 앞에 서있다. 그는 [챙이 위로 휜] 페도라 모자를 쓰고 있다. 오른 발로 돌을 딛고서, 무릎을 가볍게 구부리고 있다. 얼굴은 아무런 두려움도 내보이지 않고, 어쩌면 가벼운 경멸만을 띤 듯도 하다. 입술은 벌어져서, 태평스레—적어도 보기엔 그렇다—시가를 씹어 문 이를 드러내고 있었다.

나는 학생들에게 사진을 보여주고는 설명을 읽어준다. 넷째 주 수업이다. 지금까지 학생들은 그들 자신의 이야기들을 꽤 잘해왔다. 그리고 이제는 다른 관점에서 세상을 보려고 해봐야 할 때다.

나는 말한다.

"나는 여러분이 이 이야기에 나오는 누군가의 관점에서 쓰기를 바랍니다. 그게 누군지는 상관 않겠어요. 여러분은 포르티노 사마노일 수도 있어요. 그 뒤쪽 벽에 붙은 파리일 수도 있어요. 총살대의 일원일 수도 있어요. 여러분은 사진사일 수도 있어요. 카메라일 수도 있어요. 처형을 지켜보는 그 마을 사람일 수도 있어요. 길가에 서있는 한 마리 개일 수도 있겠죠. 난 상관 않겠어요. 중요한 건 여러분이 솔직해야 한다는 겁니다. 여러분이 누구에 관해 글 쓰건 그 사람이 되세요. 아니, 누군가에 관해 쓰지 말아요. 누군가로서 글을 쓰세요. 질문 있나요?"

다시, 나는 천천히 사진을 방에 있는 사람들에게 죽 돌려 보여준다. 그림 설명을 읽고 또 읽어준다. 그들은 생각한다. 그들은 빤히 바라본다. 몇 사람은 눈을 감는다. 내가 북돋아주니 몇 사람은 일어서서 벽으로 걸어가, 연필이나 펜이나 담배를 입에 물고는, 자기들 몸이 뭘 쓸지를 애기해주는가 보려고 하면서 몸소 사마노의 처지가 되어보려 애쓴다. 다른 사람들은 사격대의 일원이 되어 서있다. 또 다른 사람들은 가만히 앉아서 계속 빤히 바라본다. 그러고 나서는 글쓰기 시작한다.

몇 사람은 이걸 힘들어한다. 그들은 좀 장황하게 연설을 하고, 그 상황에 꼭 충분치는 않은 말을 쓴다. 그들은 인물이 느낄 만한 건 뭐든 느껴보도록 자신을 내놓지 못한다. 대신 멀리 떨어져서 느낌을 묘사한다. 그들은 그 세계 속에 자신을 푹 담그지 않고 망설인다.

그러나 다른 이들은 내가 수업 중에 대놓고 눈물을 흘리게 되도록 만드는 글을 낳는다. 그때까지 글이 그렇게 좋지는 않았던 젊은 히스패닉 남자는 비운의 사내가 되어 아름다운 글을 쓰고는, "더 이상 시간을 허비하지 말자구. 난 기차를 타야 돼. 그게 날 하늘나라로 데려다 주면 우리 식구들과 친구들을 만나보겠지. 그리고 만일 그게 날 다른 곳으로 데리고 가면, 그래, 거기에도 난 친구들이 있지." 하고 끝을 맺는다. 한 여자는 주머니 속에 든 손에 신경을 쏟으며 엄지손가락을 집게손가락에 대고 문지르고 있는 포르티노 사마노가 되어 쓴다. 사마노는 그가 지금 떠올리고 있는 감촉을 자신에게 일러주기 전까지는 사격 명령을 내릴 수가 없다. 그건 아이였을 때, 그가 기르던 개의 귀의 감촉이었다. 교도소 수업에서는 멕시코 출신의 한 학생이, 여태까지 마을에서 벌어진 가장 재밌는 일을 보러 그 아침에 잠을 깬 한 어린 소년이 되려고, 자신의 어린 시절을 빌려온다. 다른 멕시코 출신들은 영어로 쓰다가, 나한텐 번역이 필요한 스페인어 대화로 이음매 없이 슬쩍 옮겨간다. 한 학생은 탄약 주머니에서 뽑아낸 총알이 되어, 자신의 때가 될 때 불발탄이 아니기를 바란다. 그리고 다른 한 학생은 사격대의 일원이 되어서, 반역자의 용기를 지휘 장교의 거드름 피우는 멸시와 (그리고 그 아래에 깔려있는 두려움과) 대조해보고 나서는, 그리고 숙명적인 총알이 발사된 뒤에는 걷기 시작하여, 저항군 캠프에 다다를 때까지 걸음을 멈추지 않는다.

나는 다른 사진을 하나 더 보여준다, 이 사진은 케르치의 크리미안 시에서 나치에게 학살당한 민간인들 시체 17만 6천 구 중에 몇 구를 살펴보고 있는 러시아 사람의 사진이다. 이번 이야기들 또한 좋다. 많은 이들이 제 아들의 얼굴을 알아보는 여자가 되어 쓴다. 몇 사람은 제 어머니를 위로하는 죽은 아들이 되어 쓴다. 한 사람은 진흙과 피로 뒤범벅된 웅덩이에 내리 비추는 한 줄기 흐릿한 햇빛이다.

한 학생이 묻는다.

"선생님한테 죽음과 관련된 무슨 사연이 있는 건가요."

"그렇진 않은데, 왜 묻는 거지?"

"지금, 저 성가신 녀석 짓을 나한테 하려는 건 아니겠죠, 그쵸?"

"그건 왜 묻지?" 난 잠깐 멈춘다.

"아냐, 농담이야"

"저 사진 두 장이 그렇잖아요."

난 잠깐 생각하고는 말한다.

"글쓰기는 정말로 옮겨가는 순간들에 관련되어 있어. 삶에서 죽음으로 옮겨가는 것. 태어남으로 옮겨오는 것. 관계에 변화가 일어나는 것. 이해에 변화가 일어나는 것. 위대한 변모들은 위대한 글쓰기 감이지"

"그러면 왜 선생님은 누가 학위를 받는 사진은 보여주지 않죠?"

"일단은 난 아무리 봐도 그게 그렇게 큰 옮겨감이라고 생각지 않는 거지. 그리고 덜 극적인 변모들보다는 오히려 더 극적인 변모에 대해 쓰는 게 보통은 더 쉽다고 생각하는 거지. 하지만 다른 까닭도 있는데, 그건 우리 문화 속에서는 우리가 죽음과 묘한 관계를 맺고 있다고 생각하기 때문이야. 우리는 죽음을 있는 그대로의 모습 이상으로 만들면서 동시에 그 이하로 만들지. 우리는 죽음이 우리 나날의 삶의 한 부분이 아니기라도 한 듯이 행동하지. 우리는 죽음을 두려워하고, 그걸 부인하고, 결코 우리에게 그런 일이 일어나지 않을 것처럼 굴고, 마치 다른 누군가에게만, 우리가 모르는 누군가에게만 일어날 수 있기라도 한 듯이, 마치 내일이 늘 있기라도 한 듯이 삶을 살아가지. 우리가 어느 날 죽으리라는 사실을 염두에 두고 있다면 결코 두고 보지 않을 뚱 같은 일을 우리는 꾹 참고 견디지. 그리고 그와 동시에 우리는 죽음에 마땅히 걸맞는 존중을 해주지 않지. 영화 속에서 무슨 일이 벌어지는지 생각해봐. 사람들은 끊임없이 죽음을 당하지. 사람 목숨이 달려있다는 생각은 아예 있지도 않은 채 말이야. 「다이 하드」 영화 시리즈의 한 장면을 본 게 기억나네.—15회였던 것 같은데—거기에서 멜 깁슨이 여자 한 사람과 아이 하나를 데리고 사륜구동차에 타고 있지. 그들은 철도 건널목에 멈추고, 나쁜 녀석들이 뒤쪽에 차를 대지. 무시무시한 총격전이 벌어지고, 어 그래 맞아, 나쁜 녀석들이 어찌어찌하다가 기차에 박살이 나는 걸로 끝이 나지. 장면을 다 보는 내내 나는 계속해서 생각했지, '저 애는 남은 일생 동안 악몽에 시달릴 거야 하고 말이야. 그는 몇 년 동안이나 심리 상담을 받겠지. 여자는 말할 것도 없고. 나쁜 녀석들의 가족들도 두말할 것 없지. 그리고 틀림없이 멜깁슨이 역을 맡은 인물도 보면, 액션 영화에 나오는 모든 영웅들이 거의 다 그렇듯이, 최소한 인간 혐오자이고 십중팔구 정신병자일거야."

"그러니까," 그 학생은 말했다. "선생님은 우리가 죽음에 관해서 다르게 생각하기를 바라는 거네요?"

"나는 너희가 죽음에 관해서 어떻게 생각하는지는 상관하지 않아. 다만 죽음은 어느 구석에나 도사리고 있다는 거고, 그게 생각해볼 만한 가치가 있는 일이라고 생각하는 거지."

뜻 깊음

당신에게 의미 있는 걸 써라

다른 사람들이 알거나 생각한 것을 넘어, 제 힘으로 생각할 줄 모르는 사람은, 남의 생각의 노예가 되어있는 것이다. 분명히, 생각하기를 배우는 일은 배우기를 배우는 일보다는 목적지에 닿기가 훨씬 더 어렵다. 하지만 어렵더라도 우리는 그것을 우리의 목록에 덧붙여야만 한다. 마치 유능한 백과사전 직원처럼 자기 자신의 주제에 정통할 수 있다고 해서 충분한 건 아니다. 어떤 대학도 모든 졸업생들이 그렇게 할 수 있다면 자랑스러워하겠지만. 제대로 사람이 된다는 것은 어느 정도는, 제 자신의 생각들을 생각하는 것을, 남과 생각이 다르든 비슷하든, 생각이 제 자신의 생각인 지점에 다다르는 것을 뜻한다.

웨인 C. 부스

오늘은 교실에 종이 자루를 하나 들고 들어
온다. 그 속엔 사진 한 장, 총알 한 개, 스파이크 운동화 몇 짝과 바
나나 한 개가 들어있다. 앞에 있는 책상 위에 그것들을 내려놓고는
하나씩 학생들에게 잠깐씩 보여준다. 그러고는 오른쪽에 앉은 학생
에게 총알을 건네준다. 그는 그걸 살펴보고 나서 둘러앉은 사람들에
게 건네 죽 돌린다. 나는 스파이크 운동화를 갖고도 똑같이 한다. 나
는 바나나는 책상 위에 남겨두고는 사진을 집어들고 선다. 둘러앉
은 안쪽으로 빙 돌아 걸으면서 학생들에게 사진을 보여준다. 내가
묻는다.

"이게 뭐지?"

그들은 웃음을 억누르느라 애쓴다.

"말해보세요."

"나일론 정장을 입은 촌놈들 한 무리네요."

"사람들 머리칼을 좀 보세요." 딴 학생이 말한다. "난리도 아니네
요. 어릿광대 같아요."

난 대답한다. "얘들은 내 친구들이에요."

다른 한 학생이 곧바로 말한다.

"밤무대 뛰었어요?"

"아냐," 다른 학생이 말한다. "서커스에 있던 거지."

난 그들에게 나를 놓고 웃고 싶은 만큼 웃어도 좋다고 말한다. "내가 여러분 성적을 좌지우지할 수 있으니까, 웃음이란 웃음은 다 받아야지 뭐."

"하지만 선생님은 그러지 않잖아요." 한 사람이 대꾸한다.

"어, 빌어먹을. 좋아, 그렇다면 그만 웃어요."

안 그런다.

내가 말한다. "아니에요. 이 사진은 그저 1970년대에서 온 맵시꾼 몇 놈을 담고 있는 게 아닙니다. 이건 내 7학년 여름이에요. 1978년 여름. 이건 일종의 마법이죠. 헤엄치고, 핀볼하고, 소프트볼, 첫 키스……."

한 학생이 끼어들더니 그 중에 누가 그 운 좋은 녀석이냐고 묻는다.

"이건 뭐죠?" 총알을 가리키며 내가 물어본다. 총알은 교실을 한 바퀴 죽 다 돌았다.

옆에 앉은 시민 불복종 운동을 하는 경찰관이 저도 모르게 스리슬쩍 티브이 연속극 탐정 목소리가 된다. "음, 그건 소구경 권총용 실탄 한 발입니다. 색이 살짝 바래고 구리의 광택이 흐린 걸로 봐서 알 수 있듯이, 좀 오래됐군요."

나는 말한다. "뭐 어느 정도는 맞았는데, 하지만 궁극적으론 ……" 잠깐 쉰다. "아닙니다."

온 방 여기저기에서 눈썹들이 온통 밑으로 처진다. 우거지상이 한 가득이다. 학생들은 내가 지금 이야기하고 있는 빌어먹을 그게 뭔지를 모른다.

"이건 내가 여섯 살인가 일곱 살인가 때에 어느 주말입니다. 하루는 뜨거운 오후였는데, 우리 형이 침대에 책을 읽으면서 누워있었고 나는 형 옆에 침대에 앉아있었어요. 왜 형이 침대 곁 소탁자에 총알을 뒀었는지, 왜 내가 하나를 입 속에 후딱 집어넣었는지는 모르겠네요. 하지만 난 그렇게 했죠. 총알은 너무 뒤쪽까지 넘어갔고, 그래서 난 그걸 꿀꺽 삼켜버렸어요."

눈썹들이 다시 위로 치켜 올라간다. 눈이 커진다. 어떤 학생이 묻는다.

"어떻게 했어요?"

"주말 내내 침대에서 보냈어요. 난 조숙한 아이였고, 힘이 넘쳐나서 장난이라면 늘 끝장을 보려고—우리 형제들이라면 아마 골칫덩이라고 할 테지만—했죠. 나보다 거의 열 살이나 많은 우리 형이 식구들한테 소개하려고 집에 여자 친구를 데리고 올 때마다, 나는 쪼르르 달려가서는 낼 수 있는 한 큰소리로 묻곤 했죠. 릭 형, 그 누나랑 키스할 거야? 지금 키스할 거야? 형이 되받아칠 말을 생각해내는 데는 좀 시간이 걸렸는데, 그 말은 "샌디, 내 동생을 소개할게. 불쌍한 놈, 날 때부터 이런 식이였어."예요. 그 무렵 형은 집이 비었다고 생각하고는 여자 친구를 집으로 데려오는 때도 있었어요. 부모님과 형제들은 나가있었고, 나는 이웃집에 가있었지만 뭘 좀 가지러 돌아왔죠. 난 애무하는 소리를 들었고, 그래서 소파 뒤쪽으로 살금살금 기어 들어갔죠. 갑자기 나는 펄쩍 뛰어올라서 말했어요.

"어이, 릭 형! 나 보니까 반갑지?"

한 학생이 묻는다. "그러고 나서 어떻게 했어요?"

"뭐긴 뭐겠어? 죽어라고 달아났지."

다른 학생이 말한다. "나한테 걸렸으면 죽었어요."

"음 그래요," 나는 말한다. "그럼 우리 총알로 돌아가서, 왜 내가 침대에 누워 주말을 보냈는지 얘기하죠. 나는 너무 빨리 움직이다간 배가 터지겠다는 생각이 어쩌다가 들었어요. 뭐 형들 중에 한 사람이 그런 생각을 내 머릿속에 심어놓았다는 말은 아닙니다. 그렇지만 집안 식구들이 다 모처럼 주말이 조용해서 기뻐했다는 건 맞죠."

학생들은 싱글벙글하다가, 낄낄거리더니, 그러고 나서는 조용하다. 그들의 마음이 술렁이는 게 눈에 보인다. 그들이 이해하지 못하는 뭔가가 있는 것이다. 마침내 한 사람이 묻는다.

"어떻게……. 총알은 결국 어떻게 된 거죠? 그건 어떻게 밖으로 꺼냈죠?"

"어, 늘 하던 대로지."

학생들은 저들 손을 바라본다.

"나는 배가 터질까 봐 너무 걱정이 되었고, 그래서 내가 갈 때마다 우리 엄마가 나 대신 살펴 확인을 했어요. 마침내 엄마가 총알을 찾아냈고, 그걸 끄집어내 주었죠."

나는 스파이크 운동화를 가리키고, 한숨 돌리고 나서 말한다.

"자 그럼, 이것들은 뭔가요?

학생들은 알아듣기 시작하고 있다. 그들은 내가 트랙에 있었다는 걸 안다. 한 사람이 말한다.

"선생님이 여태까지 제일 잘 뛴 거요."

다른 한 학생, "날씨가 뜨거웠고 선생님은 정말로 숨이 차올랐어요. 시즌 마지막 경기였거든요."

"선생님이 안절부절못하는 거예요."

몸소 트랙에서 뛰어본 녀석이 말한다.

"불안은 떨쳐버리세요. 여자 높이뛰기 선수들 본 적 있어요? 끝내
줘요!"

나는 83퍼센트가 남자인 대학에 다녔다고 그에게 말해준다.

그가 웃는다.

"그래 바로 그 때문에 선생님이 트랙에 나갔군요……."

'멋진 건 말이에요," 난 말한다. "스파이크 운동화는 그런 것들 전
부 다란 거예요. 여자들 얘긴 빼고 말이죠. 난 높이뛰기 선수랑은 한
번도 데이트하지 않았어요. 육상 팀에서 그들이 제일 멋져 보인다는
건 맞다고 생각하지만 말이죠. 물론 남자 선수들에 관해서도 똑같이
말할 수 있겠죠, 적어도 내 경우는 그래요."

학생들이 웃는다.

나는 맘 상한다.

"그것 말고도 또 있죠. 그건 최고가 된다는 거예요. 내가 아이였을
때하고 십대였을 때, 나는 내가 몸소 이룩한 일들을 자주 별거 아닌
걸로 보았어요. 내가 운이 좋았다고 느끼거나, 아니면 내가 성공한
건 뭔가 다른 외부적인 이유가 있는 거라 느꼈죠. 내가 공을 던질 때
는 심판이 스트라이크존을 넓게 잡아주었다거나, 농구할 땐 상대가
일진이 사나웠다거나 하는 식으로 말이죠. 사람들이 날 칭찬해줄 때
는 뭔가 숨은 의도가 있겠거니 생각했죠. 자, 우리는 만일 누군가가
정서적으로 건강하다면 어떻게 해서 외부적인 인정이 꼭 필요하지
않은지를 실컷 다 이야기할 수 있겠지만―그냥 네가 할 수 있는 최

선을 다하는 걸로 충분할 거야, 하고 말이죠—나한테 필요하다고 느꼈던 게 뭔지 난 지금 알고 있고, 내가 그걸 얻었을 때 인정이 끼쳤던 효과를 알아요. 그게 트랙이 나한테 해준 겁니다. 난 최고였어요. 그리고 나는 내가 이룩한 걸 별거 아닌 걸로 여길 수 없었어요. 가로 막대는 그대로 걸려있었어요. 난 그냥 그거하고 입씨름만 하고 있을 순 없었죠. 그래서 난 여러분에게 트랙 경기에 대해서 이야기를 해줄 수 있지만,—나는 여러분을 거기에 데려갈 수 있고, 그러면 여러분은 열기가 트랙에서 뿜어져 나오는 걸 느끼죠. 여러분은 높이뛰기 모래판 냄새를 맡고, 출발 신호 총소리를 듣고, 넓이뛰기 모래판에서 '기록' 하고 외치는 심판관의 소리와, 높이뛰기 선수가 가로막대에 부딪혀 떨어뜨릴 때 나는 덜커덕 소리도 듣습니다—하지만 그건 다만 첫 단계일 뿐이죠. 나는 이야기에 핵심을 집어넣어야, 어떤 의미를 집어넣어야 돼요."

"여러분은 이제까지 여러분의 수필과 이야기 글 속으로 읽는 이를 데리고 들어가는 끝내주게 멋들어진 일을 해왔고,—나도 이 길의 모든 단계에 여러분과 함께 있고요—이젠 다음 단계로 갈 준비가 되어있어요. 다음 단계는 읽는 이들에게 마음 쓸 거리를 주는 겁니다. 틀림없이, 여러분은 한창때나, 아니면 십 년 전에 일어난 어떤 일의 모든 피 튀기는 세부 사항을 여러분에게 들려주는 사람들 얘기를 죽 따라왔습니다. 하지만 왜 그들이 그러고 그러고 또 그러고 있는지를 모르고, 그래서 여러분은 소리치고 싶을 따름입니다. 핵심으로 들어가자고! 여러분은 그들이 어떤 정서적인 내용물, 정서적인 풍부함을 여러분에게 주길 바라죠. 여러분이 이야기를 하고 있을 때도 마찬가집니다. 여러분은 읽는 이들을 거기에 데려가고 싶을 뿐

아니라—내가 여러분에게 스파이크 운동화를 그저 보여준 것처럼
말이죠—그게 여러분에게 무얼 뜻하는지를 읽는 이들이 알게 하고
도 싶어합니다."

그들은 말이 없다. 무슨 말인지 알아듣는 것 같다. 마침내 어떤 학
생이 말한다.

"그러면 바나나가 상징하는 건 뭡니까?"

"그건 내 점심이에요." 난 말한다.

교실에서 칭찬하는 일을 두고 해야 될 말이 더 있다. 칭찬은 늘 진
실이어야 한다는 게 중요할 뿐 아니라, 그게 무조건적인 칭찬이어야
한다는 것 또한 중요하다. 칭찬이 특별할 게 없다는 말은 아니다. 칭
찬은 특별해야만 한다. 하지만 내가 좋아하는 글만 칭찬했다면 학생
들한테는 결코 도움이 안 되었을 것이다. 그 주제에 관해서 내가 읽
어본 모든 연구는 조건적인 칭찬은 창조성을 가로막는다는 걸 뚜렷
하게 밝히고 있다. 그것은 칭찬받는 이가 자신을 벗어나 선생님 쪽
으로 움직여 가서, 마음의 소리 대신에 칭찬을 좇도록 하는 까닭이
된다.

나는 모든 글에서 칭찬거리를 찾아냈다. 그래, 나는 학생들의 글
에서 내가 가장 좋아하는 부분에 초점을 맞추었기에, 뭐가 좋은 글
인가 하는 내 이상들을 여전히 그들에게 지우고 있었다. 하지만, 글
을 칭찬하는 것 이상으로 나는 학생들을 글쓴이로서 칭찬하고 있었
고, 글쓴이로서 칭찬하는 것 이상으로 그들을 사람으로서 칭찬하고

있었음을 나는 분명히 알고 있었다.

학생들은 자주 내가 썩 좋아하지 않는 정치 견해가 담긴 글을 써 냈다. 나는 내가 좋아하는 쪽에 가까운 정치 견해가 담긴 글을 칭찬 하는 만큼 그 글들도 칭찬했다. 학생 중에 한 사람은 학기 대부분을 로널드 레이건을 찬사하는 글을 쓰면서 보냈다. 나는 그가 논리와 화법을 개선할 수 있도록 도왔다.(레이건이 저격당한 날에 축하 파티를 벌였다는 한 여자와 그 학생이 수업 중에 정중하고 활기차고 재미난 정치 토론을 벌였다는 사실은 교실에 있던 수용의 분위기를 말해준다.) 이와 비슷하게, 내가 술을 좋아하지 않는데도, 와인 수입 판매업자인 한 학생은 와인 광고문들 말고는 아무것도 쓰지 않았다. 나는 내가 몸 소 내준 문제를 옆으로 제쳐두고 그가 도움 받을 필요가 있는 방식 으로 그를 돕는 게 기뻤으며, 그가 교실에서 한 작업을 더 폭넓게 쓸 수 있었다는 건 훨씬 더 기뻤다.

내가 선호하는 게 없는 척, 아니면 정치적 견해를 갖고 있지 않은 척은 결코 하지 않았다. 나는 학생들에게 숨기지 않고 얘길 했다. 그 러나 내가 그것들을 좋아하는 게, 그것들이 내 생각과 일치하는지 아닌지에 달린 건 아니라고 분명히 밝혔다. 그리고 또, 그리고 이게 우리 모두 확인 표시 시스템을 정말정말 좋아했던 까닭인데, 학생들 성적은 우리가 생각이 서로 들어맞거나 아니거나에 영향을 받지 않 았다.

어떤 다른 글보다 더 많은 어려움을 내게 안겨줬던 글 한 편이 아 직도 기억난다. 바로 얼마 전에 동아리 방에서 총각 파티에 참석했 다던 한 남자가 쓴 글이었다. 그는 동아리 회원이 둘러싼 가운데에 서 춤추는 스트리퍼 두 사람을 묘사했다. 한 사람은 의자에 앉아있

던 신랑 위쪽에 바짝 붙어서 춤을 추었다. 그는 그녀의 샅을 깨물었
는데, 너무도 아파서 그녀는 그만두고 방을 떠나야만 했다. 다시 돌
아온 뒤론, 여자들 둘이서만 함께 춤을 추었고 섹스하는 시늉을 했
다. 학생은 완전히 사로잡혔다고 썼고, 또한 그가 여태까지 본 가장
변태적인 일이었다고 썼다. "나는 왜 그 여자들이 서로 그 짓을 했는
지 모르겠다. 우리들 아무나하고 할 수도 있었을 텐데 말이다. 그 여
자들은 틀림없이 변태다."

다 읽고 났을 때 나는 이 남자와, 이런 태도와 관행을 끊이지 않게
하는 이 문화에 너무 화가 나서 몸이 부들부들 떨렸다. 나는 그를 뒤
흔들어주고 싶었다. 그런 식으로 대응하는 게 알맞을 터일 상황들이
있게 마련이다. 하지만 나는 선생과 학생은 권력에서 차이가 난다는
것을 알고 있기에 참아야 했다. 교실에서 나를 "아무런 생각도 없는
멍청한 족제비 녀석"이라고 부른 대학교수를 난 결코 잊지 못할 것
이고, 그게 나한테 어떤 느낌이었는지도 잊지 못할 것이다. 선생은
학생에 대해 권력을 갖고 있다. 그 권력은 그걸 알맞게 써야 하는 책
임을 동반한다. 이 글을 집에서 읽어서 다행이다 싶었는데, 왜냐면
알맞은 대답이 될 만한 걸 생각해내는 데 하루쯤 시간이 걸렸기 때
문이었다.

"이 글은 많은 흥미로운 얘깃거리를 제기하는군요. 나는 특히 변
태라는 문제에 대해 생각해보고 싶어요. 그 여자들은 일을 하도
록—그녀들은, 그 본질에 있어서, 연기를 하고 있던 거죠—품삯을
받았고, 방에 있던 남자들은 그녀들을 바라보는 데 돈을 냈습니
다.(그리고 분명히 적어도 한 사람은 그녀들을 물어뜯을 권리 또한 산 거
라고 생각했군요.) 왜 이런 사실 때문에 그 여자들이 변태가 되는 건

가요? 또 이런 그림 어디에 존중심이 어울리는지도 궁금하네요. 존
중심과 성적 특징 사이의 관계는 무얼까요? 남자들과 여자들 사이
의 관계 속에는 존중심이 들어갈 자리가 어디에 있나요?"

이 남자가 여자를 대하는 태도를 바꾸었다고, 장래의 관계들을 바
꾸었다고, 그의 삶을 바꾸었다고 말하고 싶지만, 나는 그가 내 말에
어떻게 반응했는지 모르겠다. 그는 그 글을 다시 쓰지 않았고, 그와
나는 그 문제로 다시 이야기를 나누지는 않았다.

나는 남들 앞에서 내놓고 학생들을 칭찬하는 방식에도 아주 조심
스러웠다. 남들 앞에서 칭찬받는 일이 학생으로서 얼마나 기분 좋은
느낌인지(사람으로서 얼마나 기분 좋은 느낌인지) 나도 안다. 그리고
동시에 다른 사람들은 끊임없이 뽑혀서 교실에서 칭찬받는데, 나는
못 그럴 때 얼마나 안 좋은 느낌인지도 기억한다. 내가 쓴 글을 선생
님이 교실 앞에서 읽어주었을 때 내 마음이 들뜨던 느낌이 기억난
다. 그리고 또, 선생님이 작은 글 뭉치를 죽 읽어내려 가는데 내 건
읽지 않은 채로 바닥은 점점 가까워질 때 느끼던 불안감도 기억난
다. 그래서 학기가 시작할 때마다 나는 학생들한테, 좀 있으면 모든
학생의 글에서 발췌한 걸 내가 읽어줄 텐테, 만일 자기 글은 소리 내
어 읽기를 바라지 않는다면 글에 표시를 해달라고 얘길 했다.(물론,
그 글이 학생에게 마음에 상처를 주거나 너무 속이 드러난다고 느낄 수도
있겠다고 짐작되는 내용을 담고 있다면, 읽기 전에 먼저 물어보겠노라고
말했다.) 나는 아무도 따돌려진다고 느끼지는 않길 바랐다.

이런 일—학생들이 충분히 편안함을 느껴서 자기들이 몸소 피부
로 느끼는 내용들을 깊이 파고들기 시작할 만한 분위기를 만들어내
려고 애쓰는 일—은 모두 다 일이 많아 보일지도 모르지만, 실은 그

렇지 않다. 그건 그냥 존중심과 애정을 보여주는 일이다. 그리고 그
것은 내가 돈을 버느라고 벌통을 옮기고, 가마니를 져나르고, 탁자
에서 접시를 치우는 것보다는 확실히 덜 고된 일이다. 우리 학생들
은 계속해서 활짝 피어났기에(작가로, 사상가로, 사람으로), 나는 이
일은 정말로 어찌나 쉬운가 하고 쭉 생각했고, 만일 우리 학생들이
살아오는 동안 어른들이—보모들, 선생들, 학생 상담 교사들, 교회
사람들이—받아들여 주고 사랑해주었더라면, 나는 진짜 직업을 얻
어야만 했을 테니 어쩔 뻔했어, 하고 내내 생각했다.

　나는 내가 좀더 유리하게 내 식대로 가르칠 수 있는 것이 내 성별
덕분이라는 사실을 아주 잘 알고 있다.(또한 삶의 거의 모든 국면에서
도 내 성별이 내게 유리함을 준다는 사실도 아주 잘 알고 있다.) 권위가
(문화적으로) 내재해 있도록 만드는 표지를 내 염색체 속에 지니고
있을 때는, 권위를 포기하는 것이 상대적으로 쉽다. 내가 백인이라
는 사실, 키가 꽤 크다는 사실 또한 이로움이 된다. 이런 속성들 하
나하나는 이 문화가 권력을 부여해놓은 것이라서 더 바깥쪽 겉옷이
라도 양복저고리를 벗어버린 것처럼 쉽게 벗어버릴 수 있었고, 궁극
적으로 내 권위에 거의 위협이 되지 않고도 그럴 수 있었다.
　내가 여성이라면, 권위를 이렇게 포기하는 게 나약함의 신호로 보
였을지도 모르겠다. 더욱 나쁜 건, 세계를 권력을 얻으려는 끝없는
투쟁으로 여기는(곧 아주 겁먹고 있는) 사람들이(그것도 많은 사람들
이) 있기 때문이고, 따라서 그들은—학생이든, 교사든, 감독관이든

아니면 다른 아무라도—이런 나약함을 들킨 사람을, 그리고 보통은 눈엣가시인 사람을 착취하려고 할 법하기 때문이다. 그렇지만 권위에 맞서 저항하는 것이 반드시 눈엣가시가 되는 일이라는 말은 아니다. 그게 때때로 모든 관계자들한테는 틀림없이 불편한 일이긴 하지만 말이다. 다시 한 번 말하지만, 어떤 종류의 힘이든 여자들이 더 많이 갖고 있는 게 못마땅한 사람들이 많이 있다. 그 사람들은, 권력의 외적인 장식물들과 내적인 경직성에 들러붙지 않는 어떤 여자보다도, 말하자면 드레스만 입었지 남자와 다를 바 없는 마가렛 대처처럼 처신하지 않는 그 어떤 여자보다도 제가 한 발 앞서 있다는 걸 보여주고 싶어한다. 물론 많은 백인들도 마찬가지로 백인종이 아닌 이들이 그들 위에서 힘을 누리고 있다는 것에 분개해할 터이다.

어쨌든, 내가 권위를 포기했다는 건 그다지 맞는 말은 아니다. 내가 권위를 좀 제쳐두었다고 말하는 게 더 정확하리라. 하지만 나는 분명히 내가 교도소에서 허리에 차고 있던 경보 장치의 심리적 등가물을 내 손이 닿는 데다 내내 놓아두었다. 확인 표시 시스템은 올바른 방향으로 가는 한 단계였지만, 나는 여전히 바깥쪽에서 그걸 부과하였다. 나는 여전히 출석표를 돌렸고, 여전히 수업에서 다룰 문제를 결정했으며, 비록 쓰지는 않았지만 여전히 아무라도 골라서 아무 구실이라도 골라 붙여서 낙제시킬 힘이 있었다.

그리고 교실에서 토론할 때 내가 무슨 역할을 하는지 정직하게 말해보자. 내가 원하는 건 모두 평등주의 수업 반을 꾸려가 보는 거라고 말할 순 있지만, 사실은, 거의 어떤 주제에 대해서라도, 우리 교실 안에서는 내가 하는 말이 어떤 다른 한 사람이 말할 것보다 훨씬 더 무게가 나간다는 것이다. 선생님이 이야기를 하면, 학생들은 다른 학생이 똑같은 걸 말할 때보다, 아니면 그걸 반박할 때보다 더 많은 주의를 기울인다. 하찮은 보기를 하나 들어보자면, 내가 7학년 때 과학 선생님이, 위와 식도를 가득 채우도록 물을 마시고 나서는 개수대까지 죽 걸어가 얼굴을 앞쪽으로 숙여 물을 다시 밖으로 쏟아 내는 게 가능하다고 말하던 일을 난 지금도 기억한다. 만일 내 친구 녀석 하나가 그렇게 말했다면, 난 믿지 않았을 테고 그걸 꽤나 금방 잊어버렸을 거다. 그러나 우리 선생님이 그렇게 말했기 때문에, 나는 그걸 바로 믿었고 지금도 기억하고 있는 거다. 수학·과학·역사·경제 따위에서 배웠던 것들도 거의 다 포함해, 선생님들이 말해준 다른 똑같이 엉터리인 많은 것들을 두고도 마찬가지라고 할 수 있다.

　그리고 또 수업에서 우리가 이야기할 거리를 그냥 내가 고르니까, 다뤄볼 문제를 내가 내놓고 있는 건가? 혁명가 한 사람의 처형을 다루는 글을 골라 학생들에게 쓰도록 시키는 게 정치적인 연설을 하고 있는 걸까? 월스트리트 증권업자 사진, 서태평양에 있는 이워우지머 섬에 깃발을 꽂는 (아니면 필리핀·한국·베트남·파나마·그라나다·소말리아·이라크·아프가니스탄 그리고 본질적으로 끝도 없이 다른 나라들에서 민간인을 쏴 죽이는) 미 해병대 사진을 보여준다면 다른 정치 연설을 하고 있는 거였을까? 물론 내가 무슨 사진을 내놓든—내가 취하거나 취하지 않는 어떤 행동도—강하게 정치적이다. 비록 그것이 뭔가를 묵살하기 때문에만 정치적이라고 하더라도 말이다. 내가 비정치적인 수업을 꾸려간다는 허울 좋은 명분을 내세워 추수감사절 칠면조가 놓인 식탁에 앉아 웃고 있는 (백인이고, 이성애자인데다가, 중상층 계급인 핵가족) 가족 그림을 보여준다면 어찌 될까?

　물론 그것은 학생들에게 그림의 한쪽 면만을 내보여주는 것일 테고, 학생들더러 한 가지 특정한 길을 따라 나름으로 글을 써내려 가라고 방향을 가리켜주는 일일 터이다. 학생들에게 그 칠면조가 공장식 축산 농장에서 짧고도 가여운 삶을 이어가는 걸 보여주고는 그것에 대해 글을 쓰라고 시키면, 그 또한 학생들을 어떤 다른 길로 이끌고 가는 일일 것이다. 우리가 추수감사절에 기념하는 바로 그 개척자들이 인디언을 학살하는 그림을 학생들한테 보여주는 것이 그럴 것처럼 말이다.

　물론 선생은 교실에서 더 큰 목소리를 낼 것이다. 그것이 내가 학생들 글에 성적을 매기지 않는다는 게 아주 결정적으로 중요한 한 가지 이유이다. 나는 내 견해들을 (정치적이거나 그렇지 않거나) 성적이라는 바로 그 정말 억압적인 권력에서 끊어놓을 필요가 있다.

　성적은 억압적인 것이고, 가르치는 일에는 정치 문제가 내재한다는 이런 문제는, 글쓰기에 해당될 뿐만 아니라 모든 분야에도 해당된다. 수학·과학·경제학·역사·종교는 모두 꼭 그만큼 깊이 그리고 반드시 정치적일 수밖에 없다. 정치적이지 않을 수 있다고 믿는 것은 그 자체로 정치적인 입장을 취하는 것이다. 이를테면 과학이 (또는 수학·경제학·역사·종교 그밖에 다른 것들이: 여러분에게 쥐약인 걸 골라봐라) 제 모델에 들어맞지 않는 모든 정보들을 제거하고 남아있는 정보에는 색을 덧입히는 필터로 작용하는 거라고 생각지 않고, 오히려 세계를 있는 그대로 모습으로 그려낸다고 믿는 것은 그 자체로 정치적인 입장을 취하는 것이다. 그리고 그것은 그 입장을 지니는 사람에게 보이지 않기 때문에 훨씬 더 강력하고 위험한 입장이다.

통제를 그만두기

쓰고 싶은 걸 실컷 써라

안전함이란 대체로 미신이다. 자연 속에는 존재하지 않고, 사람의 아이들도 전체적으로 그걸 겪지 않는다. 위험을 피하는 것은 긴 안목으로 보면 깡그리 드러내놓는 것보다 더 안전한 일이 아니다. 삶은 위험을 무릅쓰는 모험이거나, 아니면 아무것도 아니거나 둘 중 하나다.

헬렌 켈러

내가 여든세 살이 되면, 문명의 심리
적이고 물리적인 하부구조를 해체하려고 일하고, 사람과 사람 아닌
존재 모두 이런 노예 상태에서 풀어내느라 일하면서 성공적으로 보
낸 삶을 되돌아보며, 어린 아이들에게(이들은, 두 세대 먼저 태어난 우
리 같은 사람들로서는 이해할 수 없는 노릇이겠지만, 해마다 돌아오는 더
많은 야생 연어와 노래하는 더 많은 철새들과 더 많은 왕나비들이 함께 있
는 세상에 살고 있을 것이다. 그곳에서는 들소 떼가 나날이 늘어가고, 프레
리 독 마을도 그렇고, 풀밭과 늪과 수풀이 함께 뒤섞여 우거진 군락이 늘어
가고, 도로는 부서져 떨어져 나가고, 높이 솟은 빌딩들은 허물어지고 자동
차들은 녹슬어 못 쓰게 된다.) 1995년의 칠판 대전 이야기를 해주고
있을 것이다. 우리는 어쩌면 내가 일찍이 본 적도 없이 낮게 빠져나
가 있던 썰물이 다시 천천히 차오를 때, 엘크 크릭 강어귀에서 오래
된 뜬 부두에 앉아 얘길 하고 있을 것이다. 아이들은 전에 그 이야기
를 들었고, 그래서 벌써 그 낯선 용어들을 알고 있다. 칠판, 관리인,
진공 청소, 학교.

난 얘길 시작하겠지.

"나는 그걸 바로 어제 일처럼 기억한단다. 그 시절 난 야간 반에서 가르치고 있었는데, 어느 날 교실에 들어갔을 때 누군가 교실 옆쪽 칠판에 굵은 글씨로 써놓은 걸 봤지. '걸상 줄을 다시 맞춰놓아라!'"

"정말 웃긴 짓이네요." 아이들 중 한 사람이 말하겠지.

나는 고개를 끄덕이고는 이어서 말하겠지.

"느낌표가 꽤 마음에 걸렸지. 주세요가 없는 것도 그랬고 말야. 나는 그 말을 칠판에 그대로 놔두고는 좀더 작은 글씨로 아래에다 썼어. '이런 요구를 하는 사람이 누굽니까? 관리인이라면, 기꺼이 그렇게 하죠. 아니라면, 타협을 합시다. 우리를 위해서 걸상을 둥글게 맞춰놓아요. 그러면 우리가 당신을 위해서 줄을 맞춰놓을 테니까.'"

다른 아이가 말하겠지.

"제가 볼 땐요. 공평한 것 같아요."

나는 이어서 말하겠지.

"두 해 전엔, 관리인 한 사람이 걸상을 둥글게 맞춘 채로 놔두면 진공 청소가 더 어려워진다는 메모를 칠판 위에 적어놓았어. 물론, 그 뒤로 우리는 걸상을 줄 맞춰 되돌려놓았단다. 그러나 그때 예산 삭감이 있었고, 그래서 관리 직원이 해고되어, 일이 하도급 업체로 넘어갔지. 나는 두세 달 뒤에 진공 청소가 모조리 중지되었다는 걸 알아차렸단다. 바닥에 떨어진 사탕 껍질, 연필 토막, 종이 쪼가리, 진흙 딱지가 죄다 학기 내내 그대로 남아있었어. 걸상을 줄에 맞춰 되돌려놓는 건 그걸로 끝난 거였지."

"다음 날 밤 칠판에 또 다른 글이 덧붙어있었어, 여전히 힘찬 글

씨로 말야. '철없이 굴지 마라. 철 좀 들고, 의자를 제자리에 놓아두
어라.'"

"난 썼지, '학생들이 —그리고 더 나아가 걸상들이 —있어야 할
제자리는 맞춰놓은 줄이 아니다. 그리고 나라면 권위나 전통에 의
문을 품는 일을 철없는 일이라고 부르지는 않겠다. 차라리 정서적
으로 심리적으로 건강하다는 신호라 하겠다. 유태인 대학살과 베트
남 침공의 끔찍함에서, 그리고 갈수록 더해가는 지구 파괴에서 우
리가 다른 아무것도 배우지 못하고 있다면, 권위나 전통에 왜 그토
록 맹목으로 복종하는가 하는 것이 사람이 품을 수 있는 어떤 의문
보다도 훨씬 더 문젯거리라는 걸 우리는 깨달아야 한다. 그렇게 생
각지 않는가?'"

"우리 학생들 가운데 많은 사람이, 다음 회가 읽고 싶어서 다음 날
저녁 일찍 도착했어. 그 수수께끼 같은 교수는 기대를 저버리지 않
았단다. '이따위 허튼소리는 집어치워라. 여긴 학교고, 뭔가를 가르
쳐보려고 내가 여기에 있는 거다.'"

"나는 되받아 썼지. '나 또한 그렇다. 바로 그렇기 때문에 내가 이
렇게 하고 있는 거다. 이제 물음은 이렇게 된다. 당신은 무얼 가르치
고 있는가?'"

"'낮 동안 수업을 들으러 와서 이렇게 계속되는 논쟁을 지켜볼 학
생들을 나는 모두 마음속에 그려보았지. 내가 한번도 만나지 못할 사
람들 속에도 저항의 작은 불꽃들을 심어주고 있기를 바랐단다. 아니
면 아마도 그들은 내가 생트집을 잡고 있다고 생각했겠지. 난 결코
알 수 없을 테지만 말야. 난 우리 학생들 가운데선 많은 사람이 그걸
아주 좋아했다는 걸, 그리고 그것에서 많은 걸 배웠다는 건 알아.'"

한 아이가 묻겠지.

"왜 할아버진 그 학생들이 그것에서 많은 걸 배웠다고 생각하세요?"

나는 말하겠지, "나한테 말해줬거든"

아이는 또 묻겠지. "할아버지가 그 다른 학생들은 한번도 만나보지도 않을 텐데, 그들 속에 저항의 불꽃을 일으켰을지 아닐지 왜 마음 쓰세요?"

"두 가지 이유 때문이란다. 첫째 이유는 그 문화가 지구를 죽이고 있었고 엄청나게 많은 사람들한테도 마찬가지로 해를 입히고 있었다는 거고—그리고 이 말에서 과거 시제를 쓰는 게 얼마나 기분 좋은지 너희들한테 말로 다 표현할 수가 없구나—그래서 그 문화는 무너져야 될 필요가 있었기 때문이지. 둘째 이유는 좀더 개인적인 거였단다. 아주 많은 사람들이 행복하지 않고, 제 가슴을 따르지 않고 있었어. 한쪽으론 특히 사람들을 자기 자신한테서 멀어지도록 이끌려고—그들을 호리려고—우리가 학교와 대학들 같은 온갖 제도들을 (그리고 정말은 그 문화 전체를) 대규모로 세워놓았기 때문이었고, 그래서 다른 누군가가(부모들, 학교들, 경제 체제가) 앞에 깔아놓아 준 길에 진심으로 물음을 던져보려는 생각을 대부분 사람들이 한번도 해보지 못했기 때문이란다. 학교에 다닐 때, 난 비참했었어. 그래서 아무 구명 밧줄이나 찾았고, 내 자신의 가슴을 따르고 싶다고 해서 내가 미친 건 아니라는, 나를 버리면 보상을 주겠다는 그 문화가 미친 거라는 신호를 이리저리 찾아다녔지. 그 칠판 위에 있던 것 같은 논쟁을 내가 대학에 다녔을 때 보았더라면 나한테 헤아릴 수 없이 큰 도움이 되었을 텐데 말이야. 만일 내가 이 학생들이 책상을 줄지어 맞춰놓는 일 같이 그렇게 간단한 일에 관해서 의문을 던지도록 도울 수 있다면, 그리고 누군가는 이런 종류의 의미 없는 일에 권위를 생각지 않고 굳게 맞서고 있음을 그들에게 보여줄 수 있다면, 어쩜 그들 중 몇 사람은 그런 의문들이 이끄는 곳으로 어디든 따라갈 테지. 그리고 그건 아름다운 일인 거야, 일단 물음이 시작되면 결코 멈추지 않으니까 말이야."

한 아이가 묻겠지, "왜 부모님들과 선생님들이, 아니면 다른 아무 사람들이 아이들한테 행복해지지도 않는 일을 하라고 시켰나요?"

"아," 나는 말하겠지, "넌 성가신 녀석 놀이를 하고 있구나, 그렇지?"

그러면 아이는 깔깔대며 웃겠지.

나는 이어서 말하겠지, "다음 날 밤에 글이 하나 더 있었단다. '나는 더 이상은 멍청이랑 입씨름하느라고 시간을 허비하지 않겠다. 만일 내일 아침에 걸상이 줄에 맞춰 돌아와 있지 않으면, 나는 당신 지도 주임에게 가겠다.'"

"우리 학생들 가운데 한 사람이 말했어. '저건 싸우자는 얘긴데요, 데릭. 밖으로 나와 한 판 하자고 할 건가요?' 몇 사람은 나더러 아예 대꾸를 말라고 했지, 내가 말썽에 휘말리길 바라지 않았기 때문이야. 난 일찌감치 지도 주임 선생과 다른 이야길(정확히 말해 낚시 얘길) 나누다가 칠판 전쟁 얘기를 들먹였노라고 학생들에게 말해줬어. 지도 주임은 내가 난처한 소동을 일으키지 않도록 교실 사용 일정을 조정해주길 바라느냐고 물었어. 그리고 난 그게 어떤 소동인지는 문제가 안 된다고, 소동을 일으키고 싶다고 말했단다. 그가 말했지. '소동은 집어치우게.'"

"그러나 나는 무얼 해야 할지 확신이 서질 않았단다. 칠판 토론은 생각을 놓고 겨루는 데에서 말싸움으로 번져가고 있는 것처럼 보였지. 그런 건 나한테는 전혀 재미없는 일인데 말이야. 난 내 뜻을 이미 뚜렷이 밝혔다고 생각했어. 하지만 그 대화를 그때 당장 멈추지 말아야 한다는 것 또한 몹시도 중대한 일이었어. 왜냐면 학생들이—특히 우리 반 바깥에서 불어난 말들을 따를지도 모를 학생들이—더 높은 힘에 가서 알리겠다는 그의 협박이 이긴 거라고 생각하길 바라지 않았기 때문이지. 그건 바로 종소릴 잘못 듣고 수업을 마치는 일일 테니까 말이야. 나는 이삼 분 동안 생각하고 나서는, 우리 학생들에게 어쨌든 알려주고 싶은 중요한 것이 또 하나 있다는 걸 깨달았는데, 그건 담화 전략과 관계된 것이었지. 나는 썼단다. '만일 내가 쟁점을 논의하는 데에서 전략을 논의하는 데로 잠깐 얘기 옮겨도 괜찮다면, 이걸 지적하고 싶군요. 상대방 주장의 취지와 맞서는 대신에 생각이 다른 사람을 공격하는 건—막말을 한다거나 (이를테면 "철부지", "멍청이") 어떤 위협 같은 걸 한다거나(이를테면, "당신 지도 주임에게 가겠다") 하면서—오래되고 잘 알려진 전통을 지닌 전략이긴 한데요, 그것은 흔히 마지막으로 기대는 수단이죠. 그건 그 수단을 쓰는 사람의 주장이 허술하다는 걸 보여주니까요. 만일 그 수단 사용자가 근거를 댈 수 있다면 막말을 하거나 협박할 필요는 없을 테죠. 그는 그냥 주장을 입증할 수 있을 테니까요. 더군다나 막말하기는 좋은 글쓰기의 바탕 원리를 어기고 있어요. '보여줘라, 말하지 말고' 라는 거 말이죠. 어떤 사람을 멍청이라고 부르는 것은 좋은 글쓰기가 아니에요. 당신이 쓴 글을—논문이건 책이건 아니면 칠판 위에 쓴 글이건—누가 읽도록 하고, 그러고 나서 읽은

이가 '저이가 묘사하고 있는 그 녀석은 진짜로 멍청이군' 하고 말하
도록 만드는 게 훨씬 더 좋아요. 그게 좋은 글쓰기죠.'"

"다음 날 보니 칠판 위에 있던 글이 다 지워져 있더구나. 남은 학
기 동안 우리는 계속 해나갔고 걸상을 줄지어 맞춰놓았지."

아이들이 깔깔대며 웃고 또 웃는다. 밀물이 계속 들어온다. 우리
가 앉은 부두를 계속 들어올리면서.

남들도 다 내가 하는 식으로 수업을 이끌어보라는 말은 아니다.
그렇게 해보라 권한다면, 보통은 학생들 몫인 무시를 내가 드러내놓
고 하는 짓일 터이다. 학생들은 바로 이 점 때문에, 비록 남보다 못
나 보여도 정말은 학생들 자신인 사람과는 닮은 구석이 없는 모습이
되려고, 우리 체제 아래에서 주물리고 비틀려지길 기대한다. 그것이
바로 산업 모형인데, 그 속에서 우리는 모든 이를 억지로 똑같은 거
푸집에 밀어넣으려 애쓴다. 그것이 산업 생산에는 좋을는지 모르지
만, 영혼에는 (지구와 마찬가지로) 생지옥인 것이다. 그리고 그것은
그냥 잘 돌아가지도 않는다. 이를테면, 나는 보도 자료를 쓸 줄 모른
다. 몇 년 동안 나는 스포캔에서 한 환경 단체를 위해 글을 많이 썼
고 편집도 많이 했다. 술술 읽히는 산문이 필요하면, 나는 주력 선수
가 되어 글을 썼다. 그러나 나한테 보도 자료를 쓰라고 요청했을 때,
나는 몇 시간 동안 자리에 앉아서, 그들이 어쨌든 결코 써먹지도 못
하게 될 말을 만들어내느라 씨름하고 있었다. 그리고 보도 자료를
써본 이 경험은 전화 연락망 돌리는 일을 거들어달라고 부탁받았던

날 밤에 일어난 일과도 잘 비교된다. 그건 내가 아니다. 난 그걸 할 수 없었다. 나는 두세 시간 동안 자리에 앉아서, 누군가의 전화번호 첫 여섯 자리 숫자를 돌렸고, 그러고는 얼어붙어서 내 자신이 전화를 마무리 지을 수 없다는 사실을 알게 되었다. 만일 내가 체제에 맞서는 일을 했다고 FBI나 CIA에서 잡아가기로 결정하기라도 한다면, 굳이 내 생식기에 전기봉을 갖다 대는 성가신 일은 할 필요도 없다. 그냥 나더러 모르는 사람들에게 가입 권유 전화를 하라고 억지로 시키기만 하면 된다.

우리가 모두 사람으로서 마주하고 있는 할 일은 (그리고 확신컨대 나무들도 꼭 같은 할 일을 마주하고 있고, 개구리, 바위, 별, 불, 휙 부는 바람, 입맞춤, 어루만짐, 예술 작품들도 그런데) 우리가 누구인지를 발견하고 그 사람이 되는 것이다. 선생들이 마주하고 있는 할 일은 그들 나름의 가르치는 길을 발견하는 것이며, 바로 그것이 그들이 누구인지를 분명하게 보여준다. 이것은, 물론, 그들 살갗 속에 깃들어 사는 사람을 가장 먼저 좀 이해해내야만 한다는 뜻이다.

이스턴에서 내 첫 학기도 반쯤 지났을 무렵, 지도 주임이 내게 말했다.

"일찍부터 난 자네가 걱정스러웠네, 그리고 자네가 교실에서 어떨지도 걱정스러웠지. 나는 자네가 말한 걸 좋아했지만, 자네가 진짜로 그런지 아닌지는 몰랐네. 그리고 나는 자네가 말한 대로 실천하지 않는다면, 학생들은 순식간에 그걸 눈치 챌 것이고, 자네와 학생들 모두 어려움을 겪으리란 걸 알았다네. 우리는 학생들을 바보 취급해선 안 되네. 우리는 그럴 수 있다고 생각할지도 모르지만, 학생들은 우리가 보통 평가하는 것보다는 똑똑하지."

그래서 난 여기에서 이렇게 제안한다. 선생들은 그들이 무얼 하고 있든지, 그들이 내놓은 주제의 개인적이고 정치적인 함축을 생각하라고. 그들 자신이 누구인지를 이해하려 애쓰라고. 그들 자신의 교실에서 그들 자신의 마음의 속삭임을 따르려고 애쓰라고. 그것 말고도 난 여기서 이렇게 말하고 싶다. 겉으로는 무슨 주제를 가르치고 있더라도, 진짜 핵심은 학생들이 자신을 발견하도록 돕는 것이고, 그들 자신의 열정을 발견하도록 돕는 것이라고. 그밖에 어떤 일도 학생들을 엇나가게 이끄는 것이고, 그들에게 실제로 해를 입히는 일이라고.

난 아직도 수업에 대한 통제력을 너무도 많이 갖고 있었다. 내 최고의 글쓰기는 내가 통제를 그만둘 때, 작품이 제가 가고자 하는 곳으로 나를 이끌도록 내버려둘 때 나온다. 아니, 이끈다는 너무 센 낱말이다. 마치 뮤즈가 내 한 발 앞쪽에서 살며시 걸어가면서 내 손을 감싸 쥐고는 부드럽게 끌어당기기라도 하는 듯한 말이다. 그보다는 글쓰기 행위는, 그것이 최고 상태가 되도록 내가 놓아둘 때면, 내가 열 살짜리 아이일 때 사랑했던 어떤 걸 딱 떠올려주는데, 그건 할 수 있는 한 빨리 바위투성이 산을 내달려 내려오는 일이었다. 나는 꼭 대기에서 출발하고, 그러고는 총총걸음으로 걷기 시작하다가, 무게를 실어 속도를 내서는, 하마터면 다리가 따라갈 수 없을 만큼 몸이 빨리 움직일 때까지, 그리고 안전하게 발을 디딜 자리를 집어낼 수 없을 정도로 빠르게 뛰어 내려왔다. 나는 통나무들과 커다란 바윗돌

들을 뛰어넘어 내달렸는데, 내 눈과 발과 땅바닥 자체를 믿고 있었기에, 저기 저쪽에 뭐가 있든 뚫고 나갈 수 있겠다 믿었다. 물론 자주 발을 헛디뎠지만, 그 덕분에 어떻게 하면 많이 몸을 다치지 않고 넘어질지를 배웠고, 어떻게 굴러야 내 발걸음을 되찾아 재빠른 몸짓으로 다시 출발할 수 있는지를 배웠다. 더 뒤로 돌아가 보면, 어린아이였을 때—다섯, 여섯, 일곱 살 먹었을 때—남부 콜로라도에 있는 높이가 몇백 피트나 되는 커다란 모래 언덕을 달려 내려온 일도 떠올릴 수 있다. 나는 산마루 꼭대기에서 나는 듯 뛰어 내려와 점점 더 빨리 달려 내 발이 더 이상 따라갈 수 없을 지경이 되었고, 그러고 나서는 줄곧 데굴데굴 구르고 굴러 내려오곤 했다. 사람들은 내가 산마루 꼭대기를 통과했을 때, 눈만 멀뚱해가지고서는, 무서움과 기쁨으로 점점 더 휘둥그레지고 있더라는 말을 해주었다. 그게 바로 (아찔한 어지럼 말고도) 내가 내 글쓰기에서 바라는 것이고, 그게 바로 내가 내 삶에서 바라는 것이고, 그게 바로 내가 내 교실에서 바라는 것이다.

어떻게 내가 그렇게 했을까?

마침내 난 학생들을 여러 그룹으로 나누어서, 그룹마다 두 시간짜리 수업을 이끌도록 부탁하자는 생각이 들었다.(주간반 학생들은 그냥 한 시간만 하면 되었다.) 학생들은 원하는 거의 어떤 일도 해도 되었다. 나는 거의라는 낱말을 끼워넣는데, 학기마다 적어도 한 그룹이, 반 학생들한테 죄다 알몸으로 회오리춤을 추라고 시키려는 걸 말려야 했기 때문이다. 그러나 그것 말고는 거의 다 괜찮은 일들이었다. 한 그룹은 깃발 잡기 놀이를 하기 원했다. 나는 이게 글쓰기와 무슨 관계가 있을까, 하고 생각했다. 그러나 우린 그걸 했고, 그러고 나서 그에 관해서 썼다. 그리고 나는, 정서적인 토론을 열렬히 하고 난 뒤보다도 우리 그룹이 신체적 활동을 한 뒤에, 반 학생들에게 더 가까워졌다고 느꼈다. 다음 수업 시간에 우리는 몸을 움직여 활동적인 일을 함께하는 것과 친밀함의 느낌들 사이에 어떤 관계가 있는지 이야기를 나누었다. 다른 한 그룹은 하드를 먹고 만화를 보게 하였고, 그러고 나선 잘 안 쓰는 쪽 손을 갖고 어린 시절 겪은 일을 그림으로 그리도록 했다.(한 친구가 제 그림을 반 학생들에게 보여주었을 때 나는 가슴이 찢어졌다.—"이건 우리 아버지가 나를 숲으로 불러내어 나한테 처음으로 코카인 연기를 흡입하게 해준 그림이에요.") 같은 그룹 수업에서 우리는 텅 빈 건물의 지하실에서 오리 오리 꿱꿱과 숨바꼭질 놀이를 했다. 학생들 가운데 많은 이가 평생교육 과정 학생들이었고, 그래서 나이가 꽤 많았다. 그땔 돌아보면, 들통 나지 않게 숨느라 다들 몹시도 심각해져 있는, 나이든 뚱뚱한 남자들과 스물 살짜리들과 중년 어머니 댓 사람과 영어가 모국어가 아닌 남녀 여섯 사람과 더불어 숨바꼭질 놀이를 해보지 않고서, 어찌 성공적으로 글쓰기 수업 반을 맡아보았노라고 말할 수 있을지 모르겠다.

　다른 한 그룹은 물음 가방을 하나 가져와서는, 우리들 한 사람 한 사람에게 하나씩 건네주었다. 사람마다 받아 가진 물음에 대답을 했고, 그러고 나서는 방에 있는 사람들에게 다 돌려 대답을 하게 하였다. 그 다음엔 다음 사람 물음으로 넘어가서는, 계속 그렇게 했다. 물음들은 훌륭했다. 내건 "당신은 어떻게 죽기를 바랍니까?"였다.

　한 그룹에는 베트남 수의사가 한 사람 있었다. 그들 차례인 날 밤에 그는 다른 학생 한 사람과 함께 한쪽 칠판 위에 애국심, 용맹, 전쟁, 폭탄, 국가 방위, 국익, 미사일, 탱크, 총, 헬리콥터, 군인, 장군이라는 낱말을 썼다. 동시에 다른 학생 두 사람이 바로 옆에 붙어있는 다른 칠판에 씹, 좆, 보지, 섹스, 좆물, 젖퉁이라는 낱말을 썼다. 우리는 두 가지 목록으로 된 그 낱말들에 반응을 보이면서 교실을 돌아다녔다. 핵심은 곧바로 뚜렷해졌다. 그들은 묻고 있었다, 왜 첫째 줄은 안 그러면서 둘째 줄에 있는 낱말은 저속한 걸로 여기는가?

또 다른 그룹이 이끄는 수업에서, 우리는 살면서 저지른 가장 부끄러운 짓을 이야기하면서 뺑 둘러서 돌아다녔다. 그룹 학생들이 먼저 나서지 않았다면 사람들은 그저 하찮고 가벼운 짓만 내놓기 십상이었을 것이다. 한 사람은 아이였을 때 재미 삼아서 새끼 고양이 목을 끈으로 묶어놓고는 그걸 잊어먹었는데, 반 시간 뒤에 돌아와 보니, 새끼 고양이가 끈이 소파 한 구석에 걸려있는 채로 뛰어내려서 죽어있는 걸 발견했다고 했다. 한 사내는 아내 몰래 바람피운 이야길 해주었다. 그렇게 하고 나니까, 더 숨길 일이 없었다. 우리는 둘레를 다 돌기 전에 거의 다 눈물을 흘렸다.

한 그룹은 우리에게 컨트리 앤드 웨스턴 춤인 궁둥이 씰룩 춤을 어떻게 추는지 가르쳐주었다. 이것은 뿌리까지 몸치인 나한테는 특히 어려웠다. 교실이 너무 작았기 때문에, 우리는 건물 한가운데 있는 안뜰에서 춤을 췄다. 저마다 궁둥이를 내미는 차례가 반쯤 지나고 났을 때, 과에서 가장 무뚝뚝한 감독관 두 사람이 지나갔는데, 아무래도 저녁 늦게까지 일한 것 같았다. 나는 씩 웃으며 손을 흔들었다. 이번 수업도 내게 많은 걸 가르쳐주었다. 나는 몇 해 동안 글을 쓸 때면 마음 가는 대로 내맡기면서 작업을 해왔는데, 그래서 난 많은 학생들이 제 열정을 말로 분명히 드러내는 일을 아기 걸음마 하듯 하는 것에 이따금씩 안달이 났다. 그러나 내가 마음 가는 대로 내맡겨 춤

춰 보려는 일이 생기고 보니까, 갑자기 그들의 꺼려지는 마음이 이해
되었다. 너무나 수줍어서 말머리도 못 떼던 많은 사람들이(궁둥이 씰
룩 춤을 출 거라곤 생각도 못 했던 쉰 살된 보안관 대리 한 사람도 포함해)
궁둥이를 세차게 흔들어대는데도, 나는 궁둥이를 고작 삼 인치나 사
인치쯤만 내밀곤 했던 것이다.

　다른 수업에서는 마시멜로를 가지고 우리의 소망과 꿈을 나타내
는 조각상을 빚었다. 활 사냥꾼인 한 친구는, 이쑤시개 뿔을 단 커다
란 마시멜로 수사슴을 만들었는데, 엄청난 이쑤시개 화살이 가슴에
서 튀어나와 있었다. 내 건 마시멜로 연어 떼가 마시멜로 강에서 헤
엄치고 있는 무너진 마시멜로 댐이었다. 우리는 교실에서 눈가리개
축구를 했는데, 한번에 네 사람씩 눈가리개를 차고 있으면, 눈이 보
이는 짝이 어디로 움직일지를 말해주었다.("왼쪽, 왼쪽," 내가 벽으로
달려가는데 내 짝이 소리쳤다. "아, 미안, 방향이 틀렸네.") 우리는 여러
그룹으로 나뉘어서, 영화 각본을 위해 대충 짠 줄거리를 모자에서
하나씩 끄집어냈다.(우리 그룹은 산에서 내려와서 세상에 있는 다른 모
든 이들이 사라져버린 걸 발견하는 이야기였다.) 그리고 나서 그룹에 있
는 사람마다 연기할 극중 배역을 딴 모자에서 뽑아냈다.(나는 여배우
샤론 스톤을 연기해야 했다.) 그리고 난 뒤에는 한 시간 동안 각본을
쓰고는 우리가 나중에 "어리둥절 연습"이라 이름 붙인 것을 공연했
다. 할로윈 때는 마루 바닥에 침낭을 대충 깔고, 작은 나무토막으로
둘러싼 회중전등 둘레에(캠프파이어를 흉내 내어) 앉아서, 주전부리
하며, 귀신 이야기를 했다. 밸런타인데이에는, 첫사랑 이야기와 가
슴 아프거나 가슴 벅찬 추억들 이야기를 썼다. 거의 다 재미있었다.

학과에서는 교실 안에서 중간고사를 보라고 요구했다. 하지만, 학교 규정은 시험의 성적 매기기에 관해서는 아무 내용도 담고 있지 않았기에, 내게는 뭔가 재미난 일을 시도해보고 싶은 기회가 되었다. 중간고사 이틀 전에, 나는 학생들에게 그들이 답을 얻고 싶은 물음들을 죽 써내라고 부탁했다. 다음 수업 시간에 나는 휴지통을 비워 들고 교실을 한바퀴 죽 돌았다. 학생들이 물음을 쓴 종이를 집어넣었다. 나는 종이를 잘 섞어서 다시 죽 돌렸다. 이번에는 학생들이 물음을 나눠 받았다. 제가 받은 물음을 좋아하는 사람들은 이제 중간고사로 무얼 쓸지를 알게 되었다. 물음이 마음에 들지 않는 사람들은 되돌려 내놓고 다시 뽑아 나누어 가졌다. 아직도 마음에 들지 않으면 다시 시도했다. 그리고 또 다시. 끝내 좋아하는 물음을 얻지 못한 사람들은 자기 자신이 물음을 만들었다.

다음 수업 시간에 학생들은 쓸 채비를 하고 들어왔다. 나는 서로 절대 베껴 쓰지 못하도록 주의 깊게 지켜보겠노라고 말했다. 그 다음 수업 시간에는 답안지마다 조금씩 읽었다.

물음의 질은 깊은 생각을 담은 것과 생각을 자극하는 것에서부터 "이런 제길, 오 분 있으면 수업 시작하잖아"에 이르기까지 가지각색이었다. 많은 질문들은 개인적인 것이었다. 당신의 첫째 기억은 무엇입니까? 어린아이 적에 행복했나요? 이제까지 가장 행복했던 때가 언제인가요? 아는 사람이 죽었던 적이 있나요? 아기 낳는 걸 본 적이 있나요? 가장 무서웠던 때가 언제였나요? 몇몇 물음은 정치적이었다. 미국 정치 체제는 재앙을 면할 수 있을까? 부시와 미합중국이 이라크를 쳐들어갈까?(재밌게도 누군가가 1991년에 수업에서 그런 물음을 던졌다. 그리고 확신컨대 내가 2003년에도 여전히 이스턴 대학에서 가르치고 있다면 누군가가 똑같은 물음을 던졌을 것이다.) 영적이거나 종교적인 물음도 많았다. 하느님이 있다고 믿습니까? 하느님은 무엇입니까? 당신이 하느님을 믿는 일 또는 믿지 않는 일과 당신의 개인적인 도덕감 사이에 관계가 있습니까?

나는 그렇게 많은—물론 다는 아니지만—학생들이 깊이, 실체, 의미에 대해 굶주려있다는 사실에 줄곧 깊은 인상을 받았다. 그들은 자주 진짜 물음을 던졌고, 자주 진짜 대답을 주었다. 한 학생이 그다지 흥미롭지는 않은 물음을 받았던 게 기억난다.

"닭이 먼저냐, 달걀이 먼저냐?"

나는 그가 그걸 가볍게 튕겨버리고 제 스스로 물음을 하나 만들어 쓸 거라고 생각했지만, 그는 내가 여태까지 본 가장 생각이 깊은 대답 가운데 하나를 썼다. 그는 닭이 공룡에서 나왔기 때문에 당연히 알이 먼저 생겨났다고 이야기하면서 글을 시작했다. 그걸로도 충분히 재치 있는 답이었을 테지만, 그러나 그것은 다만 실존, 신의 예정, 자유의지, 운명의 본질에 대한 비범한 탐구로 가는 도약점일 뿐이었다. 공룡 속에는 닭이 이미 존재했던 걸까? 마찬가지로, 이 학생이 어른으로서 지금 취하는 행동들은 어린아이인 그 사람 속에 이미 들어있던 걸까? 지금 그 사람이 누군지와 그가 내일 누굴지 사이에는 무슨 관계가 있을까? 그리고 하루에서 하루로 이어지는 그이는 누구인가? 그 물음은 여기까지 이르렀다. 난 누굴까?

내 생각으론, 모든 학생들이 똑같이 간접흡연이나 중고품 할인 상점에서 쇼핑하기의 즐거움 같은 주제로 두 시간 동안 규격화된 논술

을 쓰는 것보다 (규격화된 논술은 성적 매기기가 훨씬 더 쉽다!) 이게
훨씬 더 재미있고, 중요하고, 뜻 깊다.

넌 누구냐니까?

말로 할 수 없는 것도 있다

"십 년 십오 년이 다 뭐예요?" 하고 수녀 원장은 차분하게 말했다. "영원을 생각하세요."

난 아무런 대답을 하지 않았다. 영원이란 지나가는 순간순간임을 난 알고 있었다.

니코스 카잔차키스

　교실로 걸어 들어간다. 물어본다.

　"오늘밤 여기에 몇 사람이나 있나요?"

　거의 다 손을 든다. 조짐이 좋다.

　"여기에 누가 있지요?"

　손을 든 사람들은 그대로 들고 있고, 몇 사람 눈썹도 따라 치올라
간다. 나머지 학생들 중에서 두 사람도 이제 손을 든다.

　"여기 있는 사람이 누구지요?"

　학생들이 눈살을 찌푸린다.

　"여러분은 누구죠? 여러분이 누구냐고."

　아무도 아무런 말도 없다.

　"여러분은 누구지요? 난 정말 알고 싶습니다."

　여전히 아무도 아무런 말도 없다. 그래서 나는 누구 타령을 하기
시작한다. 그것도 학생들이 이해하는 데 별 도움이 안 된다. 다시 해
본다.

　"여러분이 책을 한 권 읽거나 산보를 하거나 섹스를 하거나 수업

에 들어올 때, 그 일을 실제로 하고 있는 사람은 누구지요?"

한 학생이 수줍게 말한다.

"나예요."

다른 학생들이 일제히 웃는다.

"그건 누군데?"

다른 한 학생이 말한다.

"아, 안 돼요! 선생님은 당신이 뭘 얘기하든 계속 물음을 던지는 그 짓을 하고 있는 거예요! 죽어라 달아나요!"

"바로 그거야," 난 말한다. "누가 달아날 거지요?"

"내가요!"

더 큰 웃음.

"하지만 넌 누군데?"

꿀 먹은 벙어리.

나는 말한다. "아, 이런. 아, 이런."

음, 학생들은 내 개인기가 누굴 흉내 낸 건지 못 알아본다.

"우리는 이 수업에서 그게 여러분인 바로 그 사람이 되는 일에 관해서 많이 이야기를 했어요. 하지만 그건 누구죠? 아님 그게 어떤 거죠? 몇 해 전에 난 에드윈 애벗이 지은 『평면 나라』라는 책을 읽었어요. 그 책에는 종잇장처럼, 오직 두 차원으로만 된 세상 얘기가 나옵니다. 평면 나라 여자는, 우리 문화에서처럼 열등하다고 여겨지는데, 직선입니다. 남자들은 더 많은 변을 갖고 있고(그러므로 모서리도 더 많고), 사회 계급에 따라서 그 수가 다릅니다. 모서리가 많을수록, 더 높은 사회적 존경을 받습니다. 오각형은 네모꼴보다 더 높게 여겨지고 네모꼴은 세모꼴보다 더 높은 거죠. 꽤 재미있어요. 그들은 집을 갖고 있고, 일가친척도 있어요. 그들은 제 나름의 시각도 지니고 있는데, 그건 모두 이차원이에요. 그 차원 너머에 있는 모든 걸 그들은 파악할 수 없죠. 만일 그 세상에 동전을 한 닢 놓아둔다면, 그들은 동전의 높이는 보지 못할 테고, 가장자리를 돌기만 할 수 있을 뿐이겠죠. 그들은 동전 높이가 십 분의 일 인치인지, 백 마일인지 분간할 수 없을 겁니다. 사실은 높이라는 개념도 그들에게는 결코 떠오르지 않을 테죠. 그러고 나서 애벗은 선의 나라를 그리는데, 거기에선 온 세상이 선으로 되어있어요. 그리고는 공간 나라인데, 우리 세상과 더 많이 닮았죠. 그리고 그것보다 차원이 더 많은 나라들도 그립니다. 그러나 나는 평면 나라에 살고 있을 특별한 유형의 생물을 얘기해주고 싶어요. 태어났을 때는 작고 검은 점이에요. 시간이 지나면서 더 큰 원으로 자라나고, 그러고 나서 청소년기에는 더 단단해지고 살갗은 볕에 탄 듯한 빛깔이 되죠. 훗날 어른이 돼서는 다른 빛깔을 띠고, 어른이 누리는 지위에 맞게 육각형 형태가 됩니다. 바로 그 육각형으로 삶의 대부분을 살아가요. 끝으로 가까이 가면서는 다시 둥글어지고, 아주 단단하고 반짝거리게 됩니다. 죽음을 바로 눈앞에 두고서는 제 빛깔을 잃어버리고, 옅은 붉은 빛깔로 아주 말랑말랑해져요. 그리고 그 다음엔, 사라집니다."

학생들은 나를 빤히 바라본다. 아마도 그들은 내가 화성에서 온 사람이라 치고 하던 그 연습을 지금 되풀이하고 있는 거라고 생각하나 보다.

나는 이어서 말한다.

"물론 나는 종잇장을 뚫고 지나가는 연필을 묘사하고 있습니다. 종이 속에 사는 어떤 이는 단지 이차원만을(물론 시간도 함께) 파악하니까 연필심은 아기로, 지우개를 노쇠한 누군가로 지각하겠죠. 그러나 사실은 연필 전체가 다 거기에 내내 있는 거죠."

누군가 묻는다.

"포인트가 뭡니까?"

"아기지. 다른 쪽 끝은 늙은이고"

"아니, 우리한테 이런 얘길 하는 핵심 포인트가 뭐냐고요?"

"우리가 그와 똑같은 식으로, 하나의 크고 기다란—크고 기다랗다는 건 삼차원적 낱말이지만, 여기선 사차원이나 오차원적 존재를 두고 하는 말입니다—존재여서, 모든 게 그 속에 있다고 여기는 이곳 삼차원 공간을 뚫고서 지나가는, 한쪽 끝은 아기이고 다른 한쪽 끝은 늙은 사람인 거라면 어찌될까요?"

"정말로 그렇다고 믿으세요?"

"물론 아니죠. 우리 몸이 정말로는 우리가 사는 곳에 있지 않다는 건 모두 다 압니다. 우리 몸은 일종의 티브이나 라디오 수상기 같은 겁니다. 여러분이 전에 한 번도 텔레비전을 본 적이 없다고 상상해 봐요. 그리고 방으로 걸어 들어가 텔레비전이 켜있는 걸 봅니다. 여러분은 야구 팀 레드삭스와 마리너스가 실제로 텔레비전 안쪽을 뛰어다니고 있는 조그만 사람들의 무리라고 생각할지 모릅니다. 마치 그것이 자그마한 무대거나 자그마한 세상이기라도 한 듯이 말이죠. 개 한 마리가, 사람이 말하고 있는 줄 알고, 귀 기울여 듣고 있는 저 옛날 RCA Victor 음반 회사 광고 기억나죠? 하지만 그건 진짜로는 축음기란 말입니다, 그죠?"

거의 모두 기억 못 한다. 몇 사람은 축음기도 잘 모른다.

그런데도 나는 계속해서 말한다.

"아마도 우리는 행동이 일어나는 곳이 우리 몸이라고만 그저 생각하고 있지만, 그보다는 우리 몸은 복합 수신기여서, 우리를 둘러싸고는 있지만 주파수를 제대로 맞춘 수신기에 마주칠 때까지는 우리가 감지할 수 없는, 일종의 라디오나 텔레비전 전파 같은 어디에나 있는 에너지를 행동으로 나타내는 겁니다."

"우주 외계인이 전파를 우리에게 쏘아 보내서 우리가 있는 거란 말인가요?"

"아니, 말도 안 돼, 삶 그 자체지. 그게 우리들 둘레에 어디서나 춤추고 있고 터져나오고 있어요. 그리고 꼭 맞는 파장이 꼭 맞는 수용기를 만났을 때, 퍼펑, 바로 거기에 여러분이 나와서, 바로 살아 움직입니다. 그 자리에서 사람이 되는 거죠. 아님 나무나 개구리나 바위가 되거나. 우리들 한 사람 한 사람이 하고 있는 모든 일은, 우리 모두를 에워싼 생명력을 우리 나름의 특정한 방식으로 분명히 드러내 보이고 있는 겁니다. 야구 팀 마리너스가 텔레비전 안쪽에 사는 게 아니듯이 우리는 정말로 우리 뇌로 생각하는 게 아닙니다. 그것은 그저 초점이 맞춰진 곳일 따름입니다."

"그러니까 그게 바로 선생님이 정말로 믿는 거군요."

"물론 아니죠. 진실은, 정말 나인 나는, 별들 너머 어딘가 저 멀리 밖에 하늘나라라 부르는 곳에 사는 영혼이라 불리는, 보이지 않고 무게도 없는 어떤 존재라는 겁니다. 나는 왕이—로큰롤 왕 엘비스 말고—세워놓은 규칙을 내가 따를지 안 따를지를 시험하느라고만 물리적인 형태를 띤 겁니다. 만일 내가 잘 해내면 그때는 되돌아가서, 하프를 켜고 만나를—근데 이건 어떤 성서학자들 생각으로는 벌레 분비물이었다던데—먹으며 하늘나라에서 영원히 살게 됩니다. 시험을 통과한 다른 사람들과 함께 이야기를 나누면서 말이죠. 그리고 그건 아주 딱 잘라 통과 아니면 탈락입니다. 여기엔 확인 표시가 없죠. 탈락하면, 난 영원히 불에 탑니다. 불에 탈 게 내 물리적인 형태일지 내 영혼일지는 잘 모르겠네요. 타는 게 영혼이라면, 불 또한 보이지 않는 거라는 생각이 들지만요. 그건 이천 년 전에 가톨릭 교회에서 거대한 논쟁점이었죠. 지옥 불이 영적인 거겠냐 물리적인 거겠냐 하는 거요. 그 논쟁에서 두 편은 마침내 서로 동의 못하겠다는 데 동의했습니다. 저마다 다른 쪽이 머지않아 죽어보면 깨닫게 될 거라고 확신하면서 말이죠."

"선생님은 기독교인이 아니라고 말했잖아요. 그래서 그런 건 믿지 않을 거라고 알고 있는데."

"선생님이 기독교인이 아니라고 말했다고요?" 하고 다른 누군가가 물었다. 우리는 잠깐 쉬면서, 건물이 내려앉기를 기다리고, 아니면 적어도 전기라도 나가기를 기다린다. 아무 일 없다.

"아니, 난 그것 또한 믿지 않습니다. 그런 게 아니라, 정말 나인 나는 살가죽 자루 속에 든 자아라는 걸 우리 모두 알고 있죠. 나는 내 손가락 끄트머리에서 그치죠. 이 자루 안쪽에 있는 모든 게 다 나예요. 아니면 적어도 그 대부분이 그렇겠죠. 내가 독감에 걸린다고 해도, 바이러스들이 나는 아니니깐. 그리고 장 속에 든 박테리아들도 나인지, 아니면 걔들은 내가 아닌지는 잘 모르겠어요. 아마도 걔들이 나한테 도움이 된다면, 내 한 부분일 거고, 도움이 안 되면 그땐 내가 아니겠죠. 그러면 한 시간 전에 내가 먹은 음식은 어떨까요? 그게 나인가 아닌가? 그때까지 내 피가 되어있으면 그건 나죠. 내 생각이긴 하지만요. 그러나 내가 피를 흘리면 그 피는 더 이상은 내가 아니죠. 나는 두서너 해 전에 장의 한 부분을 떼어냈어요. 나는 그 뒤로 어느 쪽이 나일까 내내 궁금했어요. 그 떼어낸 장 쪽일까 아니면 내 나머지 쪽일까? 내 나머지가 나라면, 어느 순간에 그 장은 나의 부분이 아닌 게 되었을까? 아마도 잘려나간 그때겠죠. 왜냐면 내 바깥쪽 세상 속에 있는 다른 모든 건 내가 아니니까. 여러분 아무도 내가 아닌 거죠."

"하지만," 학생 가운데 한 사람이 말한다. "우리에 대한 선생님의 기억들은 어때요? 그것들은 당신인가요?"

"그래요, 내가 보기엔 그것들은 그래요." 난 말한다. "유감스럽게도, 그들에 대한 기억들이 아까 들먹인 바이러스들과 더 닮은 몇 사람은 빼고요."

다른 학생. "그러면 내가 막 내뱉은 숨은 어때요. 그리고 선생님이 지금 들이마시는 숨은요? 그건 누구죠?"

"이따금은요," 한 여자가 말한다. "우리 언니랑 나는 똑같은 순간에 똑같은 걸 생각해요. 심지어 우리가 몇 마일이나 떨어져 있을 때에도 말이에요. 어떻게 그게 딱 들어맞을까요?"

"그건 그냥 우연의 일칩니다." 한 남자가 말한다.

"허구한 날 그런 일이 일어나는데요." 그녀가 대꾸한다.

또 다른 학생. "그건 말이죠, 당신들이 함께 자랐기 때문이에요. 그리고 똑같은 걸 입력했던 거니까 똑같은 시간에 똑같은 걸 출력해 내놓을 거구요."

"기계처럼." 내가 말한다.

"그래, 맞아요."

"이걸 잊고 말 안 했네요," 난 말한다. "진짜 내 생각은 우리는 우리 유전자를 퍼뜨리느라 만들어진 기계에 지나지 않는다는 겁니다. 다른 모든 건 부차적이죠."

"그렇게 믿지 않으시잖아요."

"학생 말이 맞아요. 우리는 실제로는 관계와 경험들로 짠 망입니다. 나는, 내가 여태까지 겪은 모든 일, 내가 들이마신 모든 숨, 내가 여태까지 한 모든 말, 내가 여태까지 먹은 모든 음식 한 조각 한 조각과 더불어, 바로 지금 교실에 있는 모든 사람들의 가로지름입니다. 난 전혀 어떤 것이 아닙니다. 나는 과정입니다. 아니 심지어 그것조차 아닙니다. 우리 언어로는 나를 기술할 수 없는데요. 문장은 명사와 동사를 요구하게 마련이니까요. 자, 봐요. 번갯불이 번쩍하고 칩니다. 그러나 번갯불은 뭡니까? 번갯불이 따로 있다가 번쩍하고 치는 그런 건 아니죠. 그것은 번쩍하는 어떤 과정입니다. 나도 그렇습니다."

다른 여자가 묻는다.

"만일 섹스를 하는데, 누군가를 몸속으로 받아들이면 어떻게 되는 거죠? 그때는 그것도 자기 한 부분인가요?"

"날마다 내게 괴로움을 주는 기억들이 있어요." 또 다른 사람이 말한다.(그녀는 성폭행당한 이야기를 많이 썼더랬다.)

"난 그 기억들이 나의 한 부분이기를 원치 않아요. 하지만 그것들은 그런 걸요. 그것들을 없애버릴 수 있다면—내 한 부분이 아닌 걸로 만들 수 있다면—좋을 테지만, 난 그럴 수 없어요."

"만일 내 아들이 죽으면," 닭이냐 달걀이냐 이야기를 썼던 남자가 말한다. "나 또한 죽겠어요. 그 아인 내 한 부분이에요."

한 여자가 말한다.

"난 우리 할머니가 죽는 순간에 웃음소리를 들었어요. 할머니는 웃는 걸 정말 좋아했어요. 할머니는 천 마일이나 멀리 떨어져 있었는데, 난 그 소릴 들었어요. 난 그 소리가 할머니 웃음소리란 걸 알았고, 할머니가 막 돌아가셨다는 걸 알았죠."

학생들이 뛰쳐나가서 달리고 있다. 정말이지 그 수업 시간의 나머지에 대해서는 다른 많은 얘길 할 필요가 없다.

다음 수업 시간이다. 그 학생이 또 다시 묻는다.

"지난 번 연습의 핵심이 뭐였습니까?"

반 학생들이 웃는다.

내 눈은 휘둥그레진다. 그에게 묻는다.

"넌 누구냐?"

뚜렷함

글쓰기 비법 네 가지

그의 손가락이 어떤 문손잡이를 붙잡고 있었는지 내가 모른다면, 어떻게—

나 스스로도 납득할 수 있도록—내 등장인물을 문밖으로 나오게 하겠는가?

포드 매덕스 포드

　글쓰기의 일곱째 규칙은 읽는 이들이
생각해보기를 당신이 바라는 걸 읽는 이들이 생각해보기를 당신이
바라는 일이고, 읽는 이들이 생각해보기를 당신이 바라지 않는 걸
읽는 이들이 생각하기를 당신이 바라지 않는 일이다. 이 말을 다시
읽어보라.

　가장 소박한 수준에서는, 이 규칙은 뚜렷하게 말해야 된다는 뜻이
다. 이를테면 당신은 이렇게 쓰지 않는 게 좋다. "짐하고 밥이 이야
기를 하고 있었는데, 그는 말하길 어쩌고저쩌고……." 당신은 읽는
이가 짐 아니면 밥이 무얼 말할지에 대해서 생각하기를 원한다. 어
느 인물이 말하고 있는지 읽는 이가 헷갈려 하길 바라진 않는다. 물
론 그러고 싶지 않다면 안 그래도 되지만. 이 단계에서는 이 규칙은
명확하게 하라는 뜻이다.

　이제 다음 단계로 넘어가자. 내가 어렸을 적에, 우리 엄마는 덴버
미술관의 아메리칸 인디언 구역에서 일했다. 그리고 또 얼마 동안은
인디안 예술가들을 위한 중개인으로 일했다. 그래서 나는 토속 문화

에 대해 많은 걸 배웠다. 그런 덕분에 어린아이 적에 서부극을 보면서도, 나는 기병대가 개척자들을 인디언한테 머리 가죽이 벗겨지기 전에 구해낼지 못 구해낼지는—아마도 감독은 내가 바로 그러기를 바라고 있겠지만—생각하지 않았다. 왜냐하면 우리 어머니가 이렇게 말하고 있었기 때문이다.

"평원 인디언은 호피 인디언 장식을 달지 않았어. 그리고 저 봐, 저 사람은 이러쿼이 인디언처럼 차려 입었잖아! 그리고 저기 다른 사람이 차고 있는 갈고리 발톱 목걸이 봤지? 미쳤어, 미쳤어! 저건 아이오와 회색 곰 갈고리 발톱 목걸이야. 동부 몬타나에 있는 것들은 달랐다고. 웃겨."

그 장면은 주인공이 판에 박힌 대로 여섯 발들이 권총에서 총알을 열 발이나 쏘고, 한 개척자 여자도 역시 판에 박힌 대로 인디언 대여섯 사람을 〔총구로 탄환을 재넣는〕 구식 전장총 한 방으로 쏴 죽이는 어떤 영화의 한 장면이었다. 그리고 그것은 역사적으로 훨씬 더 정확한 다른 설명과는 반대로, 인디언들이 백인들 머리 가죽을 벗기는 영화에 나온 장면이었다. 그러니까 이 이야기를 하는 핵심은, 만일 서부극을 만드느라 몇백만 달러를 들이려고 한다면, 조사 좀 하라는 거다. 글 한 편을 쓰려고 할 때도 똑같이 적용된다. 기본적인 조사를 해라. 그렇게 하면 더 좋은 성적을 받을 거라서 하는 말이 아니다. 당신이 읽는 이더러 생각해보기를 바라는 바로 그걸 읽는 이들이 생각할 거라서 하는 말이다.

나는 요즘에 서부극을 보더라도, 감독이 내게 바라는 대로는 여전히 생각하지 않고 있다. 대신 나는 인종 학살을 생각하고, 나치가 유태인들과 다른 이들을 죽이는 걸 보여주었던 영화들이, 나치가 각본을 쓰고 제작하고 감독하고 연기한다면 어떻게 보일까를 생각한다. 경찰 영화를 볼 때면, 나는 경찰국가 옹호 선전에 대해 생각한다. 이를테면, 나는 아나키스트들이 세계의 물 공급지에 독극물을 풀어넣는 걸 용감무쌍한 대테러리스트 전문가들이 막아내려고 하는 새 영화 한 편이 나왔다는 얘기를 바로 얼마 전에 들었다. 내가 그걸 보기라도 한다면, 바로 내 앞에 놓인 사건의 속고 속이는 음모와 반전을 생각하지는 않을 테고, 대신에 여태까지 어떤 아나키스트도 물 공급지 어디에도 독을 푼 적이 없다는 사실을 곰곰이 생각하고 있을 것이다. 그건 내가 알고 있거나 글을 읽어본 모든 아나키스트들이 내세우는 어떤 것과도 반대된다. 그 영화는 만일 묘사를 살짝 바꾼다면 훨씬 더 정확하고 흥미로울 것이다. 세계의 물 공급지를 오염하려는 자본주의자들을 용감무쌍한 아나키스트들이 막아내려 애쓴다. 이제야 내가 숨죽여 가며 볼 만한 영화가 된 것이다.

조지 로이 힐 감독은 「내일을 향해 쏴라」를 만들었을 때 이 규칙을 잘 알고 있었다. 그는 마지막 신에서 부치와 선댄스가 재장전하지 않고도 여섯 발 넘게 쏘게 하고 싶었다. 그는 속임수를 써야 했다. 그러나 관객들이 그것에 대해서는 생각하기를 바라지 않았다. 그는 어떻게 그걸 잘 빠져나갔을까? 영화 내내 그는 두 사람이 무기를 재장전하는 걸 되풀이해서 보여주었다. 그는 감독이 속이지 않았다는 사실을 우리가 생각하기를 바랐고, 우리가 더 이상은 눈여겨보지 않았을 때 정확히 그렇게 할 수 있었다. 아주 멋들어지게 말이다.

이걸 다른 식으로 말할 수도 있겠다. 글이 삐걱대는 바람에, 글을 읽고 있는 거지 직접 겪고 있는 게 아니라는 사실을 독자가 떠올릴지 모를 그 자리에 앞질러 가서 선수를 치는 게 좋다고 말이다. 나는 두 해 전에 소설 하나를 썼는데, 신통찮았다. 언젠가는 그걸 다시 쓰려고 한다. 그 책에는 살인 사건이 하나 나온다. 살인은 집 안에서 일어나는데, 난 너무 많은 것들이 더럽혀져서 살인자들이 죄다 청소를 해야만 하는 건 원치 않았다. 나는 응급실 담당 의사인 친구 남편에게 전화를 걸었다.(동료 작가 한 사람은 모든 작가는 법의학 병리학자를 친구로 사귀어야 한다고 주장한다. 나도 같은 생각이지만, 아직도 그럴 사람을 찾아내진 못했다.)

"만일 당신이 가까운 거리에서 누군가를 쏘아 죽이려고 한다면, 그리고 총알이 등을 뚫고 나가기를 원치 않는다면, 어떤 유형의 총을 쓰겠어요?" 그는 내게 말해주었다. 나는 또 물었다, "그런 총을 가슴에 맞았다면, 죽는 데 시간이 얼마나 걸리죠? 그러는 동안에 어떤 일이 일어납니까?" 그는 그것 또한 말해주었다. 그는 나를 충분히 잘 알고 있었기에, 그가 생각했으면 하고 내가 원한 걸(기술적인 문제에 초점을 맞춰놓고 있는 것) 생각하고 있었고, 그가 생각하길 내가 원치 않던 걸(내가 그런 물음을 던질 만큼 아픈 녀석이라고) 생각하지는 않고 있었다. 또한, 살인이 있기 바로 전에, 살인자들 가운데 한 사람의 친구가 어쩌다 방으로 들어온다는 것도 플롯에 결정적으로 중요했다. 그 친구는 계획된 살인에 대해 아무것도 모르고 있다. 나는 교도소 학생들에게, 아는 사람 중에 누굴 죽여 본 일이 있는 사람을 생각해보라고 부탁했다. 이런 상황이라면 그 사람은 어떻게 했을까? 그는 살인 행위를 중단했을까? 그냥 해버렸을까? 목격자도 함께 죽일까? 그들 말로는 거의 다 목격자를 죽일 거란다.

"근데 좀 다른 게 있지," 한 사람이 말했다. "냉혹한 살인자하고, 애써 그 일을 해야 하는 사람하고는 다르지. 교도소에는 목격자를 죽일 만큼 냉혹하지 못했기 때문에 감방에 들어앉아 있는 사람이 많아, 논리적으론 그 사람들이 그렇게 했어야 할 법한데 말이야."

"그들이 그 살인을 계속 진행하는 일이 플롯에 결정적으로 중요하고, 또한 그 친구는 죽이지 말아야 하는 거라면, 어떻게 그걸 설득력 있게 만들어낼 수 있을까?" 하고 나는 물어보았다. 나는 독자가 "일이 결코 그런 식으로 되는 건 아닐 텐데" 하고 말하지 않고, 플롯에 사로잡히기를 원하는 것이다. 우리 학생들은 어떻게 그걸 해낼 수 있을지 여러 생각들을 내놓았다.

이 모든 것은 다만 물리적인 사실과 행위에만 적용되는 것이 아니라, 주장에도 마찬가지로 적용된다. 당신은, 당신이 주장을 펼치는 대로, 독자가 따라오길 원한다. 당신은 독자가 혼란스러워하거나, 당신이 앞서 내다보지도 않고 대답도 마련하지 않은 반대 주장을 독자가 제기하길 원치는 않는다.

한번은 누가 남부 연합 측 장군 네이슨 베드포드 포리스트에게 어떻게 그렇게 많은 전투에서 승리했는지를 물었다. 그는 대답했다. "가장 많은 이들을 데리고 그곳에 가장 먼저 닿으면 됩니다."

글쓰기도 마찬가지다. 나는 학생들에게 글쓴이는 독자들이 도착하기 전에 독자들의 반대 주장에 먼저 가 닿아야 한다고, 그리고 이 일을 아주 매끄럽게 해서 그 반대 주장들이 결코 나오지도 못하도록 해야 한다고 말한다.

글쓰기의 여덟째 규칙은 내가 토마토 케첩의 교훈이라고 부르는 것이다. 얘긴 이런 식이다. 친구 둘이서 식사를 하러 간다. 식당 앞에 있는 길에 서있는데 한 사람이 다른 사람에게 말한다.

"너 뭐 먹고 싶냐?"

다른 이가 대답한다.

"아무거나 괜찮아, 토마토 케첩만 안 먹으면 돼. 난 토마토 케첩이 싫어."

"네가 토마토 케첩을 싫어하는 줄은 몰랐는데."

"싫어해."

그들은 식당 안으로 들어가서 자리에 앉는다. 뭘 드시겠냐고 웨이터가 묻는다.

"토마토 케첩만 아니면 상관없어요. 난 토마토 케첩이 싫어요."

웨이터가 말한다.

"그렇다면 문제가 없을 것 같군요. 우리는 다른 음식들도 얼마든지 많이 있으니까요."

그러나 샐러드가 나왔을 때, 야채 위에는 토마토 케첩이 얹혀있었다.

사내가 말한다.

"난 이거 못 먹겠어. 난 토마토 케첩을 싫어한다고."

"죄송합니다." 웨이터가 말한다. "다시 가져다 드리겠습니다. 이번에는 토마토 케첩이 없는 걸로요. 손님께서 싫어하시니까요."

식사를 마치고 난 뒤, 첫째 남자가 둘째 남자에게 맛있게 먹었나고 묻는다.

둘째 남자가 말한다.

"아주 좋았어. 훌륭한 식사였어, 토마토 케첩을 하나도 먹지 않아도 됐으니 말이야. 네가 알지 모를지는 모르겠지만, 난 토마토 케첩이 싫어."

이게 이야기의 끝이다. 자 이제 여기에 교훈이 있다. 이 이야기를 읽고 난 뒤에, 많은 독자들은 가장 먼저 이렇게 말할 거다.

"무슨 얘기야? 이 사람이 나한테 무슨 얘길 하려는 거지? 그 사내가 감자튀김을 안 좋아한다는 거? 뭔 소린지 모르겠군."

당신이 정말로 뚜렷이 해놓았다고 생각한다손 치더라도, 그렇지 않을 가능성은 꽤 있다. 그리고 독자를 위해 당신 주장을 이리 꼬고 저리 뒤집어 정말로 분명하게 만들어놓았노라 생각한다손 치더라도, 그렇지 않을 가능성도 꽤 있다. 이것은 독자들이 남달리 멍청하기 때문이 아니다. 뜻을 전하는 일에서 겪는 이런 어려움은 예술 속에 그리고 의사소통 속에 본디 내재해 있는 것이다. 예술로 얘길 해보면, 세 장면 전에 본 그 사람이 어느 인물인지, 그리고 영화 시작 십 분 안에 죽은 그 사람이 누구인지를 내가 기억해내느라 애쓰는 바람에, 클라이맥스의 힘이 나에게 충분히 전해지지 못했던 영화가 얼마나 많았는지 말도 못 한다. 사정이 그렇다 보니, 갑자기 나는 왜 그런 싸구려 서부극들에서는—피부색 선택에서 인종차별 말고도—악당들이 검은 모자를 쓰고 나오던 건지 갑자기 이해된다.

얼마 전 교도소에서, 한 학생이 이야기 글을 읽고 났을 때, 나는 이렇게 말했다.

"나는 이 두 인물이 상호 작용하는 방식이 맘에 들어요. 그러나 그

들 관계의 본질이 무언지 내내 궁금하더라구. 나이 차가 많이 나는
좋은 친구 사이 같던데. 어떻게 만난 거죠?"

학생은 대답했다.

"둘째 쪽에 썼잖아요. '그는 그의 아버지를 바라보았다.……' 하
고."

"아, 미안해요. 그걸 못 봤네."

"일곱째 쪽에서, 한 남자가 다른 남자를 불러요. '아들아' 하고."

"난 그게 나이든 사내하고 젊은 사내 사이에 부르는 말투라고 생
각했네."

우리는 모두 서로서로 바라보았고, 그러고는 서로 맞추기라도 한
듯이 말했다

"토마토 케첩"

여기엔 내가 둔하다는 얘기보다 더 커다란 핵심이 있는데, 그건
어떤 의사소통도 깨지기 쉽고 아름다우면서 동시에 탄력있다는 사
실이다. 갓 인 충동은 느낌으로 바뀌어가는데, 느낌은 비슷하게 닮
긴 해도 원래 충동의 멋들어진 강렬함에는 결코 못 미친다. 다음에
는 이 느낌은 스스로 마디마디 말로 나오지만, 말은 기껏해야 느낌
의 그림자쯤 될 뿐이다. 나는 이런 말을 입으로 말하거나 글로 쓰고,
그걸 전해 받는 사람은 당연히 그 받은 말에 자신의 연상들을 가져
다 붙인다. 예컨대 계피라는 말은 당신과 나한테서 다른 기억을 불
러낼지 모르고 뭔가 다른 걸 의미할지도 모른다. 섹스, 문명, 연어라
는 말도 마찬가지일 것이다. 그러고 나서 이 낱말들은 느낌 속에 가
라앉아서, 끝까지 죽 이끌려가서는, 아마도 당신 속 한 구석에 있는
어떤 충동에 이를지도 모른다. 너무도 많은 해석의 층들이 있기에,

우리가 서로서로 오해하는 일이 아주 잦다는 것은 놀랄 일도 아니다. 그리고 같은 언어를 말하는 두 사람 사이에도 이런 일은 있다. 그렇다면 사람들이 공통된 문화 배경이나 같은 모국어를 가지지 않을 때에는, 이해하기 어려운 것이 얼마나 더 많겠는가? 그러면 우리가 개가 하는 말이나, 나무나 돌이 하는 말을 들을 때는, 사람끼리보다도 훨씬 더 많이 오해할지도 모를 일 아니겠는가?

이십 대 때, 내가 글쓰기를 막 배우고 있을 때에, 내 글이 자연 세계의 아름다움과 힘, 또는 내 자신의 꿈의 강렬함 그 어느 하나에도 그토록 못 미친다는 것에(요즘까지도 할 수 없는 일이 있는데, 가느다란 삼나무 가지들과 깃털 같은 바늘잎 위에 노랗게 갈빛으로 희뿌옇고 푸르스름하게 내리쬐는 늦은 오후 햇살은 아무리 해도 그걸 바로 지금 보고 있는 경험과 맞먹을 수 있도록은 묘사할 수가 없다) 얼마나 겁먹었는지, 두 해 동안 글쓰기를 그만둘 정도였다. 그러나 마침내 어느 날 내가 바보 같다는 걸 알아차렸다. 깨달음은 내가 고속도로에서 간선도로로 빠져나오려고 할 때 다가왔다. 나는 정지 신호를 보았고, 이런 생각이 퍼뜩 들었다. 아무도 정지 신호만으로 자동차가 멈출 거라고는 기대하지 않을 거야. 꼭 그처럼, 말이 경험을 대신하기를 기대하면 안 되는 거였어. 비록 틀림없이 그런 식으로 말이 오용될 수는 있더라도, 그건 말이 할 일이 아니야. 말의 일은 우리가 경험 쪽으로 보도록 가리키는 거고, 경험을 마무르고, 경험을 손쉽게 하고, 그리고 적어도 그 경험의 파리한 그림자라도 사랑하는 이들과 나눠지닐 수 있는 길을 우리에게 주는 것이야. 그리고 말의 일은 우리가 사람이 되는 걸—그리고 행동하는 걸—깨닫도록 돕는 거야.

나는 내 가장 오랜 친구와 한번도 입 맞추지 않았다. 우리는 왜 지난 이십 년 동안 연인으로 사귀지 않았는지 자주 이야기를 나누었는데, 뒤돌아보면(우리들 삶은 이제 와서 우리가 함께 지내기에는 알맞지 않은 방향으로 오래도록 흘러왔더랬다) 우리가 서로서로 신호를 읽을 줄 몰랐다는 게 한 가지 이유였다는 결론을 내렸다. 우리는 자주 열렬하고 즐겁게 대화를 나누었는데, 그러는 동안 난, 내 눈을 참 뚫어지게 보는구나 하는 생각이 늘 들었다. 나는 주로 영화에서 보고 배워(몸소 경험해본 게 아니라. 음, 내 친구들과 나는 정말이지 숙맥이었다) 키스를 기꺼이, 아니 정말 하고 싶어하는 신호를 보내는 기본적인 방식은 한 사람이 다른 사람 눈을 보다가 아래로 내려와 입술을 힐끗 보고는, 다시 위로 되돌리는 거라고 알고 있었다. 근데 이런 일은 한번도 일어나지 않았단 말이다. 나는 나중에야 그녀는 다른 언어로 말한다는 걸 알아차렸다. 그 언어에선 한 사람이 다른 사람의 눈을 지그시 바라보는 것으로 키스하고 싶은 마음을 신호로 보낸다. 그녀는 틀림없이 나와는 다른 영화를 보았던 거다. 그러니까 나는 그녀 입술을 바라보며 그녀에게 몇 번이고 메시지를 보냈던 거고, 그녀는 내 눈을 바라보며 그처럼 자주 똑같은 메시지를 보내고 있던 거였다. 그리고 그럭저럭하는 사이에 우리는 서로 따로 잠을 잔거다. 이것은 실제로 겪은 토마토 케첩의 본보기이다.

글쓰기의 규칙이 하나 더 있는데, 우리 학생들과 내가 쫓아가기라고 즐겨 부르던 규칙이다. 우리는 그걸 그렇게 불렀는데, 그 규칙엔 독자의 초점이 낱말에서 낱말로, 이미지에서 이미지로, 주장에서 주장으로 옮겨갈 때는, 반드시 매끄럽게 쫓아갈 수 있도록(매끄럽지 않길 원할 때는 빼고) 만들어놓아야 한다는 뜻이 담겨있기 때문이었다. 이를테면, 나는 추리 소설가 레이먼드 챈들러가 여인의 얼굴을 묘사하는 장면을 즐겁게 읽을 수 있다. 되돌아가서 그 대목을 다시 읽을 때, 나는 그의 묘사가 아무렇게나 되는 대로 나아가는 게 아니라, 방향을 잡아서 머리칼에서 뺨을 지나 입술로 턱으로 목으로 가슴으로 나아간다는 걸 알아챘다. 묘사를 매끄럽게 쫓아간다. 머리칼에서 가슴까지 내려가고 나서 다시 얼굴로 거슬러 올라가는 건 독자의 초점을 잡아끌 것이었다. 만일 하길 원하는 게 그거라면, 그러니까 바라보고 있는 그 사람이, 바라보는 걸 스스로 의식하고 있음을 전달하고 싶다면 방금 말한 대로만 하면 된다.

　아마도 쫓아가기의 가장 쉬운 보기는 영화에서 나온다. 당신과 내가 이야기를 나누고 있다고 해보자. 그러면 카메라는 당신이 말할 때 먼저 당신 얼굴을 비춰주고, 그 다음 내가 말하면 내 얼굴을, 그러고 나서 당신 얼굴, 그렇게 계속해 나간다. 관객의 초점은 우리들 사이에서 왔다 갔다 할 것이다. 내가 말하는 차례가 끝나고 난 뒤에, 카메라는 누군가 칼을 들고 문으로 살금살금 들어오는 장면을 보여준다. 만일 관객들이 얻은 정보가 그게 다라면, 그들은 어떻게 느껴야 할지를 전혀 모를 것이다. 칼을 쥔 사내는 지구 반대쪽에 떨어져 있을 수도 있을 테니까. 만일, 그와는 달리 내가 마지막으로 말하는 차례에서, 내 시선이 당신 얼굴에서 왼쪽 어깨 너머 어딘가로 짧게 넘어갔다면, 관객들의 초점은 내 눈을 따라서 쫓아갈 것이고, 그리고 관객들은 칼을 쥔 그 남자가 당신 뒤쪽으로 살금살금 다가오고 있음을 너 잘 이해할 수 있을 것이다.

나는 쫓아가기를 두 사람한테서 배웠다. 알프레드 히치콕과 존 키블. 알프레드 히치콕은 영화 「사이코」의 한 장면으로 그걸 가르쳐주었다. 일찌감치, 영화의 첫 번째 주인공인 마리온은 고용주한테서 사 만 달러를 훔친다. 우리는 그녀가 돈을 들고 멀리 달아나길 바란다. 그녀가 마을을 떠나려고 할 때, 그녀는 사장이 거리를 건너는 것을 보게 되고, 그가 멈춰 서지 않기를 바란다. 나중에 그녀가 길에서 잠을 자고 있는데, 경찰관 한 사람이 창문 속을 들여다본다. 우리는 경찰관이 핸드백 속에 든 돈을 못 보기를 바란다. 그녀는 호텔에 다다르고, 그리고는 샤워하는 중에 죽임을 당한다. 바로 다음 장면이 나한테 쫓아가기를 가르쳐준 장면이다. 카메라는 그녀의 깜박임 없는 눈을 클로즈업하다가 뒤로 빠져나와 방을 가로질러 죽 돌아가서는, 신문지로 싸놓은 돈 뭉치가 있는 곳까지 가다가, 방을 뒤쪽으로 가로질러서 열린 창문 쪽으로 가고, 그러고 나서는 위로 틀어서 노먼 베이츠가 어머니와 함께 사는 집 쪽을 보여준다. 우리는 다음으로 노먼이 외치는 소리를 듣게 된다. "아 맙소사, 어머니, 피! 피!" 그러고는 그는 호텔로 부리나케 내달려 살인의 흔적을 깨끗이 뒤처리하기 시작한다. 마리온의 몸뚱이를 그녀의 자동차 트렁크 속에 밀어넣고, 피를 닦아낸 걸레들 또한 집어넣고 있는데, 다른 차가 한 대 지나간다. 관객인 우리는 노먼 때문에 좀 마음을 졸인다. 그러고 나서 노먼은 자동차를 모텔 뒤쪽에 있는 늪으로 몰고 가 그 속에 밀어 넣는다. 자동차는 딱 지붕이 보이는 데까지만 가라앉고는 멈춰버린다. 난 「사이코」를 몇 번이나 극장에서 봤는데, 이 장면이 나올 때마다 관객들은 숨이 멎었고, 그 뒤 자동차가 마침내 밑으로 가라앉아서야 마음이 놓여 웃었다.

그런데 방금 무슨 일이 벌어진 거지? 십 분 전에, 우리는 관객의 한 사람으로서 마리온과 하나 되었는데, 이제는 갑자기 우리의 동일시가 어찌나 철저히 딴 쪽으로 넘어갔는지, 노먼이 그녀를 살해하고 나서 흔적을 깨끗이 지우고는 용케 빠져나가길 바라고 있으니 말이다. 예술적인 솜씨가 남다르다. 히치콕은 어떻게 그걸 했을까? 쫓아가기에 주의를 기울여서 한 것이다. 카메라를 마리온의 눈에서 멀리 당겨 빠져나오는 장면은 우리를 마리온의 의식 밖으로 말 그대로 잡아 빼내었던 것이다. 우리는 그때 카메라와 함께 우리의 동일시를 투사할 다른 장소를 찾았고, 우리가 처음으로 소리를 들은 사람이 바로 노만이었던 것이다.

존 키블은 내게 직접 그걸 가르쳐주었다. 그는 내가 대학원 학위를 받았을 때 우리 글쓰기 선생님이었다. 그가 내 이야기 글을 읽었을 때, 내 처음 생각으로는 둔하다 싶은 물음을 자주 물었다. 이를테면, 나는 부엌에 서있는 한 인물을 보여주고, 그러고 나서는 거리를 걸어 내려가는 모습을 보여주었다. 존은 물었다.

"그 여자는 어떻게 거기에 이른 거지?"

꾹 참고 설명을 하자니, 내 목소리엔 조금 짜증이 섞여있었으리라.

"그 여자는 거실을 지나서요. 앞문으로 나와서요. 계단을 내려와서요. 대문을 지나서요. 인도를 지나온 거죠."

"그런 말은 안 했잖아."

"뻔한 거잖아요."

"읽는 사람들한텐 안 그래."

그래서 나는 그걸 집어넣었다. 열 쪽쯤 더 읽어내려 가다가, 그는 또 딴 데로 넘어가는 부분이 덜컥거리거나 아예 없지 않냐며 캐물었다. 난 오래지 않아 그 물음들이 전혀 둔한 게 아니라는 걸 깨달았고, 내 원고 속에 들어있는 모든 전개에 대하여 꼼꼼하게 따져 생각하지 않을 수 없도록 하는 데에 큰 도움이 된다는 걸 깨달았다. 그리고 읽는 사람의 관점에서 생각하고, 모든 행동과 다음 행동 사이에, 모든 문장과 다음 문장 사이에, 모든 주장과 다음 주장 사이에 논리적인 다리를 놓도록 하는 데 큰 도움이 된다는 걸 깨달았다. 이윽고, 난 존의 물어봄을 내 일부로 만들었고, 그는 더 이상 그렇게 하지 않아도 되었다.

우리가 얘기하고 있는 게 영화건 소설이건 논설문이건 (아니면 말이 나온 김에, 논설하는 소설을 영화로 만들어놓은 것이건) 그런 건 정말 문제되지 않고, 따라가기의 가르침은 그대로 적용된다. 당신은 관객들이 따랐으면 하고 당신이 바라는 (바라지 않는 때는 말고) 그 길을 관객들이 따르길 바란다. 그리고 당신의 논리가 뚜렷하고, 매끄럽고, 쉽기를 바란다. 물론, 그걸 바라지 않는 때는 말고.

내가 한결같이 학생들에게 주는 글쓰기 가르침이 딱 하나 더 있는데, 그건 어떻게 하면 좋은 대화 글을 쓸까 하는 것이다. 비법은 아주 간단하다. 사람들이 서로서로 대답하도록 만들지 마라.

다시 한 번, 보기 하나면 뚜렷이 되리라. 나쁜 대화 글은 이렇다. 한 사람이 다른 사람에게 묻는다.

"어떻게 지내나?"

"별로 좋진 않아."

"왜?"

"어저께 오십 달러를 잃었어."

"어쩌다?"

"메츠 팀에 걸었거든."

"또 노름한 거지, 그치?" (이 대화에서 말 않고 놔둔 건, 메츠에 돈을 거는 일이 보통은 노름으로 여겨지진 않고, 오히려 물주에게 자선 기부한 걸로 여겨진다는 사실이다.)

이런 대화 글이 훨씬 더 낫다. 한 사람이 다른 사람에게 묻는다.

"어떻게 지내나?"

"빌어먹을 메츠."

"또 노름한 거지, 그치?"

이것은 더 적은 몇 마디 말로 똑같은 정보를 전달한다. 또한 명사 메츠를 꾸미느라 형용사 빌어먹을을 쓰는데, 그건 결코 나쁜 게 아니다.

사람들은 저들이 쓴 대화가 진짜하고 똑같길 바란다는 말을 흔히 하는데, 그건 물론 어느 독자도 딱히 원치 않는 일이다. 가장 친한 친구의 최근 연애담을 끝까지 따라가 본(그리고 따라가고, 또 따라가 본) 사람은 누구나 증언할 수 있을 것이다. 삼 주 동안 하룻밤에 세 시간씩 그걸 하며 보내느니, 『안나 카레니나』 전부를 큰소리로 읽는 게 나왔을 터이다. 몹시 합리적인 대화 글은 그 반복 탓에 독자를 미치도록 몰아갈 것이다. 보통은, 당신과 내가 이야기를 하면, 당신은 당신이 말하려는 것을 말하고, 그러고는 당신 메시지를 내가 확실히 이해하도록 하느라 그걸 요약한다. 그러면 나는 내가 말을 알아들었음을 당신에게 알리느라, 방금 당신이 말한 걸 다시 요약해서 말해 준다.(물론 내가 특별히 사나이 기분이나 내어, 내 자신과 관련된 낱말 몇 개 말고는, 당신이 말한 걸 죄다 무시하는 경우가 아니라면 말이다.—옛날 농담 하나 해볼까? 남자와 여자가 데이트를 하는데 남자가 말한다. "내 얘길 하는 게 신물나는군요. 잠시 동안 당신이 내 얘길 좀 해주는 게 어때요?—그러나 우리는 이런 가능성을 지금은 무시할 것이다. 어쨌든, 우리는 대화 얘길 하고 있지 독백 얘길 하고 있던 게 아니니까.) 그러고 난 뒤 나는 당신 견해에 답을 하고, 그러고는 당신을 위해 요약해서 말해 준다. 당신은 내 얘길 요약하고, 대화를 진행시키고, 당신 얘길 요약하고, 그렇게 계속하면서 대화는 마지막 목적지로 천천히 다가간다. 이런 것은 글 읽기를 못 봐줄 만큼 지루하게 만들 것이다. 기억하라, 대부분의 영화는 대부분의 정말 좋은 대화들보다 더 짧다. 심지어 [9시간 30분짜리 인터뷰 다큐멘터리] 「쇼아」도 내가 해본 가장 좋은 대화 몇 가지보다 더 짧다.

이 모든 것에 대답은 간단하다. 요약을 들어내라. 행간의 간격을 늘여라. 나는 때때로 대화 쓰기를, 발이 젖지 않고(발가락 둘레를 돌 아나가는 개울물의 느낌을 왜 마다겠는가 하는 생각은 놔두고) 건너갈 수 있을 딱 그만큼만 개울에 돌을 놓는 일에 비유한다. 만일 돌을 너무 가까이 붙여놓는다면, 종종걸음을 쳐야만 한다. 그러나 돌을 너무 멀리 떨어뜨려 놓는다면, 물에 빠진다. 마찬가지로 대화를 쓸 때도,

주고받는 말들 사이에 간격을 너무 좁게 만드는 바람에 독자들이 종 종걸음을 쳐야만 한다거나, 간격을 너무 너르게 잡는 바람에 무슨 말을 하는지 따라오지 못하게 해놓으면 안 된다.

내가 학생들에게 내주는 첫 번째 대화글 연습은 늘 똑같다. 나는 이야기를 하나 쓰라고 하고는, 오직 대화로만 글을 이어나가야 된다 고 말한다. 묘사는 하나도 하면 안 된다.(그렇지만 나는 여전히 한 장 면이 갖춰지길 원한다. 복잡한 거리에서 일이 벌어진다는 걸 독자들이 알 게 하고 싶으면, 한 사람이 다른 사람에게 그것을 얘기하는 자연스러운 길 을 찾아내야만 된다는 뜻이다. 이를테면, "이런 빌어먹을 자동차들, 저것 들 때문에 늘 천식이 더 나빠진다니까"하는 식으로.) 여기 두 인물이 있 는데, 한 사람은 어떤 목적을 이루길 바라고, 그걸 이룰 수 있다면 무슨 짓이든 하려고 한다. 다른 사람은 그 목적이 이루어지길 원치 않고, 그걸 막아낼 수 있다면 무슨 짓이든 하려고 한다. 이 목적이 무언지는 결코 드러내놓고 말해선 안 되지만, 두 사람 사이에서는 이해되어야만 하고, 읽는 사람한테도 뚜렷해야 한다.

교도소 학생들 가운데 몇 사람은 대단한 말다툼을 만들어냈다. 두 사람이 술집을 한군데 털려고 한다. 한 사람은 자기가 늘 터는 쪽이 되어야 하는 게 진절머리가 나서, 그 대신에 도주 차량을 운전하고 싶어한다. 다른 경우는 두 마약 중독자가 헤로인을 나누는데, 서로 다른 쪽이 공평한 몫을 안 줄 거라고 생각하는 이야기다. 한 마약 밀 매인은, 아름다운 제 여자친구가 짱을 봐주러 납품 장소에 함께 따 라가서, 경쟁이 드센 (한 학생이 말했다. "난 흔히 피자를 주문하고, 또 내 거래인한테도 전화를 했지. 그러면 보통은 마약 거래인이 가장 먼저 도 착했어.") 거래에 힘을 좀 보태주기를 원한다. 반면에 그녀는 질 떨어지는 일이라 느끼지만 돈은 좋아한다. 그 글들은 대학 학생들이나 글쓰기 강습회 사람들이 선택한 다툼보다도 흔히 더 극적이다. 어떤 여자는 아내와 남편이 잔디를 깎니 마니 말다툼하는 얘길 골랐다. 그런 예 때문에 나는 과제에 제한 사항을 하나 더 덧붙여야 했다. 그러니까 이런 대립에는 극도로 중요한 뭔가기─물리적이든, 감정적이든, 정신적이든─걸려있어야만 한다는 것이다. 그녀의 경우라면 대화 자체는 남편이 풀을 깎도록 시키려고 하는 걸 수 있더라도, 그들이 벌이는 입씨름에 스무 해 동안의 결혼 생활의 마찰이 배어있어야 될 터이다. 그래서 그저 잔디 깎기 이야기만 할 게 아니라, 아내는 제 힘으론 아무 일도 할 줄 모르고, 남편도 아내를 위해 어떤 일도 하지 않으려 한다는 이야기를 해보라고 했다. 나는 겉으로는 단순해보이는 대화에 부부의 실망감을 죄다 집중시켜 보라고 말했다. 그녀는 멋들어지게 해냈다.

난 제한을 좀더 덧붙였다. 글 전체에서 딱 세 차례만 어느 한쪽 사람이 다른 사람에게 직접 대답할 수 있다.("어떻게 지내니?" "잘 지내"에서처럼.) 서로서로 응답을 해야 하지만, 물음에 그저 대답하는 식으로는 안 된다. 늘여요, 하고 난 말한다. 한 걸음 더 나아가, 글에서 적어도 세 차례는 한 사람이 말허리를 잘라야만 하고, 아니면 한 사람이 뭔가를 말하기 시작하다가 그냥 미적미적 말꼬리를 흐려야……

학생들은 처음엔 이런 연습을 거의 언제나 싫어한다. 그건 열라 힘들다. 그러나 나는 점점 더 많은 연습거리를 내주었고, 대화 속에 점점 더 많은 사람들을 넣으라고 했다.("한 사람은 정말로 멍청하고, 다른 한 사람은 영어를 제2언어로 말하고, 또 다른 사람은 그 무리에서 제

가 가장 머리 좋다고 여기지만 사실은 그렇지 않고, 네 번째 사람은 다른
사람들 가운데 한 사람과 사귀고 싶은 마음이 있는 걸로 하고 싶어요. 그리
고 여러분이 이 모든 걸 말다툼 상황 속에서 뚜렷하게 보여주길 바래요. 직
접적으로는 한마디도 않은 채 말이죠. 아, 그래, 바깥 날씨는 푹푹 찌고, 개
짖는 소리가 들리고, 뭔가 썩은 내가 풍기고, 한 사람은 약속 시간에 늦어
요. 그리고 한 사람은 서른 해 동안 못 울어봤다고 내가 얘기했던가?") 그
리하여 마침내 일단 비법을 알아내기만 하면 대화체가 얼마나 재밌
고 쉬운지 알게 될 때까지 연습을 시켰다. 그러고 나서 우리는 비록
이제 더 이상 서로 묻는 물음에 대답하지 않더라도, 이야기를 나누
는 사이로 되돌아간다.

글쓰기 규칙들에 대해 이야기해왔지만, 아직 가르치기의 첫째 규
칙은 말도 꺼내지 않았는데, 그건 토론할 문젯거리를, 필요하겠다
생각하는 것보다 적어도 열 곱절은 더 준비해야 하는 일이다. 이건
엄살이 아니다.
　이 책에서 나는 교실 내 토론이 잘된 얘길 써왔다. 엉망이 된 많
은 경우는 이야기하지 않았다. 마지막 토론거리까지 다 써버렸는
데, 그 질문엔 앞서 던진 질문 여섯 개 때만큼이나 반응이 적고, 고
갤 들어 시계를 쳐다보니 때워야 할 시간이 한 시간하고도 이십오
분이나 남아있으면 그보다 더 괴로운 일도 없다. "아, 교실 내 글쓰
기 시간이란!"
　이것은 앞서 학생들이 뜻 깊음에 주려있더란 얘기의 다른 측면을

보여준다. 그 얘긴 사실이었지만, 어떤 수업 시간들은 그저 죽어있었다는 것 또한 사실이다. 그리고 어떤 수업은 그 자체로 학기 내내 죽어있었다. 나는 그게 내 잘못이 아님을 일찌감치 알았는데, 그건 어떤 학기를 맡더라도 정해진 시간이 끝난 뒤에도 훨씬 더 늦게까지 밤마다 이야기하는 반이 한 반은 있었던 것 같았고, 수업 시작하고 십 분밖에 안 지났는데, 마지막 토론 주제까지 끝마치는 반도 한 반은 있었던 것 같았기 때문이다.

여느 때는 나한테는 얘길 안 하려던 학생들도 다른 학생들이 수업을 이끌 때는 그래도 조금이나마 얘길 했다. 나는 이것이 얼마쯤은 애처로운 마음에서 그런 거라고 생각한다. 학생들은 내가 그들로 하여금 이야기하도록 만드느라 진땀 뺄 때는 신경 쓰는 것 같지도 않더니, 다른 학생이 몸부림치는 걸 보기는 싫었나 보다. 그런데도 수업을 이끄는 그룹의 노력이 하나도 듣지 않는 날도 하루 있었다. 그들은 하느님과 종교와 죽고 나면 벌어질 일에 대한 학생들의 견해를 묻는 아주 자극적인 물음을 한 벌 준비해왔다. 어떤 과정으로 그러한 견해를 갖게 되었는지를 묻는 물음들은 훨씬 더 흥미로웠다. 그러나 물음이 뭔지는 상관도 없었는데, 나 말고는 아무도 아무런 물음에도 대답하지 않았고, 그 대답도 침묵이 어색함에서 괴로움으로, 그러고는 괴로움에서 언짢음으로 바뀌어간 뒤에야 내가 겨우 했기 때문이었다. 마침내 그룹 구성원 한 사람이 안달 나서 말했다.

"아무도 생각하고 싶지 않은 건가요?"

드디어 누군가 대답을 할 수, 아니 하려고 했다. 한 남자가 말했다.

"네, 정말 그래요. 난 생각하고 싶지 않아요."

그 그룹 구성원이 넌더리 난다는 듯이 뒤쪽을 돌아다보았는데, 그러나 그가 무슨 말도 하기 전에, 나는 내가 이어서 맡아도 되겠냐고 물었다. 그 그룹은 좋아라 하며 그러라고 했다.

난 흥분해 있었다. 난 말했다.

"내가 지금 물으려 하는 질문에는 어떤 판단도 없습니다. 난 그냥 정말로 궁금할 뿐이에요. 생각하기라는 행위를 여러분 좋을 대로 어떻게 정의하든, 여러분들 가운데 몇 사람이나 생각하기를 싫어합니까?"

학생들 셋에 하나는 손을 들었다. 짐작했던 수의 삼분의 일이었다. 학생들을 깎아내리려고 한 말은 결코 아니다. 그저 학생들 글에는 대체로 생각이 거의 담겨있지 않더라는 말이다.

난 그렇게 손든 걸 보고 그럭저럭 위안이 되었다. 그것은, 그렇지 않다면 나로선 이해할 수 없을 어떤 걸 적어도 조금이나마 이해하는 데 도움을 주었는데, 그건 기업과 정부의 선전 활동이—심지어 속이 빤히 들여다보이는 엉터리 선전이—비교적 쉽사리 유포되고 내면화된다는 사실이었다. 나는 이따위 것을 불어넣는 정치꾼들과 기업 언론인들이 고의로 못된 짓을 저지르는 건지, 아니면 그냥 제가 무슨 짓을 하는지를 심지어 가장 초보적인 수준에서라도 한번도 생각하지 않는 것일 뿐인지 스스로 묻고 또 물어본다. 나는 또한 어찌해서 사람들이 이 모든 것에 속고 또 속는지 스스로 계속 묻는다. 손든 걸 보니—학생들 셋에 하나라니—적어도 조금은 이런 물음에 대답이 되었다.

나는 물었다. "몸을 씻을 때, 아니면 차를 몰 때, 아니면 걸어서 수업 들으러 갈 때, 여러분은 무얼 하지?"

나는 그들이 무심 명상법을 수행하고 있다고 생각지는 않았다. 하지만 나는 확실히 해두고 싶었다.

한 사내가 말했다. "난 라디오를 들어요."

내 친구 하나는 라디오를 "생각 교란 전파"라고 불렀는데, 재잘거림이 정상적인 생각을 싹 씻어 없애버리기 때문이란다.

다른 누군가 말했다. "난 그냥 남자 친구 때문에 정말로 미치겠다고 생각하고 또 생각해요."

다른 한 학생. "난 전날 밤에 본 텔레비전 프로그램을 떠올리며 웃어요."

거의 다 이렇게 말했다. "아무 일도 안 해요." 아니면 좀더 기본적으로는, "모르겠어요."

나는 운동을 좋아한다는 한 학생에게 혹시 풋볼에 대해 생각해봤는지 물었다.

"아뇨"

"하지만 넌 늘 그걸 보잖아."

"그런데요?"

"대진표에 대해 생각하지 않는단 말인가?"

"네, 난 그냥 봐요."

솔직하게 말하자면, 난 이 모든 걸 어떻게 받아들여야 할지 모른다고 말할 수밖에 없다. 이 대화는 십 년쯤 전에 있었던 일인데, 그걸 자주 생각해봤지만, 아직도 그들의 대답을, 특히 그 대답에 함축되어 있는 것들을 내 정신으로는 그다지 감싸줄 수가 없다.

사랑에 빠지다

당신만의 그곳으로 가라

일을 저질러버리기까진, 머뭇거림과 그만둘 기회와 소용없겠지 하는 생각
이 늘 존재한다. 창의적이고 창조적인 모든 행위들에 관한 기본적인 진실이
하나 있는데, 그 진실을 무시하는 것이 셀 수 없이 많은 생각들과 눈부신 계획
들을 죽인다. 확실하게 일을 몸소 저지르는 순간, 신의 섭리 또한 움직인다.
저지르지 않았다면 결코 일어나지 않았을 일을 도우려 온갖 일들이 벌어진다.
결단으로부터 사건들의 온 흐름이 생겨나와, 한 가지 사건을 위해서 온갖 종
류의 뜻밖의 사건들과 만남들과 물질의 도움을 일으키고, 어떤 이도 꿈꿔보지
못한 일이 그에게 벌어질 것이다. 당신이 무얼 하든, 당신이 무얼 꿈꿀 수 있
건, 그걸 시작하라. 무모함은 그 속에 천재와 능력과 마법을 지니고 있다. 지
금 시작하라.

W. H. 머리

내가 왜 더 이상은 글 쓰느라 억지로
나를 몰아붙이지 않아도 되었는지를 아직 말하지
않았다. 그건 내가 사랑에 빠졌기 때문이었다. 이 말을 다른 식으
로 얘길 해보면, 난 내 자신보다 훨씬 더 커다란 무언가 속에 빠졌
단 말이다. 하나, 또다시 이 말을 다른 식으로 얘기해보면, 그래, 그
냥 이야기를 하나 해주겠다.

1987년 가을이다. 난 아이다호 스피릿 레이크에 살고 있다. 여전
히 낱말 수를 세고 있고, 내 자신에게 글쓰기를 시키고 있다. 돈을
버느라, 자그마한 벌통 제작 일을 동료 한 사람과 하고 있다. 시간이
많이 드는 일은 아니어서(또한 큰 돈벌이가 되지도 않지만), 글을 많이
읽고 많이 쓴다. 내 글 읽기는 보통은 목적이 있는데, 글 쓰는 법을
알아내려고 하니까 그렇다. 뭐가 잘 먹히고 뭐가 잘 안 먹히나 하는
것 말이다. 그것은 또한 여기저기서 따오는 일이다. 토마스 만에서
킬고어 트라우트까지, 아리스토텔레스에서 에드워드 기번으로, 알
베르 까뮈로, 싸구려 공상과학, 미스터리, 서스펜스, 로맨스 소설 중

에서도 가장 싸구려로, 『가장 흔한 글쓰기 잘못 스물아홉 가지와 그 것들을 피하는 길』에 이르기까지 죄다 따왔다. 내가 쓰는 이야기 글은, 작가들의 기법을 캐내어 내 걸로 만들려고 애쓰느라, 내가 읽은 이야기 글을 흔히 본뜬 것이다.

난 제임스 헤리엇이 쓴 한 요크셔 수의사의 터무니없이 엉뚱한 모험을 다룬 『환하고 아름다운 모든 것』 연작을 읽는다. 한 이야기는 친구라고는 제가 기르는 개밖에 없는 사내 이야기다. 개는 날마다 그와 함께 술집에 간다. 어쩌다 보니 난 첫 줄만 읽고도 그 이야기가 어떻게 끝맺을지 알게 된다. 개는 죽을 테고 남자는 스스로 목숨을 끊겠지. 나는 헤리엇이 나를 울리려고 그가 아는 온갖 수법을 다 쓰리라는 것 또한 안다. 맹세컨대 그는 나한테 그러지 못할 거고, 나는 끝맺음이 놀랍지 않을 거니깐 아무렇지도 않을 수 있다고 생각한다. 나는 이야기의 결말에 이르러, 그리고 울다가 마침내 그쳤을 때, 그토록 쉽사리 그리고 두 눈 멀쩡히 뜨고 놀아났다는 데에 화가 난다. 일단 화를 다 내고 나서는, 그의 솜씨에 크게 놀란다. 그는 어떻게 종이쪽 위에 발라놓은 잉크로 나를 울렸을까? 다 놀라고 나서는, 그 솜씨를 내가 갖고 싶다고 마음먹는다.

난 플롯이 필요하다. 그래, 그게 제임스 헤리엇에게 잘 듣는다면, 어쩌면 나한테도 들을 거야. 이야기는 친구라곤 제 개밖에 없는 사내 이야기가 되겠지. 개는 죽고, 그리고 난 겁쟁이였으니까, 사내는 스스로 목숨을 끊는 대신에 마을 밖으로 나가는 거야. 난 요크셔에는 가본 적 없으니까, 장소는 내가 몇 해 전에 살았던 네바다로 정하자.

난 몇 달 동안 그 이야기를 쓰려고 애쓰지만, 그러나 잘 안 된다.

주로 내 아이디어가 썩었기 때문이다. 그래서 여러 가지 이유로 괴로운데, 내 하루치 낱말 평균이 폭락하고 있다는 사실도 적잖이 괴로운 이유가 된다. 이래가지고는 결코 낱말 백만 개에는 닿지도 못할 것이다.

그러는 사이에, 동료의 딸이 캘리포니아에서 찾아온다. 그녀는 지난 여름에도 찾아왔고, 우리는 금세 가까운 친구가 되었더랬다. 하지만 이번에는 방문이 아니다. 그녀는 주먹을 휘두르는 남편한테서 벗어날 피난처를 찾고 있다. 남편은 그녀를 성폭행해서 구치소에 들어가 있다. 우리는 그녀가 겪은 일에 관해 많은 이야기를 나눈다. 나는 아이 적에 학대받은 얘기를 그녀에게 해준다. 그러나 그러고 나서, 모두들 너무나도 많이 보아온 이야기지만, 그녀는 마음의 짐을 덜고 남편에게 다시 돌아갈까 생각하기 시작한다. '손찌검이 그렇게까지 지독하진 않았어요.' 하고 그녀는 말한다. '이번 마지막 번만 빼고는, 그인 한번도 얼굴은 때리지 않았어요. 그는 달라질 거예요. 난 그걸 알아요. 문제는 정말론 그이가 아녜요. 마약이지. 우리 애들은 아빠가 필요해요. 내가 어떻게 우리 식굴 먹여 살리겠어요?'

나는 그녀에게 이야기한다. 아무런 소용이 없다. 그녀 아버지는 딸에게 이야기한다. 그녀 어머니도 소용없다. 어느 날 밤 나는 그녀 어머니와 가족의 친구 한 사람에게 그녀가 돌아가지 못하게 막으려면 무슨 일을 하면 되는지 새벽 서너 시까지 이야기한다. 아무 성과가 없다. 난 집으로 간다. 잔다.

난 아침 아홉 시에 눈을 떴고, 짧은 이야기 글이 될 플롯이—그리고 첫 대목에 쓸 많은 말들이—내 앞에 펼쳐져 있다. 학대하는 남편하고 결혼한 한 여자의 관점에서 쓴 이야기가 될 것이다. 여자는 친구라곤 개밖에 없는 한 외톨이와 좋은 친구 사이가 된다. 그들이 나눈 대화의 도움으로 그녀는 지금보다 마땅히 더 나은 대우를 받아야 함을 깨닫는다. 그러나 남편이 아내의 친구 관계를 알고는 친구의 개를 죽인다. 그 친구는 마을을 떠난다. 그런 상처를 겪고 나서 그녀는 마침내 제 자신을 사랑할 줄 알게 되어 남편을 차버린다. 난 열 쪽쯤 쓰면 될 거라고 생각하고—그 당시 나한테는 긴 이야기인데—다 마칠 때까진 자지 않겠노라고 맹세한다. 나는 글을 쓰기 시작하고, 낱말들은 내가 그것들을 꿈에서 보고 있기라도 하듯 수월하게 떠오른다. 그러나 여섯 쪽에 이르렀을 때, 그 이야기 글이 다해서 열다섯 쪽이 될 듯하다는 걸 알아차리고는 그날은 그만한다. 열두 쪽이 되었을 때는, 그게 스무 쪽이 될지도 모르겠다고 생각한다. 열여덟 쪽을 쓰고 나니, 서른 쪽. 그 꿈은 여섯 달 동안 이어지고, 삼백 쪽짜리 원고가 되어서야 끝이 난다.

그 책은 한번도 출판되지 않았다. 난 원고를 출판사 백열두 곳에 보냈고, 백열두 번 거절당했다. 나는 그 숫자를 기억하고 있는데, 의뢰한 횟수를(나는 이 문맥에서 의뢰라는 낱말이 꼭 알맞음을 곧 알아차리게 되었다) 표로 그려서 벽에 붙여놓고는, 원고를 돌려받았을 때 기록하고 다시 원고를 보내고 했기 때문이었다. 마흔 번쯤 거절당하고 나서, 나는 원고를 너무 자주 보지 않아도 되는 문 뒤쪽에 옮겨놓았다. 예순 번쯤 지나고 나서는, 그렇게 우체통에 가는 게 마음에 상처가 되었다. 완충제로서 대리인이 있었으면 싶었지만, 그 사람들한테서도 서른다섯 번 거절을 당했다.

그리했어도 가장 중요한 것은 내가 뮤즈가 사는 곳, 차가운 산속 옹달샘에서 솟는 물처럼 말들이 퐁퐁 솟아오르는 그곳으로 가는 문을 발견했다는 사실이다. 그리고 나는 사랑에 빠져있었다. 말들과 더불어. 이야기와 더불어. 과정과 더불어. 내게 무언가를 의미하는 어떤 몸부림 속에 온통 빠져있는 느낌과 더불어.

어떻게 그런 일이 일어났을까? 물론 그 속에는 마법이 있다. 그것은 그 일이 일어나는 어느 때나 여전히 마법이고, 지금도 거의 날마다 그 일은 일어난다. 그 속에는 예식이 있어, 말과 생각과 정서에 충분히 편안해져서 그것들을 어떤 맑음과 아름다움을 가지고서 빚어낼 수 있을 정도이다. 그러나 거기에는 그 이상이 있다. 그것은 그저 능숙함이 아니었다. 그런 빠져듦과 사랑 없이 쓰인 작품과 그게 있는 작품은 글쓰기 경험에서—그리고 마침내 종이 위에 쓰이는 말에서—질적으로 차이가 난다. 딸깍 소리가 난다. 문이 하나 열린다. 누군가를 좋아하는 것과 사랑에 빠지는 것 사이에는 차이가 있다. 내가 글쓰기에 대해서 배운 한 가지는 어떻게 하면 내가 똥을 쓰고 있을 때를 분간해내어 그걸 쓰는 걸 멈출까(더 넓게는, 살아가는 일도 마찬가지로 그러하길 희망하며) 하는 것이었다고 앞에서 썼는데, 그때 내가 정말로 말하고 있던 것은 저 문이 언제 닫히는지, 그리고 언제 문 이쪽에서 글쓰기가 오고 있는지를 내가 알아볼 수 있다는 뜻이었다. 나는 그때는 글을 쓰지 않는다. 난 언제 그 문이 열리는지를 알아차릴 수 있고, 그러고 나면 다른 사정이야 어떻든 놔두고 저 너머로 죽 따라간다. 늦은 밤일 수도 있고, 난 일찍 일어나야만 하는데, 그래도 문이 열리면, 나는 그 문으로 빠져나간다. 차를 몰고 있을 수도 있는데, 그럴 땐 차를 길 한쪽에 댄다. 섹스를 하고 있을 수도 있다.(가장 좋은 글쓰기라면 섹스보다는 더 좋다고 말하긴 했지만, 이 말은 지나치게 줄여 얘기한 것이다. 섹스와 창조성은 함께 꽉 묶여있다는 게 진실이다. 나에겐 창조성보다 더 에로틱한 것은 많지 않고, 에로틱한 것보다 더 창조적인 것도 많지 않다. 하지만 당신은 그걸 벌써 알고 있다. 틀림없이 뮤즈는 당신에게도 이야기했다.)

물음은 이렇게 된다. 어떻게 그리고 왜 그 문은 열렸을까? 그리고 섹스에서 벗어나서 명확하게 얘길 이어가 보자면, 어떻게 하면 나는 학생들이 저들 자신의 문을 찾고 열어젖히도록 도울 수 있을까?

여기에 내가 아는 게 있다. 나는 깊이 고민했다. 나는 사랑스러운 친구가 남편에게 돌아가길 원치 않았다. 난 글 쓸 까닭이 하나 있었다. 나는 마음을 전하려고 애쓰고 있었다. 나는 낱말 수를 늘리려고 글 쓰고 있지 않았다. 또한 꼭 책을 펴내려고 글 쓰고 있는 것도 아니었다.(그건 좋은 일이다, 소설은 아직 나오지 않았으니까.) 연습 삼아 글 쓰고 있는 것도 아니었다. 나는 친구에게 내 뜻을―한 가지 경험을―전해주려고 필사적으로 애쓰고 있었다. 그건 찰스 존슨이 말한 것과 비슷했다. 이것이 바로, 마지막 낱말을 쓰고 난 뒤 누군가 날 죽일 거라면 내가 쓸 그것이다.

이것은 내가 얘기해온 모든 것과 함께 엮여있다. 어떻게 하면 학생들이 제 열정을 펼치도록 도울까? 무엇이 그들을 화가 치솟게 하거나 겁먹게 하거나 기뻐 날뛰게 하는가? 무엇이 세 가지 모두를 아니면 더 많은 걸 하는가? 내 학생들은 어떤 뜻을 전하길 절박하게 원하고, 전할 필요가 있으며, 그리고 누구에게 그걸 전해야만 하는가? 어떻게 하면 그들을 도와서, 학생들이 열정의 방아쇠를 세게 당겨 자의식을 떨쳐버리고 느낌과 말과 뜻 속으로 완전히 빠져들 수 있도록 할 수 있을까?

똑같은 지난 물음으로 되돌아가지만, 끝에는 새 물음 하나가 함께 있다. 넌 누구니? 넌 무얼 사랑하니? 그리고 새 물음 하나, 넌 무얼 원하니?

당신이 누군지 내게 말하면, 당신이 무얼 사랑하는지 말하면, 당신이 무얼 원하는지 말하면, 난 당신이 무얼 쓰면 좋겠는지를 말해주겠다. 아니 어쩌면 내가 그럴 필요도 없겠지. 당신은 벌써 시작했을 테니까.

혁명

당신 힘으로 알아내라

당신이 어떻게 시간을 보내는가에 당신 홀로 책임을 져야 한다. 그러나 학교에서는 그러지 못한다. 그들이 당신더러 하라고 시키는 것은 분명히 소비일 테지만, 적어도 책임은 당신 계좌에 부과되어 있지 않다. 이런 점에서 학교는, 또다시 군대나 감옥과 닮았다. 일단 들어가면, 온갖 종류의 과제들을 받을 테지만, 그 속에 자유라는 과제는 없다.

제리 파버

지난주에 한 친구가 교육에 대한 자
신의 견해를 자세히 쓴 전자 우편 두 통을 보내왔다. 첫째 편지에
는 이렇게 써있었다.

"4학년 때까지 공교육 체제를 벗어나 있고 보니, 난 첫날부터 그
걸 못 받아들였지. 그날 난 내 놀이 동무들이 몇 해 동안 날이면 날
마다 왔던 데가 이런 데라는 걸 알고는 너무도 소름끼쳤어. 왜 아
무도 학교가 일일 감옥이라고 말해주지 않았을까? 이제는 나 또한
다음 여덟 해 동안 이런 지옥형을 선고받았다는 걸 실감하고 나니
훨씬 더 끔찍했어. 내가 저 어린 시절 동안이나마 주입교육에서 벗
어나 있었다는 게 내게 가장 커다란 힘이 되어왔다는 걸 아직도 아
주 강하게 느끼고 있어."

그리고 다음 편지에는 이렇게 써있었다.

"내가 창조적인 수법으로 그럭저럭 잘 빠져나가는 걸 좀 이해해
준 선생님도 몇 사람 있었지만, 저 빌어먹을 허튼 짓거리를 해내려
고 작당을 한 사람들을 우리는 모두 참고 견뎌야 했지. 하지만 내가

내 자신이 되도록 나를 사랑해주었던 선생님은 하나도 없었어. 그들도 모두 자신을 좀먹는 제도 교육을 받아 아주 못쓰게 되었기에, 참된 교육이라는 것의 가능성을 볼 수라도 있는 사람은 거의 없었지. 공교육 체제는 내 믿음을 너무도 여러 번 저버렸기에, 나는 갈수록 그것을 정말로 미워하게 되었어. 물론, 나는 내가 그걸 미워한다는 걸 알게 되어 감사해. 그리고 그것이 지랄 맞다는 걸 내가 알아온 건, 내가 실은 참된 교육의 평가 기준을 일찍이 우리 어머니 품속에 있을 때부터 지녔기 때문이었어. 나는 집에서 배우는 걸 사랑했어. 배우는 일에는 어떤 압박도 없었어. 그것은 놀이였어. 아이들은 모두(그리고 다른 사람들도, 그리고 말이 나온 김에 사람이 아닌 이들도!) 배움을 사랑해. 사실 넌 배움을 사랑하는 그 마음을 아이들한테서 떨어 내치기 위해 열심히 일해야 하고 있는 거지. 그리고 공교육 체제는 놀랍게도 고작 몇 해 만에 그 일을 해낼 수 있어. 그리고 결코 나는 그것을 미워하지 않는 척하거나 그것을 개혁할 수 있다고—그건 또 다른 일인데(실은 다른 일이 아니지, 똑같은 일이지), 그걸 그냥 몽땅 무너뜨리면 되는 거지—생각하는 척하지 않아. 나는 겉보기에는 현명하고 영리한 부모들이 어떻게 이런 터무니없는 일을 맘 편히 저 어린 것들한테 할 수 있는지 자꾸만 기가 막히고 소름 끼쳐. 보모들과 식이요법과 대중매체 노출에 대해서는 그렇게 마음을 쓰면서, 그러고 난 뒤엔 아이를 다섯 살만 되어도 공교육 체제에 그냥 넘겨줘 버리는지 말이야. 그것은 너무도 엄청난 맹점이야. 그리고 핑계들도 마찬가지로 기가 막히지. 난 그걸 너도 틀림없이 잘 알고 있는 현상에, 아이들을 학대자들에게 넘겨줘 버리는 부모들에 비유해. 오늘 아침에 나는 한 친구와 함께 1학년이 된 그녀의 아들을 학교에 데려다

주러 갔어. 우리가 걸어서 돌아오고 있었을 때, 그녀는 지난주에 많은 어머니들이 자식들을 학교에서 첫 해를 보내도록 데려다놓고는 우는 모습을 보았노라고 말했어. 그녀는 좀 웃음 짓더니 이런 말을 했어. '우리 어머니들은 모두 그런 걸 보는 고통을 알지.' 난 말했어, '그러겠어.' 그리고 물었지. '넌 그 어머니들이 모두 다 왜 운다고 생각하니?' 그녀는 대답하지 않았어. 내 생각으론, 어머니들이 모두 아이가 행복한지 아닌지를 느끼는 온갖 본능을 억누르고 있기 때문이란 걸 그녀도 아는 거야."

이 모든 것은 내가 이 책 내내 아주 조심스레 피해온 그런 물음으로 이끈다. 그것은 우리가 이 썩어빠진 체제 속에서 일하려고 해야 하는 건지 아닌지, 아니면 우리가 몽땅 부숴버리려고 해야 하는 건지 아닌지와 관련이 있다.

우연의 일치로, 나는 오늘 전자 우편을 한 통 더 받았는데, 이것 또한 가르치는 일을 하는 다른 친구한테서 온 것이었다.

"교육을 살펴보는 것은 중요한데, 그것은 우리 모두가 그 속에 강제로 들어갈 수밖에 없는 관계이기 때문이고, 그리고 다른 모든 지배 관계에 대한 은유나 모형으로 볼 수 있기 때문이야. 난 요즘 이것에 대해 많이 생각해왔는데, 지난 두 해 동안 내가 피해자 역(박사과정 학생)과 가해자 역(선생) 두 자리에 앉아있었기 때문이고, 게다가 우리가 교육(아니면 문화)에 대해 이야기할 때는, 정말로는 지배의 관계를 되돌리는 일 이야기를 하고 있음을 알아차렸기 때문이지. 날마다 나는 억압받지 않는 길을 찾아내느라(사실은 가능하지 않지만) 그리고 억압하지 않는 길을 찾아내느라(도전하고 있지만, 얼마나 내가 잘하고 있는지는 잘 모르겠어) 몸부림치지. 교실에서만이라도, 나는 학생들한테 감정적인 폭력이나 강압을 가하지 않으려고 애써왔는데, 그 때문에 이런 물음에 내 머리를 부딪치고 또 부딪쳐야만 했지. 통솔력과 강압 사이에는 무슨 차이가 있을까? 내가 학생들한테 능력을 불어넣으려고 할 때, 어쩔 땐 성공하고 어쩔 땐 실패해. 특히 좀더 어린 학생들 반에서는 나는 거의 내 자신일 수 있고 내가 믿고 있는 방식으로 가르칠 수 있어. 수업을 진짜로 만들 수 있고, 학생들이 자기 자신에 관해 배우는 걸 사랑하도록 만들 수 있지. 그러나 좀더 큰 반에 있는 학생들 가운데 많은 수는 내가 **권위를 좀 발휘하지 않**으면 자주 버릇없이 군다는 걸 난 깨달았어. 몇몇 학생들은 내 솔직함을 약함으로 읽고 상냥함을 마음 여림으로 읽어. 내 솔직함과 상냥함이 미움과 비웃음을 불어넣을 때, 우리는 여기에서 어디로 가지? 아주 많은 학생들이, 이전에도 통솔되어 왔기에, 그리고 통솔하는 일이 벌어지도록 만드는 방법들을 틀림없이 갖고 있기에, 내가 통솔하길 기대하지. 그 때문에 난 오래 전에 남자 친구와 사귄 일이 떠올랐는데, 그는 한 달이 넘게 감정적으로 나를 몰아붙이더니, 그러고 나서는 정말 힘으로 날 구석으로 밀어붙였어. 나는 씨발 꺼져버리라고 소릴 질렀는데, 그때 그 사람 얼굴에 서린 표정은 결코 잊지 못할 거야. 그 사람은 점잔을 빼더니, 겉으론 즐거운 듯 보였는데, 그의 표정은 마침내 그가 원하는 식으로 행동하도록 나를 잘 유도해냈다고 말하고 있었어. 나는 관계를 끊었지. 아니 내가 관계들의 강제적인 양식에서 벗어났다고 말하는 게 더 정확하겠어. 이 따위 일은 늘 벌어지지. 지배 체제는 우리가 맺는 모든 관계의 모든 국면에 두루 스며들어 있고, 우리 삶의 모든 부분 속에는 그 지배 체제의 재작동을 유발하는 기제가 있는 거야. 관계들의 그러한 체제가 우리의 가장 거룩한 관계 맺음인 몸과 마음의 관계 맺음 속에조차 파고 들 때는, 갈 데까지 간 거지. 그러나 물론 거기에서 그치지 않아. 이제 이렇게 묻게 돼. 어떻게 하면 우리가 억압적이지 않은 관계를, 그것을 뒷받침해주지 않는 체제 속에서 맺을 수 있을까? 정말 복잡해. 난 우리 학생들이 제 자신이 겪는 억압에 맞서 반항하고 있음을 알지만, 나는 그것을 감수하지. 그리고 부모와 선생님과 다른 권위를 지닌 인물들한테 아주 상처를 입어서, 내가 아무리 말을 해도 마음을 움직일 수 없는 학생들이 있어. 그 학생들한테 내가 어떻게 하지? 이를테면, 가장 버릇없던 한 학생이 지난해 마지막에 훌륭한 발표를 했는데, 아이들을 감정적으로 학대하는 일을 조사해 그게 어떤 느낌인지 밝힌 거였어. 나는 수업에서 그 아이 마음을 움직이지 못했었는데—걘 줄곧 버릇없게 굴었지—갑자기 그 까닭을 이해했지. 그리고 미안했어. 난 이게 다 돌고 돌아 세 가지 물음으로 가는 길인 것 같아. 첫째, 백인 우월주의자, 자본주의자, 국수주의자한테서 나온 수업 자료는 가르칠 만한 가치가 있는가? 둘째, 진짜 교육의 목적이 사람들이 자기 자신과 더 큰 세계에 대해 깨닫도록 해주는 것임을 내가 아는데, 그렇다면 본질적으로 무엇이 배울 만한 가치가 있는 걸까? 셋째, 도대체 어떻게 이 체제가 돌아갈 수 있는 걸까?"

난 그녀의 물음에 해줄 대답을 알지 못한다. 내가 알고 있는 것은 이런 거다. 난 산업 문명이 싫다. 그게 지구에 저지르는 짓 때문에, 그게 공동체에 저지르는 짓 때문에, 그게 사람 아닌 이들(길들지 않았거나 길들었거나 모두) 하나하나에게 저지르는 짓 때문에, 그게 사람들 하나하나에게(길들지 않았거나 길들었거나 모두) 저지르는 짓 때문에. 나는 임금 경제가 싫다. 그것이 사람들이 제 삶을 팔아 사랑하지도 않는 일들을 하도록 만드는—억지로 강요한다는 말이 아마 더 정확할 텐데—까닭에, 사람들이 서로서로 해치고 자신들 보금자리를 망쳐버리라고 보상을 주는 까닭에. 난 산업 학교교육이 싫다, 그것이 유일하게 용서 못 할 죄를 저지르는 까닭에. 그것은 사람들이 자신한테서 멀어지도록 이끌고, 노동자가 되도록 훈련시켜, 더욱더 충성스런 노예가 되어 더욱더 열렬하게—열광적으로, 부어라 마셔라 하며—산업 문명이라는 노예선을 지옥으로 저어가는 것이 그들에게 가장 이롭다는 확신을 불어넣으며, 마주치는 모든 것과 모든 사람을 그들과 더불어 파멸시키도록 강요한다. 그리고 나는 이런 과정에 한몫을 하고 있다. 나는 학생들이 지구를 갈수록 더 파괴하는 일에 제 몫을 하도록 훈련받을 때, 학생들이 거대한 산업 기계 속의 톱니바퀴 구실을 하느라, 아님 더 나쁘게는 (우리가 한때는 살아있는 땅으로 여겼던) 거대한 공장이자 노예 수용소의 감시인 구실을 하느라, 그들이 되려고 태어난 자유롭고 행복한 인간으로서 타고난 권리를 팔아치우는 마지막 단계로 접어들었을 때, 학교가 조금 더 입맛에 맞도록, 조금 더 재미나도록 만드는 걸 돕는다. 그것은 본질적으로 나를 협력자로 만들지 않는가? 빌어먹을, 본질적으로는 빼자.

인종 학살의 심리학에 관한 으뜸가는 권위자인 로버트 제이 립튼은 그의 결정적인 책 『나치 의사들』에서 뚜렷이 밝혔다. 아우슈비츠 같은 집단 수용소에서 일하는 의사들 가운데 많은 이는 그들이 맡은 사람들을 위해서 할 수 있는 한 생활을 안락하게 만들려고 애를 썼고, 수용자의 목숨을 구하기 위해 힘닿는 모든 일을 했다고 한다. 모든 것 가운데 가장 중요한 것만 빼고 말이다. 그건 바로 아우슈비츠라는 현실에, 곧 그들이 그 아래에서 수술하는(흔히 마취제 없이) 잔학 행위를 유발하는 상부 구조물에 의문을 던지는 일이다. 산업 교육이 몸이 아니라 영혼을 살해한다는 사실이 내 죄를 덜어주지는 않는다. 그리고 나는 학생들의 인간성을 파괴하거나 망가뜨리는 더 큰 과정들에 참여하기 때문일 뿐만 아니라(그것은 마치 노예들의 가여운 궁둥이가 헐지 않도록 노예선 좌판에 푹신한 방석을 놓아주고 있는 일과 같다), 감시자를 훈련하는 더 큰 과정들에도 참가하고 있기 때문에, 내가 유죄임을 인정해야 한다. 내가 문명을 거꾸러뜨리는 일을 돕고 있는 체하고 싶을지도 모르지만, 내가 대학에서 가르칠 때는 실은 문명을 받쳐줄 기술 관료들을, 게다가 그저 자기 일을 하고 어쩌면 내가 내 일을 하는 만큼이나 고운 마음씨로 일하여 온 세상에 인종 학살을 저지르고 자연 세계에 아직 남아있는 것들의 내장을 들어내 버릴 기술 관료들을 적극적으로 훈련시키고 있는 것이다.

라울 힐버그가 기념비적인 저작인 『유럽 유태인의 멸망』에서 아주 잘 묘사했듯이, 유태인 대학살의 가해자 대다수는 그들의 피해자들을 총살하지도 독살하지도 않았다. 그들은 문서에 기록을 했고, 전화를 받았고, 회의에 참석했다. 그들은 더 커다란 관료제도 속에서 자신의 조그만 일을 했을 뿐이고, 대량 학살 같은 그렇게 거친 어떤 일도 관료제도의 기능은 아니었다. 오히려 관료제도의 기능은 이런 것들이었다. 공장에서 그저 생산을 극대화하고 비용을 최소화하기(빼놓고 말 않은 것: 노예 노동력을 써서). 경제가 최고조로 기능하는데 꼭 필요한 땅과 다른 자산들을 풀어주기(빼놓고 말 않은 것: 동부 유럽과 소비에트 연방을 침공하여). 고국의 안전을 보장하기(빼놓고 말 않은 것: 유태인, 루마니아인, 동성애자, 반체제 인사, "놈팡이"〔곧, 일자리

얻기를 꺼리는 사람들, 아니면, 나치 친위대 고위급 지도자 그라이펠트가
말했다시피 "민족 경영에 동참하길 꺼리면서, 놈팡이가 되어 그저 그럭저
럭 지내고 있기에……강압적 수단으로 다뤄 일에 종사하도록 만들어야
하는 인간들", 이런 경우엔 부헨발트 수용소로 보내진다는 뜻이었다), 등
등을 포함해 위협으로 여겨지는 사람들을 감옥에 가두거나 죽여서). 옷가
지, 안경, 신발, 금을 훌륭한 게르만인이 쓰도록 모으는 일(빼놓고 말
않은 것: 이 물건들이 나오는 곳).

뚜렷이 밝히면, 그리고 확실히 말하면, 당신도 나도 갈고리에서
빠져나올 수 없다. 산업 문명은 지구를 죽이고 있고, 그리고 우리는
모두 제 몫을 하고 있다. 우리가 유타 사막에서 천연가스를 탐사하
는 지구물리학 공학자이든, 포드 자동차 회사를 위해 광고 문구를
쓰는 광고업자이든, 대륙 횡단 여행 중에 땅콩을 나눠주는 여객기
객실 승무원이든, 노동자들과 중역들을 얼추 건강하게 지켜주는 의
사이든, 소비자들이 얼추 제기능하도록 지켜주는 심리학자이든, 여
가 시간에 사람들이 읽을 책을 만들어내는 작가이든, 독자들이 결코
지루해하지 않게 하도록 이 작가들을 돕는 선생들이든, 우리의 기여
없이는 산업 문명은 그렇게 할 수 없으리라. 이 무시무시한 체제에
는 우리가 다 필요하다.

교도소에서 가르칠 때는 이런 문제에 훨씬 더 또렷한 초점이 잡힌
다. 입구를 지나 걸어들어 갈 때마다, 나는 세계에서 가장 크고 가장
인종차별이 심한 교도소 체제를, 인종차별 정책 동안 남아프리카 공
화국에서 했던 것보다도 더 높은 비율로 흑인을 투옥하는 교도소 체
제를 유지하는 일을 돕고 있다. 그러나 그와 동시에, 나는 우리 학생
들 가운데 많은 이들이 일주일 내내 기다리는 오직 한 가지 일이 우

리 수업이라고, 그들을 제정신이게 해주는 오직 한 가지 일이라고 내게 터놓고 거듭 말해왔다는 걸 알고 있다.

난 여태까지 몇 년 동안 개혁이냐 혁명이냐 하는 이런 물음에 사로잡혀 있었는데, 아마도 드디어 내 자신의 충고를 받아들이고, 내가 틀린 물음을 던지고 있음을 깨달을 때가 된 것 같다. 개혁이냐 혁명이냐는 그릇된 이분법이다. 첫째 대답은 우리는 둘 다 필요하다는 것이다. 혁명이 없으면 지구는 죽어버릴 것이다. 하지만 우리가 마냥 혁명을 기다리기만 하면 지구는 혁명이 오기 전에 죽어있을 것이다. 몇 년 동안 나와 나라 이곳저곳의 활동가 몇백 명이서 산림국이 공유지에서 불법적이고 재정적으로 무책임하며 환경을 파괴하는 목재 매각을 하는 걸 멈추도록 만들려는 시도로 (끝에 가서는 성공하지 못했지만) '목재 매각 항의' 라고 불리는 주장을 제기했다. 지금 나는 모든 산업적인 조림에 반대하고 특히 공유지의 산업적인 조림에 반대한다. 나아가 나는 행정과 사법 기구들이 기업의 이익이 되도록 정비되어 있음을 안다.(딱 잘라 말하면, 그것들은 지구 생물권의 파괴를 위해 정비되어 있다.) 그러나 이 가운데 어느 것도 내가 개혁주의자 전략을 임시로나마 쓰는 것을 가로막지는 않는다. 난 숲을 구할 수 있다면 무슨 일이든 해볼 거다. 이것은 둘째 대답으로 이어지는데, 그것은 도덕성은 언제나 상황에 따른 것이라는 사실이다. 당신은 당신이 있는 자리에서 보아 옳은 것을 하라. 그리고 올바른 일을, 아니면 좀더 나은 일을 할 수 있는 자리에 자신을 놓아두려고 애쓰라. 기질과 역량 또한 한 사람이 무엇을 해야 할 터인지를 결정하는 데 도움이 되기 때문이다.

나는 이제 말하고 또 말하는 그 목소리들을 들을 수 있다. '미끄러운 비탈길, 미끄러운 비탈길. 아우슈비츠에 있던 의사들을 기억하지? 그러나 모든 비탈길은 미끄럽다. 그래서 어떻다고? 옳고 그름을 구별하고 느낄 줄 아는 존재로서 타고난 권리의 몫은 내가 도덕적인 판단을 내려야 한다는 것이다. 이러한 판가름의 행동에 할 수 있는 한 솔직하고 열린 마음으로 맞닥뜨리는 것은 내 의무이자 기쁨이다. 나치 의사들이 비루한 행태를 보인 건 아우슈비츠라는 현실에 의문을 던지지 못했기 때문이다. 그리고 솔직히 말해, 우리들 대다수는 꼭 그처럼 비루하게 산업 문명, 임금 경제, 그리고 이 논의의 핵심에 맞추면, 산업 교육에 의문을 던지지 못하고 있다. 사람의 상황에 의문을 던지는 것, 그 상황이 아우슈비츠든, 디즈니든, 펠리컨 베이 주립 교도소든, 산업 문명이든, 이스턴 워싱턴 대학이든, 아니면 대영광 기계 파괴 혁명이든 그 상황에 끊임없이 의문을 던지는 것이, 어떤 미끄러운 비탈에서도 미끄러져 내리지 않도록 가장 튼튼한 안전 줄에 걸어 매는 일이다. 왜냐하면 생각건대, 살펴 따져보지 않았을 때에는 이 비탈들만큼 위험스러운 것이 없기 때문이다.

학기마다 일곱 째 주쯤에 나는 스스로 똑같은 물음을 던진다. 내가 잇달아 두 학기 동안, 아니면 심지어 일 년 내내 똑같은 학생을 맡는다면 우리는 무엇에 대해 이야기할까?

그리고 거의 모든 학기에 나는 똑같은 대답을 떠올린다. 만일 이 첫 학기가 해방에 대한 것이라면 둘째 학기는 책임에 대한 것일 터이다. 모든 사람은 배움과 겪음이 —체화, 몸으로 받아들이는 것—

둘 다 필요하다. 그리고 그 둘은 떼놓을 수 없다. 다른 쪽 없이 한쪽만으로는 우스꽝스런 흉내 짓이 될 뿐이고, 보통은 저도 모르게 무심코 한 우스꽝스런 흉내 짓이 특히 그렇듯, 알맞지 않고 파괴적이며 자기 파괴적인 행태로 끌려간다. 자유 없는 책임은 노예 상태이다. 다들 알다시피. 책임 없는 자유는 미성숙이다. 그 또한 다들 알다시피. 그 둘을 함께 뒤봐라, 그러면 미성숙한 노예들로 이루어진 어엿한 문화를 하나 떡 갖게 된다. 마찬가지로 다들 알다시피, 우리들한테 그리고 우리가 만나는 모든 이들한테 재수 없게도 말이다. 이런 우스꽝스런 흉내 짓들은 당신이 경제를 성장시키는 데 관심이 있다면 아주 좋은 것일 수도 있을 테지만, 당신이 사람에게 관심이 있다면 아주 나쁜 것이다.

교실 안에서 해방과 책임을 추구하는 이런 물음을 교도소에서는 내놓은 적이 없지만, 그건 거기에서는 우리 학생들의 생활환경이 다르기 때문인데, 이 말은 그들에게 필요한 것과 그들이 나한테 요구할 수 있는 것이 다르다는 뜻이다. 그리고 내가 그들에게 주어도 되는 것이 다르다. 교도소에서 하는 수업들은, 그중 몇 가진 여태까지 몇 해 동안 꾸려온 건데, 좀더 기술적인 쪽으로 기울어져 있다. 물론 나는 여전히 힘을 북돋아주려 응원하지만, 우리는 깃발 잡기 놀이나 숨바꼭질을 하며 놀지는 않는다. 그리고 총을 든 사수가 위층 좁은 통로를 걷고 있는데 가장 중요한 글쓰기 연습─손가락 운동─을 하거나 의자나 분필을 던지는 일을 하는 건 좀 알맞지 않아 보인다. 교도소 교실 안에서 내 일은 좀더 가두어져 있고, 조금은 덜 철학적이다.

사실, 껍데기는 좀 다르고, 늘 그렇듯 사정에 따라 그때그때 다르다. 그치만 그 바탕은 대학에서나 교도소에서나 매한가지인데, 그건 바로 우리 학생들이 제 모습 그대로가 되도록 존중하고 사랑하는 일이다.

대학에서 가르치는 여덟째 주다. 혁명의 기운이 감돈다. 학생들 가운데 많은 이들이 나한테 마음이 안 좋다. 한 사람이 말한다.

"선생님은 해방에 대해서, 교실에서는 어찌해서 우리가 진짜 대장인지, 우리 자신의 배움을 우리가 떠맡기를 얼마나 바라시는지 얘기해요. 그러나 그건 다 똥 같은 얘기죠. 여전히 출석표를 돌리잖아요."

다른 학생: "우리에게 성적을 매기고 싶지 않다고 말하지만, 그러나 확인 표시도 마찬가지로 강압이잖아요."

또 다른 학생: "내가 아무것도 쓰고 싶지 않다면 어쩔 겁니까?"

"그러면 자네는 낙제할 것 같은데," 내가 말한다.

그녀는 대꾸한다. "나는 당신은 다른 선생들보다는 더 낫다고 생각했어요. 하지만 선생님도 다 똑같군요. 우리한테 이래라저래라 마구 해대고는 그냥 웃을 뿐이잖아요. 더 나쁜 것은, 우리한테 이래라저래라 해대고는 우리가 웃도록 만든다는 거죠."

나는 행복하다. 그들은 깨달은 것이다. 이 교실에서 한 모든 일은 바로 이런 순간, 학생들이 내 권위를 만들어내는 저들의 역할을 이토록 거부하는 순간을 겨냥한 것이었다. 이것이 바로 핵심이다. 나는 확인 표시를 내팽개치고 그들에게 모두 4.0을 주고 싶다. 나는

4.0을 내팽개치고 싶고, 내가 그들에게 이미 준 것, 시간 들임과 받아들임 말고는 아무것도 주고 싶지 않다. 그러나 나는 즐겁다는 것을 내비치지 않는다. 나는 그들과 입씨름한다. 많이는 아니고 조금만. 그러고 나서는 학생들의 지적을 인정한다.

다른 선생보다 나를 더 낫게 생각했더라는 학생이 말한다.

"선생님을 나무라는 건 아녜요. 전 선생님이 좋아요. 선생님은 아주 멋졌어요. 그러나 선생님은 억압에 바탕을 둔 이 전혀 다른 체제 속에 자신을 맞추려고 하고 있는 거예요. 그토록 우리 마음을 받아주고 그토록 우리 자신에게 마음 쓰라고 가르치고는 그걸 죄다 이 체제 속에 맞추려고 하고 있어요. 그건 우스꽝스러운 짓일 뿐이죠."

나는 즐거움을 조금 괴로운 모습으로 가린다. 그리고 묻는다.

"그러면 내가 무얼 해야 할까? 내가 가르치는 방식을 바꾸기를 바라니? 성적 매기는 일 전부를 바꾸길 바라니?"

"아뇨." 그녀는 말한다, 몸서리를 치면서.

"그럼 뭐지?"

"체제 전부를 바꾸세요."

"내가 어떻게 그걸 하지?"

그녀는 잠깐 동안 생각하더니, 그러고 나서 가능한 가장 좋은 답을 말한다.

"선생님 약았어요. 선생님은 제 힘으로 그걸 알아내야 돼요. 나는 살면서 이 문제를 다루느라 충분히 애를 먹었거든요."

나는 이 일을 사랑한다.

바로 지난 주말에 나는 한 작가 회의에서 가르쳤다. 재미있었다. 유일한 문제는 회의가 중학교에서 개최되었다는 것이다. 나는 여러 해 동안 그런 종류의 회당에 걸어 들어가 본 적이 없었고, 반들반들 한 마루 바닥에 내 운동화가 그렇게 별나게 뻑뻑거리는 소리를 들어 본 적이 없었다. 좀더 핵심을 말하면, 그런 교실에 억지로 들어갈 일 은 없었단 말이다. 거기 사정은 내가 기억하는 것보다 훨씬 더 나빴 다. 강습회가 열리게 될 방으로 걸어 들어갔을 때 내가 맨 먼저 알아 차린 것들 가운데 하나는 선생님 책상 앞쪽에 붙어있는 새빨간 스티 커였다. "여긴 버거킹이 아니다. 그러니 너희 맘대로 해선 안 된다." 가 붙어있다. (어떤 건 손으로 썼고, 어떤 건 기계로 찍은) 표지판들이 온 벽에―온 벽에 말이다―붙어서 학생들한테 못된 짓을 하면 교 장실로 불려갈 거라고 말하고 있었다. 하나는 죄다 대문자로 이렇게 써있었다.

"학생은 손을 들고 나서 선생님 허락을 받지 않고는 결코 말을 해선 안 된다."

거긴 수학 교실이었지만, 진짜 핵심은, 늘 그렇듯이 권위에 복종 하라는 것임은 뚜렷했다. 내가 어떻게 그걸 견뎌 살아남았는지 모르 겠다. 어떻게 어떤 아이들이라도 그걸 견뎌 살아남는지 모르겠다. 정말 참된 의미로는 많은 이들이 못 그런다는 게 진실이라고 나는 생각한다. 그리고 그게 핵심이다.

물 위로 걷다

저질러라, 그리고 써라

깊은 뿌리, 우뚝한 줄기, 우거진 잎사귀. 세상의 중심에서 가시 없는 나무 한 그루가 솟는다. 새들에게 자신을 내주는 방법을 아는 나무다. 나무 둘레에선, 돌을 깨우고 얼음에 불을 일으키는 음악에 맞춰 물결치며, 여러 쌍들이 춤을 추며 빙글빙글 돈다. 그들은 춤추며, 나무에 온갖 빛깔로 흐르는 띠를 입히고 벗긴다.……생명의 나무는 무슨 일이 벌어지든, 주위를 맴도는 따사로운 음악이 결코 멈추지 않을 것을 안다. 아무리 많은 죽음이 다가올지라도, 아무리 많은 피가 흐르더라도, 바람이 그들을 숨쉬게 하고 땅이 그들을 일구고 사랑하는 한, 음악은 사내들과 여인들을 춤추게 할 것이다.

에두아르도 갈레아노

마지막 수업 앞에 앞에 주다. 나는 에이즈 퀼트에 관한 다큐멘터리를 가져온다. 영화는 퀼트 속 조각 그림이 기념해온 죽은 사람들의 이야기와 그들을 사랑한 사람들이 조각 그림을 꾸미는 이야기를 보여준다. 교실 불을 켰을 때, 나는 교실에서 풋볼 경기를 했던 학생들마저도 고개를 떨어뜨리고 있는 걸 본다. 그리고 고개를 들었을 때는 어깨가 움츠러들어 있고, 눈은 붉어져 있다.

"만일 여러분이 죽게 된다면," 하고 나는 말을 꺼낸다. "여러분은 어떻게 기억될까요?"

난 잠깐 말을 쉰다.

아무도 아무 말도 않는다.

난 다시 말을 시작한다. "아님 차라리, 여러분이 죽을 때—왜냐면 만일 그렇다면이 아니라 때인 거니까—사람들이 여러분에 관해서 무어라고 얘길 할까?"

조용하다. 모두들 생각하고 있다.

"여러분 이걸 한번 해보세요. 나는 여러분이 여러분들의 에이즈 퀼트를 꾸며보기를 바랍니다. 그걸 꿰맬 필요는 없어요. 그냥 색 판지 같은 것에다 붙이세요."

교실에는 아직도 침묵이 흐르더니 젊은 사내가 불쑥 말을 내뱉는다. "난 안 할래요. 난 그딴 게이 병으로 죽진 않을 거거든요."

그는 학기 내내 동성애 혐오자(그리고 여성 혐오자)였고, 그래서 그런 반응이 놀랍지는 않다. 난 그에게 해줄 대답이 하나 있다. 그 기록 영화가 이성애자들도 마찬가지로 죽었다는 걸 잘 짚어주었기 때문에, 그런 말을 다시 해줄 필요는 없다. 난 말한다. "자네 건 다른 퀼트에 대한 거라도 돼. 아주 특별한 퀼트지. 그건 술을 마시고 한꺼번에 네 여자와 동시에 성관계를 하면서 차를 타고 가다가 사고를 당한 사람들을 위한 거지. 여자들은 살아남았고. 자넨 죽었어."

그는 그 시나리오라면 문제가 없는 듯 보인다.

"하나만 더," 나는 학생들에게 말한다. "여러분은 이 실습을 홀로 해도 좋습니다. 하지만 여러분을 사랑하는 누군가가 여러분을 위해서 그걸 해주도록 한다면 훨씬 더 좋습니다. 부모님, 형제자매, 연인, 친구 말예요."

누군가가 묻는다. "다른 사람이 우리 일을 해줘도 한 걸로 인정된다는 말이죠?"

"그럼." 나는 대꾸한다.

학생들은 다음 주에 퀼트를 가져와서는, 그것에 대해 이야기한다. 거의 다 딴 사람들이 꾸며준 것이었는데, 모두 마음 써서 만든 것이었다. 그냥 한 걸로 인정이나 받으려고 해온 것은 거의 없었다. 농장 출신 아들은 흙 자루와 씨앗으로 뒤덮은 색 판지를 가져온다. 배구 선수의 퀼트에는 그녀의 운동화 끈이, 부모님 사진과 「레미제라블」 입장권 쪼가리와 나란히 붙어있었다. 한 학생은 자기 아이들의 머리카락 가닥들과 클라리넷의 청을 붙여 가져왔다. 두세 사람은 색 판지에 붙인 조각 그림이 아니라 누벼 만든 진짜 퀼트 작품을 만들어 왔는데, 그건 자기가 하거나 어머니가 만들어준 것이었다. 우리 어머니는 내 걸 꾸며주었다. 어머니는 깃펜을 수놓은 책갈피를 넣었는데, 그건 내 글쓰기를 나타낸다. 스파이크 운동화 한 켤레, 그건 스포츠를 사랑하는 마음. 내 개들의 사진. 벌치기로 보낸 나날을 뜻하는 작은 벌집 한 조각. 그리고 무너진 댐을 뚫고 세차게 헤엄치는 연어 그림 하나.

이 연습의 진짜 핵심은, 자주 그렇듯이, 겉으로 드러나 보이는 것과는 좀 다르다. 그건 학생들이 자신의 죽음에 대해 생각해보도록 만드는 것도 아니고, 내가 학기 내내 묻는 그 똑같은 오래된 물음에—넌 누구니?—대답을 이어 맞춰보라는 것도, 재밌으라고 한 것도, 좀더 친해지려고 한 것도 아니다. 내가 이런 일들이 하나하나 일어나는 걸 좋아하기는 하지만 말이다. 진짜 핵심은 학생들에게 마음 쓰는 사람들이, 학생들 일을 함께해 보면서, 학생들이 가장 소중히 기르던 모습들을 학생들에게 되돌려 비춰줌으로써, 그런 애정을 표현하도록 하는 기회를 주는 것이다.

학기의 끝이 가까워지고 있다. 오늘 교실에서 우리는 설문조사를 할 것이다. 대학에 있었을 때, 아주 많이 공부한다는 사람들 소문을 들었는데, 하룻밤에 두 시간만 잔다고 했다. 난 그 소문들을 결코 믿지 않았다. 사실 난 그 소문들을 믿지 않아서, 두 해 동안 그래프용지에다 몇 시에 내가 자러 갔고 얼마나 많이 잠을 잤는지를 그렸고(한 해 동안은 나는 10월 1일이 지날 때까지는 자정 전에 자러 가지 않았다), 하루에 얼마나 많은 시간 동안 공부했는지 그리고 무슨 수업을 위해서 그랬는지도 함께 계속 그렸더랬다. 정말 재미있었다. 아직도 그 종이를 갖고 있다. 나는 한 주에 여러 차례 취할 때까지 술을 마신다는 사람들 소문도 들었다. 내 친구들은 거의 다 술을 마시지 않았다. 나는 정확히 어떤 게 정상인가 하는 문제에 다른 사람들도 관심이 있을지 모른다는 생각을 했고,—여기서 정상이라는 말은 정상이라는 기준에 맞거나 도덕적으로 올바르게 여겨진다는 뜻이 아니라 일반적이다는 뜻이다—그래서 나는 학생들에게 물어볼 물음들을 생각해오라고 이틀 전에 부탁했다. 학생들은 그것들을 종이에 오려붙여 모아서 가져왔다.

재밌게도, 우리는 다(나도 포함해) 섹스에 대한 직접적인 물음에는 꽁무니 뺀다. 아마도 너무 이른 나이에 섹스를 시작했거나 너무 늦은 나이에 시작했기에(아니면 아직도 안 했거나), 상대가 너무 적었거나 아님 너무 많았기에, 자신이 표준치에서 너무 멀리 동떨어져 있다고 여기는 사람들한테는 그게 난처할 수도 있겠다고 느끼기 때문일 거다. 우리는 젊은 커플은 그런 물음에 거짓으로 대답하리라는 것도 알고 있는데, 어쨌든, 그러면 그냥 묻지 않는 게 아마도 가장 낫겠다. 우리는 또 어떤 판단이나, 설득하려는 어떤 시도도 해선 안 된다고 분명한 규칙을 세운다. 이런 걸 물어보는 핵심은 올바르자는 것이 아니라, 사람들이 어떻게 느끼는지를 그저 알아보자는 것이다.

나는 그렇게 말하며 대답을 분명하게 밝혀줄 만한 이야기를 말해보라고 용기를 불어넣는다.

앞에 쌓아놓은 스크랩 뭉치에서 종이 한 장을 집는다.

하루에 몇 시간 동안 잠자는가?

우리 학생들은 평균 잡아 여섯 시간 반쯤, 적게는 네 시간 많게는 열한 시간을 잔단다.

스케줄 걱정을 하지 않아도 된다면, 몇 시간 동안―그리고 어느 시간에―잠자겠는가?

이 물음을 던지니까, 학생들 얼굴에는 꿈꾸는 듯한 표정이 떠오른다. 회의에서 사람을 만나 첫눈에 반하는 공상을 하던 때만큼이나 좋아 어쩔 줄 몰라 하며 말이다. 바라는 만큼 실컷 잔다는 생각이 어찌나 기분 좋은지 대답하는 데 시간이 좀 걸린다. 학생들은 아주 더 많이 잠잘 거고, 자명종 시계를 두들겨 알아볼 수 없게 산산조각 낼 거고, 그리고 낮이나 밤이나 때를 가리지 않고 잘 거란다.

여러분 가운데 몇 사람이나 술을 전혀 마시지 않는가, 아니면 기껏해야 식구들과 한 해에 포도주 한두 잔 정도만 마시는가?

얼추 학생 넷에 하나 정도다.

적어도 한 달에 한 차례 술에 취하는 사람은 몇 사람인가?

반쯤 된다.

일주일에 한 차례는?

학생 네 사람에 한 사람.

학교 수업 때문에 읽는 책 말고, 한 주에 책 한 권 읽는 사람은 몇 사람?

두세 사람.

한 달엔?

넷에 하나.

한 해에 한 권도 안 읽는 사람?

두세 사람.

고등학교 때 커닝해본 적이 있는가?

여자 두 사람, 미국인 한 사람, 중국인 한 사람 말고는 모두 다 그 렇다란다.

대학에서는 커닝해봤나?

멋쩍은 웃음소리가 좀 나더니, 절반쯤이 자백한다. 나는 똑똑히 새겨두겠노라고, 누가 그렇다고 했는지 이름을 말하라고 한다.

학생들이 나더러 커닝했는지 묻는다.

"여러분이 커닝을 어떻게 정의하는가에 달려있죠."

학생들은 그게 뭐냔다.

"나는 기꺼이 그래주는 친구들한테서 숙제를 늘 베꼈고, 그들도 내 껄 베끼게 해주었지. 그건 나한테는 결코 커닝처럼 느껴지진 않 았어요. 그건 어떤 정치적 성명, 우리 문화를 떠받치고 있는 경쟁적 인 태도들에 반대하는 것, 내 동료 학생들과의 연대 성명, 더 협동적 인 교육 모델로 가려는 운동이었다고나 할까."

학생들은 아직도 받아들이지 못하겠다는 투다.

"어쩌면 여러분에게 이렇게 말해야겠군요. 나는 대학 수업에서 옛 날 고등학교 때 보고서 몇 개를 재활용했지. 그러나 그것은 순순히 교육적인 목적으로 한 일이었어요. 나는 보고서들이 고등학교에서 와 대학에서 어떻게 다르게 성적 매겨지는지 그 차이를 알고 싶었 죠. 내가 고등학교 때 A학점을 받은 보고서들은 대학에서는 B를 받았어요. 그건 중요한 정보라고 생각해요. 내가 그 보고서들을 쓸 기회를 기꺼이 희생하였기에 그런 정보를 얻을 수 있었던 거고, 여러분에게 지금 그걸 전해줄 수 있었던 거니까요."

요것도 안 먹힌다.

"그러나 시험 칠 때 두 차례 커닝한 일이 있었어요. 대학 신입생때 가을 학기에 광물학 실험 과목을 들었는데, 그때는 매주 숫자가 적힌 돌덩이들을 죽 돌리고는 무슨 돌인지 알아맞히기로 되어있었어요. 근데, 사람마다 돌덩이를 넘겨주면서, 제 답안지도 함께 쓱 밀어주었단 말이죠. 그래서 다음 사람이 그걸 볼 수 있었고요. 처음에는 난 커닝이 이토록 흔해빠질 수 있는가 깜짝 놀랐고 소름끼쳤는데, 좀 지나 추수감사절 때쯤에는 나조차도 전혀 눈치 챌 수 없게 쓱 밀어주고 있는 나를 발견하고는 훨씬 더 깜짝 놀라고 소름 끼쳤죠. 나는 돌덩이 알아맞히기보다 더 중요한 교훈을 배웠는데, 그것은 어떤 일이 처음에는 아무리 지독한 악취를 풍기더라도, 마침내는 그 썩은 내에 익숙해지고, 그러면 이젠 더 이상 괴롭지 않다는 겁니다. 그 썩은 내는 커닝에서 등급 매기기까지 문명 그 자체에까지 어떤 것도 될 수 있어요."

누군가가 말한다.

"커닝한 적이 한차례 더 있었다고 했잖아요."

"역시 신입생이었을 때, 커다란 강의실에서 객관식 화학 시험을 치고 있었어요. 나는 뒤쪽에 앉아있었어요. 나는 까다로운 문제 하나를 푸느라 골머리를 싸매고 있었고,─실제로는 다른 많은 문제에서도 애를 먹고 있었는데, 어쩌다 보니 27번 문제를 풀고 있었죠─ 그리고 막 그 문제에 대한 내 최선의 생각이 떠오른 참이었어요. 나는 시계를 힐끗 쳐다봤는데, 앞에 앉은 녀석이 맹세컨대 내 눈 앞 바로 일직선으로 답안지를 떡하니 쳐들고 있는 것 아니겠어요. 그리고 막 27번 문제를 끝냈더란 말씀이죠! 믿을 수 없는 일이었죠! 그건 신의 뜻이었어요. 그래서 나는 내 답을 그의 것으로 바꾸었어요. 물론 결과를 돌려받아 보니, 원래 내 답이 옳았어요. 그 일이 다른 사람 걸 베끼는 짓을 아주 싹 고쳐주었답니다. 그 뒤로는 그걸 하지 않았죠."

나는 학생들에게 커닝에 대해서 얘기할 게 하나 더 있다고 말한다. 그건 내가 학교 다닐 때 알았더라면 좋았을 성싶은 것이다. 교사는 교실에서 일어나는 거의 모든 것을 볼 수 있다는 말이다. 만일 당신이 어떤 수업에서 교과서 안쪽에 잡지를 몰래 숨겨서 보고 있다고 생각한다면, 사실은 교사가 신경을 안 쓰거나, 그러지 말라고 말하는 데 지친 것이다.

"만일 내가 그걸 알았다면," 나는 말한다. "훨씬 더 많이 조심했을 겁니다."

여기서 다른 물음이 하나 더 나온다. 이 수업에서는 여러분 가운데 얼마나 많은 사람이 커닝했습니까?

"어떻게 우리가 커닝하겠어요?" 한 여학생이 묻는다, 속눈썹을 거의 깜박거릴락 말락 하면서. "확인 표시 시스템이 있는데."

나는 재활용 쓰레기통을 가리킨다.

"아, 그걸 생각 못 했네!"

속눈썹이 이제는 진짜로 깜박거린다.

모두 다 깔깔댄다. 학생들 얼추 반은 글 하나나 둘쯤은 재활용한다는 걸 인정한다. 상관없다. 나는 학생들한테 "사고와 작문의 원리" 수업을 듣는 다른 반 학생들보다 다섯에서 열 곱은 되는 어마어마한 양을 학기 내내 쓰라고 요구했고, 그래서 지나쳐서 감당할 수 없을 정도가 아닌 한은, 옛날 글 하나 둘쯤 재사용하는 것은 웬만하면 마음 쓰지 않는다. 사실, 내가 글을 주의 깊게 다듬어주는 걸 딱히 이용해서 글을 잘 마무리하려고 전에 썼던 보고서나 이야기 글을 낸 사람들도 몇 있었다. 그것도 전혀 문제되지 않았다. 하지만, 내가 받기를 거절한 글이 두 편 있었다. 하나는 예전 교사의 논평을 그저 지우기만 하고 낸 것이었다. 다른 하나는 그냥 재활용한 게 아니라 다른 누가 써준 것이었다. 보통 때는 영어로 간단한 문장 하나도 짓지 못하던 한 외국인 학생이 갑자기 "외과 의사의 차분한 손길의 레이저 같은 정밀함"을 묘사하고 있었다.

나는 질문지를 한 장 더 집는다. 당신은 경찰을 보면, 그리고 당신은 지금 어떤 불법도 저지르지 않고 있고, 경찰관이 필요하지도 않다면, 마이너스 오 단계에서("씨발, 짭새잖아") 플러스 오 단계까지에서("감사합니다, 하느님"), 당신은 그 자리에서 어떤 느낌이 드는가?

평균 마이너스 삼 단계쯤이다. 심지어 보안관 대리의 반응도 영 단계 밑이다.

"주차 단속 요원을 본다면 어떤가?"

점수는 완벽한 마이너스 오다. 학생들은 가장 거친 학생조차도 아연실색하게 만드는 이 사람들한테 하고 싶은 짓을 상상해 쏟아내기 시작한다.

다음 물음. 당신이 여자라면, 다리와 겨드랑이 털을 미는가? 당신이 남성이라면, 다리와 겨드랑이 털을 밀지 않은 여성과 데이트하겠는가?

먼저, 나는 특정한 성을 차별하고 있는 이런 물음에 반대한다고 이야기하고, 우리는 남성들한테도 다리털과 겨드랑이 털을 미는지 묻고 여자들에게 보충 질문을 해야 된다고 말한다.

남학생은 아무도 깎지 않는단다. 놀랍게도(적어도 나한테는) 여학생은 딱 한 사람만이 깎지 않는단다. 많은 여학생들은 팔을 흔들며 "어, 웬일이야. 난 털북숭이가 되긴 진짜 싫어"하고 말하면서, 의자에 앉아 미끄럼을 탄다. 그들이 털이 많은 여자를 이러쿵저러쿵 판단하는 게 아니라는 건 분명하다. 그러나 대신 어떤 이유로든 저들 자신의 몸에 털이 나면 안달복달한다는 사실은 드러내놓고 내보이고 있다. 상대가 털을 미는지 아닌지 마음 쓰지 않는 남자는 교실에 딱 하나 나밖에 없다.

"내가 심지어 그걸 알아채는 단계에 이르더라도," 나는 말한다. "그건 벌써 그 사람에 대한 꽤 강한 생각이 자리잡힌 뒤입니다."

당신은 하느님을 믿습니까?

우리가 이것에 대답할 수 있으려면, 일련의 정의를 만들어내야 한다. 하느님이란 말은 턱수염을 허옇게 기른 맘씨 좋은 사내를 뜻하는가? 하느님은 어떤 한 과정인가? 하느님은 그냥 어떤 한 신인가? 다양한 신들이 있는가? 우리는 다음에 나오는 구분들로 이야기를 맺는다.(그리고 많은 사람들이 다양한 가능성이 있다고 동의했다.) 일신론자(기독교인, 유대교인, 이슬람교도 등등)는, 학생들 절반. 삶의 신비로운 과정들(우리가 살아있지 않다고 여기는 것들도 포함하여)에 우리가 투사하는 이름으로서의 신은, 학생들 절반. 범신론(모든 것 속에 깃든 신)은, 학생들 셋에 하나. 다신론(많은 신, 인도 아대륙에서 비롯된 어떤 종교들의 가능성도 포함해)은, 네댓 사람. 무신론자, 서너 사람. 불가지론자, 두세 사람.

학생들이 나는 어떻게 생각하는지 묻는다. 나는 이야기를 하나 해준다. 예전에 내가 막 비행기에 올라탔을 때, 기계에 문제가 있다는 알림 방송이 나와서, 다른 비행기로 갈아타야 했다. 새로 탄 비행기에서, 나는 성서를 읽고 있던 덩치 큰 남자 옆에 앉게 되었다. 객실 승무원들이 지나갈 때, 그는 성서 인용구가 적힌 종이 딱지를 그들 호주머니 속에 쓱 집어넣었다. 나는 읽고 있던 책을 우리 둘 사이에 슬쩍 붙들어두면서 그가 가까이 오지 못하도록 막는 방패로 삼으려했다. 소용없었다. 그는 "뜻하지 않게" 나를 계속 떠밀었고, 그러고나서는 사과하면서, 그의 사과를 내가 받아들이면 내 영혼을 구원하려고 얘길 붙일 구실로 이용하려고 기다리고 있었다. 그게 먹히지않자, 그는 마침내 내 무릎을 붙잡고는 진지하게 물었다.

"왜 하느님이 저쪽 비행기에 기계 고장을 일으켰는지 아십니까? 그건 바로 그래야만 자리를 다시 배치할 수 있기 때문입니다. 그분께서 왜 그랬는지 아십니까?"

나는 한마디로 대답했다.

"네, 그래야 내가 당신에게 범신론에 관한 모든 걸 얘기해줄 수 있으니까요."

그는 저쪽으로 몸을 기울였고, 이제는 그가 책을─성서를─방패막이로 쓰는 사람이 되었다. 여행은 하마터면 그럴 뻔했던 것보다 훨씬 더 짧은 여행이 되었다.

다른 물음 하나 더. 당신이 말하지 않는 욕설이 있습니까?

두 사람이 동시에 또렷하게 말한다.

"씨발 없어"

우리는 목록을 만든다. 난 조금 놀란다. 씨발이라는 욕을 안 쓰는 사람보다 빌어먹을을 안 쓰는 사람이 더 많다. 빌어먹을을 안 쓰는 사람들은 거의 둘 중 하나만 쓰지, 둘 다 쓰진 않는다. 나는 또한 저 근본주의자 여성이 기꺼이 이런 물음에 대답을 하는 것에 좀 놀란다.(그녀는 신의 존재에 대한 물음 때는 힘들어했었다. 한 아메리칸 인디언 한 사람이 그의 영적인 의례를 설명하기 시작했을 때, 그녀는 말했다. "어머, 당신 인디언들은 유령을 믿는군요. 그렇죠?" 그는 잠깐 쉬고는, 바로 말했다. "그렇게 말할 수도 있을 것 같네요.") 그녀는 어떤 욕설도(에이 씨나 젠장조차) 하지 않는다. 하지만 다른 학생들이 쓴다거나 쓰지 않는다거나 하며 욕설을 입에 올리는 것엔 신경 쓰지 않는다. 대부분의 사람들이 가장 비위에 거슬린다고 생각하는 말은, 모두에게 아니나 다를까 보지다. 내가 그 물음을 던지기 시작하자마자, 어떤 여학생들은 다리털을 미느냐 안 미느냐 얘길 할 때만큼이나 안절부절못하며 머뭇머뭇한다. 한 사람은 귀를 막고는 소리를 꺅 지른다.

나는 지도 주임에게 이런 물음을 던질 거라고 이미 말을 했었다. 그리고 그의 반응은 내가 말해줄 수 있는 다른 어떤 이야기보다도 우리 관계에 대해 더 잘 말해준다. 그는 눈살을 찌푸렸고, 그러고 나서는 의뭉스레 말했다. "데릭, 교실에서 니미씨팔보다 심한 말은 절대로 하지 말라고 내가 얼마나 더 얘길 해야 하겠나?"

나는 학생들에게 묻는다.

여러분은 행복합니까?

거의 다 행복하지 않단다. 어떤 사람은 그게 어떻게 생겨먹은 건지조차도(느낌은커녕) 모른단다.

여러분이 언젠가는 행복하게 될 거라고 생각합니까?

거의 다 아니라고 말한다.

우리가 민주주의 사회에 산다고 생각합니까?

그들은 깔깔 웃는다. 당근 아니다.

여러분은 정부가 기업에 더 잘 봉사한다고 생각합니까, 아니면 사람에게 더 잘 봉사한다고 생각합니까?

그들은 또다시 웃는다. 당근 기업이다.

이십 년 뒤에는 세상이 좀더 나은 곳이 되리라고 생각합니까?

아니다.

사십 년은?

아니다.

백 년?

아니다.

여러분이 행복해지는 데 얼마만큼 시간이 걸릴 거라고 생각합니까? 세상이 좀더 나은 곳이 되는 데 얼마만큼 시간이 걸릴 거라고 생각합니까?

그들은 모른다.

마지막 수업 앞 주 첫째 날이다. 나는 말한다.

"여러분에게 마지막으로 할 일을 주겠습니다."

그들은 기다린다.

"난 여러분이 물 위로 걷길 바랍니다."

그들은 아직도 기다린다. 내가 무슨 얘길 하고 있는지 전혀 모른다.

"오늘 수업 토론에 푹 빠져볼 준비가 됐나요?"

"아뇨……." 한 사람이 말한다.

다른 사람이 말한다. "근데요……."

"아, 예, 물론," 나는 말한다. "다른 것도 하나 더 있어요. 그러고 나서는 여러분이 그것에 대해 글 쓰길 바랍니다. 헷갈리게 해서 미안."

누군가가 말한다. "뭔 소린지 모르겠는 데요."

나는 대답한다. "알게 될 걸요."

언제나처럼 똑같은 친구가 말한다.

"그런데 우리가 이걸 하는 핵심이 뭡니까?"

"그것 또한 알게 될 걸요."

나는 수업을 해나가려 한다. 그러나 학생들이 그러도록 내버려두지 않는다. 그들은 내가 그들이 무얼 하길 바라는지 계속 묻는다. 나는 똑같은 식으로 계속 대답한다. 나는 여러분이 물 위로 걷기를 바라고, 그러고 나서는 그것에 대해서 글쓰기를 바랍니다.

드디어, 한 여학생이 참다참다 반 학생들에게 말한다.

"여기 있는 모든 사람은 예수가 물 위로 걸었다는 이야길 압니다, 그죠? 그 이야기가 무슨 얘기죠? 그것은 누군가가 불가능한 무언가를 하는 것에 관한 얘깁니다."

곧이곧대로 믿는 학생 한 사람이 대꾸한다.

"그러나 그게 불가능하다면, 우리는 그걸 할 수 없잖아요."

"그게 바로 핵심이에요." 그녀가 답한다. "선생님은 당신이 불가능한 일을 하길 바라는 겁니다."

"그래도……."

"바로 그 말 그래도 때문에 당신이 할 수 없는 거예요." 그녀는 말한다. 좋은 대화 글쓰기의 솜씨를 발휘하면서.

"오직 예수님만이 물 위로 걸을 수 있어요." 기독교인 학생이 말한다.

"그것은 신학적으로도 좋지 않아요. 하물며 심리적으로는 더욱 그렇고요." 그녀는 대답한다. "할 수 있다는 걸 의심하지만 않는다면, 다른 사람들 또한 할 수 있을 거예요. 그들이 자의식을 버리기만 한다면……."

"그들이 예수님을 바라보기만 한다면," 하고 기독교인이 맞받아쳤다.

"예수는 좀 잊어요!"

"그건 신성모독이에요!"

"난 기독교인이 아니에요. 그래서 그런 말로는 겁먹지 않아요. 그이야기의 속뜻은, 일단 자신이 누군지 생각해내고 그 속을 들여다본다면(그리고 일단 당신이 자신의 능력을 믿기 시작하면), 당신은 이전에는 상상조차 못 하던 놀라운 가능성들을 몸소 낳을 수―창조해낼수―있음을 알게 된다는 겁니다."

그녀는 날 쳐다본다. "얼추 맞나요?"

난 고갤 끄덕이고는 천천히 말한다. "내 생각은……."

그녀는 내 말을 끊으며 말한다.

"훨씬 더 멋진 건, 일단 당신이 물 위로 걸을 수 있는 그 자리에 발을 내딛기만 하면, 당신은 갑자기 전에는 아무런 받침대도 없다고 생각한 곳에서, 단단한 땅을 디디고 서있는 자신을 발견한다는 겁니다. 그리고 이런 받침대는 당신한테서 나오지 않고 당신을 둘러싼모든 것에서 나옵니다. 일단 당신이 이 자리에서 행동하기 시작하면, 온 우주가 힘을 모아 당신을 받쳐줍니다."

그녀는 나를 돌아보고는, 잠깐 쉰다.

나는 다시 말한다. "나는⋯⋯."

그러나 다시 그녀는 내 말을 끊고는 술술 말한다.

"그리고 그게 진짜 우리한테 필요한 거예요. 온 체제가 졸라 맛이 갔어요. 모든 게 졸라 맛이 갔어요. 지구는 죽임을 당하고 있어요. 우리는 우리가 다 미워하는 이런 졸라 끔찍한 일들에 빠져들고 있어요. 그러니 우리들 한 사람 한 사람이 개인적으로, 그리고 우리들 모두가 공동으로 꼭 해야 되는 것은 하나의 기적, 아니 백만 개의 기적이에요. 그리고 그게 바로 데릭 선생님이 우리한테 요구하는 것이에요. 밖으로 나가서 기적을 좀 일으켜라, 그러고 나서는 그것들에 관해서 써라. 그것은 무리한 걸 요구하는 게 아니에요. 그렇지 않나요?"

나는 말한다. "자넨 이 주제에 대해 생각을 좀 했나 보네."

"그저 조금일 뿐이죠." 그녀는 말한다.

하나 둘 글이 들어온다. 글은 훌륭하다. 몇 사람—곧이곧대로 클럽의 멤버들—은 욕조 속에 물을 일 인치쯤 채워넣고는 발을 디뎌 그걸 건너간다. 또 두 사람은 얼어붙은 연못을 건넌다.

그러나 많은 학생들은 기적을 이루어낸다. 별의별 숨은 재주를 써서, 빠른 손놀림과 눈속임으로 이룬 기적이 아니다. 높으신 하느님은 하늘나라에 살고 있지, 땅 위에는 어떤 크고 작은 무리의 신과 여

신도 살지 않는다는 우리의 관념 덕분에 우리가 맘 놓고 안 믿어도
되는 그런 신적인 기적들도 아니다. 우리를 둘러싸고 있기에 아무도
이뤄낼 필요가 없는 기적—들이마시고 내쉬는 모든 숨결, 안개가
짙게 끼고는 다시 잎사귀 끝에 이슬로 맺히는 일, 얼룩다람쥐 등줄
기의 검은색 갈색 줄무늬, 그 재빠른 몸놀림, 죽고 나서 다른 생물의
양식이 되는 일, 그리고 사랑—도 아니다. 그런 기적은 아니지만 학
생들이 이뤄낸 기적은 그런 것들 못지않은데, 그것은 용기를 내어
한 소박한 행동이고, 이전에 자신이었다고 생각되는—그리고 그들
이 이전에 누구이었던—모습에서 지금 저들 자신인 모습으로 발을
디뎌 건너가는 소박한 행동이기 때문이다. 한 여자는 학대받는 관계
를 끊는다. 다른 여학생은 과식증임을 자인하고, 도움을 구한다. 아
주 수줍은 여자 한 사람은 한 남자에게 데이트를 청한다. 그는 좋다
고 말한다. 한 일본인 남자는 부모에게 회계사가 되고 싶지 않다며
대신 예술가가 되겠다고 이야기한다. 다른 남자는 학기 동안에 한
글쓰기 모두를 물 위에서 걷는 일로 돌린다. 전에는 글쓰기가 언제
나 두려움을 안겨주었는데, 이제는 더 이상 그렇지 않다고 한다. 다
른 학생은 생각하기를 두고 똑같이 말한다.

　우리 반 사람들은, 나도 포함해서, 가르침을 받을 필요가 없다.
그냥 용기만 북돋아주면 된다. 누가 마음을 쏟아주기만 하면 된다.
우리 자신의 크나큰 가슴으로 자라나도록 내버려두면 된다. 우리는
외적인 시간표로 관리될 필요가 없고, 무엇을 언제 배워야 되는지
도, 무엇을 표현해야 되는지도 얘기 들을 필요가 없다. 대신에 우리
는 시간을, 시간제한의 시간 말고, 우리가 무얼 바라고 우리가 누구
인지를 그 안에서 찾아보라며 우리를 거뜬히 받쳐주는 자리 속에

머무는 선물로서의 시간을, 우리에게 마음 쓰는 다른 사람들의 도움과 더불어 받을 필요가 있다. 이것은 나와 우리 학생들한테 뿐만 아니라, 우리들 모두에게도, 사람이 아닌 우리 이웃들에게도 바로 들어맞는다. 우리는 모두 사랑하기와 사랑받기를, 받아들이고 받아들여지기를, 따뜻이 품어주기를, 우리가 그저 우리라는 이유만으로 기려주기를 그토록 바란다. 그리고 그건 그렇게 아주 어려운 일은 아니다.

한 여학생이 자기 글 한 편에 관해 이야기하러 들어온다. 그 글은 국토 횡단을 하고 있는 가장 친한 친구에게 보내는 이별 편지이다. 편지는 단호하다. 그녀는 그것을 나한테 큰소리로 읽어준다. 나는 몇 마디 하지 않는다. 다 읽고 났을 때, 난 묻는다.

"그녀가 떠나니 느낌이 어때요?"

그녀는 울음을 터뜨리더니, 흐느껴 운다. 그녀는 말을 잇지 못한다. 좀 가라앉았을 때, 내가 말한다.

"그걸 글에 담아요."

"우리 감정을 글 속에 그처럼 담을 수 있다는 말씀이시죠?"

난 싱긋 웃는다.

그녀는 다음날 다시 들어온다, 새로 쓴 편지를 들고선. 그녀는 읽기 시작하더니, 멈춘다. 그 말들이 그녀를 너무 많이 흔들어놓기 때문이다. 그녀는 편지를 내게 건넨다. 내가 읽기 시작한다. 나 또한 멈추게 된다. 겨우 다시 말할 수 있게 되어, 난 말한다. "좋은 글이에요. 정말 좋은 글이에요."

"알겠어요." 그녀는 말한다.

마지막 날이다. 나는 어떻게 하면 우리가 함께 나누어온 것을 한껏 기릴 만한 끝맺음을 할 수 있을지 오랫동안 생각해왔다. 교실에 있는데 학생들이 들어온다. 우리는 시작 시간이 될 때까지 한가로이 이야기한다. 나는 일어서서 칠판으로 걸어가, 분필 몇 개를 집어들고는, 뒤쪽 벽에다 던질 듯이 하다가는 멈춘다. 학생들이 웃는다. 나는 우리가 함께 나누었고 이뤄낸 일들을 그냥 낱말과 문구로 적기 시작한다. 한 그룹이 햄버거와 핫도그, 채식주의자 몫으로 채소 버거를 가져와서 학교 운동장 저쪽에 있는 공원에서 바비큐 파티를 열었더랬다. 그날 밤 나는 [가드프리 레지오 감독의 다큐멘터리 영화] 「코야니스콰씨」를 보여주었다. [코야니스콰씨는 호피족 말로 미친 세상이라는 뜻이다.] 나는 또 「뻐꾸기 둥지 위로 날아간 새」를 보여주었고, 다음 수업 시간에는, 추장이 나중에 수용 시설을 탈출하느라 이용하는 저 무지하게 무거운 대리석 급수대를 맥머피가 들어올리려는 헛된 시도를 한 것과, 맥머피의 유명한 대사, "하지만, 난 해봤어, 안 그래? 빌어먹을. 적어도 난 그걸 해 봤다고"의 중요성에 대해 이야기했다.

이제 누군가 묻는다. "그게 물 위로 걸은 본보기인가요?"

나는 대답한다. "그건 누군가를 제도에서 빠져나오게 해주었지"

누가 큰소리로 외쳤다.

"글쓰기의 첫째 규칙이요."

나는 그걸 칠판 위에 적는다.

누군가 다른 사람이 소릴 지른다.

"애를 골방에서 나오게 해줘라."

나는 분필을 빙빙 돌리다가 이번에는 정말 던진다. 나는 더 많이 주워들고는 던진다. 그러고 나서 그녀가 말한 걸 적어 내려간다.

"우리가 우리 삶에서 가장 자랑스러워하는 것에 관해 쓰라고 했을 때요."

"아시아 학생들이 젓가락 쓰는 걸 가르쳐주느라 조그마한 콩을 집으라고 시켰던 날."

한 남자가 말한다. "난 개들이 우리한테 가르쳐주고 있던 건지 아니면 우리가 못 하는 걸 즐기고 있던 건지 모르겠어."

"우리가 데릭한테 문워크를 시키려고 했던 때."

'려고 했다' 는 게 중요한 말이다.

"눈가리개 축구."

"성가신 녀석!"

"토마토 케첩"

"총알"

"유령 이야기를 썼던 밤."

"주전부리!"

"아, 이런! 초콜릿칩 쿠키 생각나요?"

나는 힘닿는 한 빨리 적고 있다. 교실 앞쪽 칠판에서 칠판 대전이 벌어졌던 옆 칠판으로 그러고는 뒤쪽 칠판까지 옮겨가며 빼곡히 적는다. 아직도 학생들은 계속 소리치고 있다. 시간이 다 되어간다.

나한테 이걸 그토록 자주 묻던 학생이 묻는다.

"핵심이 뭡니까?"

난 그것도 적는다.

그는 말한다. "아뇨, 지금 바로 선생님이 하고 있는 일의 핵심이 뭐냐고요?"

난 그에게 돌아선다. 무얼 말해야 할지 모르겠다.

친구한테 이별 편지를 썼던 여학생이 갑자기 손으로 책상을 탁 친다. 그녀는 울음을 터뜨린다.

"알겠어요. 핵심은 선생님이 우리에게 핵심을 말해줄 수 없다는 거예요. 우리가 그걸 우리 스스로 얻어야 한다는 게 핵심이에요."

난 그녀 옆에 있는 빈 책상으로 걸어간다. 앉는다. 분필을 그녀 책상에 놓는다. 나는 말한다, 조용히, 하지만 모두가 들을 수 있을 만큼은 크게.

"이젠 내가 여러분들에게 가르칠 수 있는 게 없어요. 행운을 빌어요. 재미나게 사세요."

산업 학교교육의 비극은 교육의 약속, 자신을 펼치게 해주겠다는, 앞으로 이끌어주겠다는 약속 때문에 더욱더 나빠진다. 태어나는 자리에 산파가 와있듯이, 선생들은 무시무시한 책임을 그에 걸맞은 무시무시한 가능성들과 더불어 지닌다. 교육은, 그 참된 의미에 맞는 제값을 하려면, 우리의 산업화된 대중문화 전체의 일상적인 비인간 화에 저항하는 일 맨 앞에 설 수 있고, 서야 할 테고, 서야만 한다. 할 수 있다. 난 해보았다. 다른 이들도 그랬다. 하지만 드물다. 너무 많은 선생들이, 너무 많은 학생들처럼, 너무 많은 전쟁 제조 공장들 에 있는 너무 많은 노동자들처럼, 너무 많은 작가들처럼, 너무 많은 정치인들처럼, 사람일 수 있었을 테지만 학교교육으로 노동으로 돈 에 대한 추구와 인정에 대한 추구로 자기 자신인 이가 되는 일에 대 한 정말 엄청난 두려움으로 길들여진 너무 많은 사람들처럼, 이런 책임에서 멀리 떨어져 걷고, 그렇게 하면서 선생들 자신과 주위 사 람들을 저들 가슴에서 끝없이 멀리 이끌고 가고, 우리를 모두 산업 문명의 닥쳐오는 종착점인 개인적이고 지구적인 소멸로 끝없이 가 까이 이끌어간다.

만일 가장 용서할 수 없는 죄의 하나가 사람들을 자기 자신에서 멀리 떼놓는 거라면, 우리는 산업 교육의 과정들을 용서하지 말아야 한다.

하지만, 대안이 하나 있다. 아니 그보다는, 차라리, 사람들이 있는 만큼이나 많은 대안들이 있고, 특히 저들의 공동체들과 활동적이고 사려 깊은 관계에 푹 빠져있는 사람들만큼이나 많은 대안들이 있다. 그리고 그 공동체에는 그들이 살아가는 터전, 그들이 살고 있는 땅, 그들을 떠받치고 먹여 살리는 땅도 포함된다.

난 죽음 같은 우리 문화 속에서는, 누구라도 할 수 있는 가장 혁명 적인 일은 제 가슴을 따르는 것이라는 말을 들은 적 있다. 나는 덧붙 이련다. 일단 당신이 그것을—당신 자신의 가슴을 따르는 일을—

하기 시작했다면, 당신이 할 수 있는 가장 도덕적이고 혁명적인 일은 다른 이들이 저들의 가슴을 찾아내어, 그들 자신을 발견하도록 돕는 일이다. 그것은 보기보다는 훨씬 더 쉽다.

시간이 없다. 우리가 손놓고 있는 동안 죽임을 당하고 있는 우리 행성에겐—우리의 고향집인 지구에겐—시간이 없다. 그리고 교실 벽 위에 걸린 시계가 끔찍스럽게 똑딱거릴 때마다 삶이 새나가고 있는 저 학생들 모두에게는 더욱더 시간이 없다.

해야 할 일이 많다. 당신은 무얼 기다리고 있나? 시작할 때다.

에필로그

노예들의 나라

학교 교육은 정말로 훗날의 삶을 위한 훈련인데, 읽기와 쓰기와 셈하기를 (웬만큼) 가르쳐주기 때문이 아니라, 본질적으로 문화가 빚어놓은, 실패를 끔찍이도 두려워하는 마음과 성공을 부러워하는 마음과 말도 안 되는 어리석음을 서서히 불어넣어 주기 때문이다.

줄즈 헨리

내가 아는 사람들은 거의 다 배우는 건 좋은데 학교는 싫다고 했다. 나 또한 배움은 좋지만 학교는 싫었다. 왜 그런 걸까?

이젠 분명히 대답할 수 있다. 내가 좋아하지 않은 건, 내가 배우고 있던 것, 바로 그거였다. 하지만 수업 과목들 자체가 나한테 첫째가는 문제는 아니었지 싶다. 나는 학교에 들어가기 전에도 혼자서 수를 배워 야구 통계 수치를 이해할 수 있었고, 2학년 때는 짧긴 해도 희곡을 쓰고 있었으니까. 문제는 더 깊은 데 있었다.

우리가 학교 제도의 문제점들을 생각하고 이야기할 때 어려움을 겪는 까닭은, 학교의 일차적인 목적이 아이들이 읽고 쓰고 셈하는 방법을 배우도록 돕는 것이라고 여기고 있기 때문이다. 이런 착각을 이해 못 할 바는 아니지만, 우리는 참 위험스런 짓을 계속해서 하고 있는 것이다. 학교 수업 과정에는 그저 책에서 지식을 얻거나 인성을 개발하는 것 이상의 문제가 걸려있다. 학교 수업에서는 아이들이 "현실 세계"로 나아간 뒤에 살아남으려면 쓸 수 있을—흔히는 써야만 하는—도구를 주고, 우리 문화의 일원이 된다는 게 어떤 건지를 가르친다. 사람들은 좀처럼 이런 물음은 묻지 않는다.

"그게 도대체 어떤 종류의 도구들인데? 이 문화의 일원이라는 것, 그건 어떻게 된다는 건데?"

바꿔 말해서, 학교 수업 과정으로 우리가 도대체 어떤 종류의 사람을 만들어내고 있는지 물어본다면 꽤 도움이 되겠다.

내가 처음 겪은 학교는 지겨움 바로 그거였다. 해마다 나는 교실 뒷자리에 앉아 시계 초침을 보고 있었는데, 어찌나 그리 느리게 가던지. 하루하루, 한 주 한 주, 한 해 한 해, 수업이 끝날 때까지 초를 세면서, 산수의 중요성을 마음에 새겨넣고 있던 일이 얼마나 많았는지 말도 못한다. 지겨울 때면 난 웃곤 하는데, 그래서 난 순전히 웃음이 터져나올까 봐 참느라고 거의 날마다 허벅지가 벌게지도록 꼬집었고, 때로는 볼 안쪽을 까지도록 씹었더랬다. 다리는 다리대로 저려와 엉덩이를 이쪽저쪽 바꾸어 돌려대었다. 교실에 책을 몰래 갖고 들어가서는 무릎에 놓고 읽기도 했다. 나는 다른 줄에 있는 친구에게 소리 내지 않고 말을 전한다고 혼자 수화를 배웠는데, 개한테 도깨비 닮았다고 말하는 것 말고는 다른 목적이 없었는데도 그랬다. 나는 얼마나 오래 숨을 참을 수 있는지도 시험했다. 선생님이 한 시간에 '음'이나 '좋아'를 얼마나 많이 하는지도 세보았는데, 기록은 놀랍게도 215번이었다.(나는 아직도 이 숫자를 그날 내 허벅지에 낸 손톱자국만큼이나 잘 기억하고 있다.) 요컨대, 내가 처음으로 배운 것들 가운데 하나는 어떻게 시간을 죽일까 하는 것이었다.

나는 또 내 삶이 흘러가 버렸으면, 하고 바라는 것을 배웠다. 8학년 때 어느 봄날 이제는 이름이 떠오르지 않는 새로 사귄 친구와 함께 축구장에 서있던 일이 기억난다. 나는 친구에게 다음 달이 지나 여름방학이 시작될 때까지 못 기다리겠다고 말했다. 친구는 어리둥절하여 나를 바라보고서는 부모님한테 들었을 게 뻔한 말을 했다.

"넌 네가 지닌 유일한 것이 사라져버리길 바라고 있는 거야."

걔 말이 옳다는 걸 난 바로 깨달았지만, 그래도 오월이 아니라 유월이었으면 좋을 텐데 하는 내 바람은 그대로였다.

그 밖에 또 뭘 배웠더라? 올바르지 않은 말을 쓰지 않기, 권위에 의문을 가지지 않기─적어도 대놓고는 그러지 않기─를 배웠다. 쉬는 시간을 빼앗기거나, 아니면 나중에 점수 깎이면 안 되니까. 일에 짓눌려있거나 성마른 선생님한테 어려운 질문을 하지 않기, 사려 깊은 대답은 결코 기대하지 않기를 배웠다. 선생님 의견을 흉내내기를 배웠고, 교과서에서 주워 모은 사실과 그 사실에 대한 해석들을, 내가 동의하건 않건 간에 명령만 내리면 게워 내기를 배웠다. 나는 높은 사람들의 생각을 읽어내고, 그 사람들이 원하는 것을 주고, 필요할 때는 아양 떨고 알랑거리는 걸 배웠다. 한마디로, 나는 내 자신을 넘겨줘 버리는 것을 배운 것이다.

친구들과 얘길 해봤는데, 친구들도 나처럼 학교교육 탓에 성장이 딴 길로 샜었단다.(아니면 가로 막혔거나.) 어떤 친구들은 지겨움이 아니라 불안함을 두드러지게 느꼈긴 하지만 말이다. 스무 해가 지났는데도,─난 한 달쯤 전에 또 그랬는데─때는 마지막 수업 시간이고, 내가 잘 모르고 관심도 없는 주제에 대한 시험을 미친 듯이 준비하고 있는데, 심지어 교실이 어디 있는지도 모르겠는 그런 꿈을 아직도 꾸는 사람이 나 혼자만 있는 건 아니다.

사회화에 대해 이야기하지 않고는 학교교육을 이야기할 수 없다.

사회가 어떤지 그리고 사회가 무엇을 가치 있게 여기는지를 말하지 않고는 사회화에 대해 이야기할 수 없다. 우리는 고등학생들이 세계지도에서 미합중국의 위치도 짚어내지 못하고(이건 정말 쉽다. 그냥 지도 한가운데를 봐라), 미국 남북전쟁이 몇 세기에 일어났는지, 또는 대통령 자문단의 구성원 이름을 하나도 들지 못하는 것이 얼마나 끔찍한 일인지에 대해 많은 이야기를—정말이지 뜻도 없는 많은 이야기를—듣는다. 학생들에게 규격화된 시험을 부과해 일련의 규격화된 척도들에 반드시 들어맞도록 만들어서, 나중에 가서는, 그 자체로도 갈수록 더욱 규격화되는 세계에 꼭 맞아 들어갈 수 있도록 해야 한다는 말도 듣는다. 물론, 우리는 아이들(죄송, 학생들을 말하는 거다), 지식, 또는 더 커다란 세계를 규격화하는 게 좋은 일인가 아닌가 하는 물음을 받은 적은 결코 없다. 그러나 이들 가운데 어느 것도—지도 보기도, 날짜 맞추기도, 이름 대기도, 시험 치기도—정말이지 전혀 핵심이 아니다. 이런 게 핵심이라고 믿으면 학교에서는 지식을 배우는 일을 하지 행실은 배우지 않는다는 그릇된 믿음에 빠진다.

우리는 학교가 제 소임을 못 하고 있다는 소리를 얼추 끊임없이 듣는다. 도대체 말도 안 되는 소리다. 학교는 너무나 잘 성공해나가고, 제 목적을 정확히 이뤄내고 있다. 그러면 학교의 으뜸가는 목표가 뭘까? 이 물음에 대답을 얻고 싶으면, 먼저 사회가 무얼 가장 가치 있다 여기는지 여러분 자신에게 물어보라. 우리가 그에 대해 많이 이야기하지는 않지만, 그 진실은 우리 사회가 다른 어떤 것보다도 돈을 가치 있는 것으로 평가한다는 것인데, 그건 부분적으로는 돈이 권력을 의미하기 때문이고, 부분적으로는, 권력도 그러하듯이,

돈은 우리가 원하는 것을 얻을 수 있다는 환상을 주기 때문이다. 그러나 돈을 따르는 대가의 하나는, 돈을 얻으려면 우리 자신을 돈 있는 사람 누구한테나 몹시 자주 넘겨줘야 한다는 것이다. 사장님, 회사, 멋진 차를 가진 남자, 어깨 뽕 정장을 입은 여자들. 그리고 선생들. 선생들이 돈을 가진 것은 아니지만, 교실 안에선 선생들은 돈이 다른 곳에서 표상하고 있는 것을 갖고 있다. 권력 말이다. 우리는 행복은 우리 바깥에 놓여있고 특히 권력을 쥔 사람들 손 안에 있다는 환상에 바탕을 두고 있는 문화에서 살고 있다. 그리고 학교교육은 이 환상을 만들어내고 끊이지 않게 하는 일의 중심에 있다.

어른으로 살아가는 동안 내내, 우리 대부분은 제시간에 맞춰 일을 시작하고, 윗사람이 시키는 대로 하며(그 여자는 제 윗사람의 분부를 따르고, 그 남자는 제 윗사람의 분부를 따르며, 줄곧 한 줄로 늘어서서), 끝마치는 종이 울릴 때까지 자리를 뜨지 않기로 되어있다. 우리는 다섯 시 정각이 될 때까지, 금요일이 될 때까지, 월급날이 될 때까지, 은퇴 때까지, 우리가 유치원, 보육원, 탁아소에 가기 전처럼 시간이 마침내 다시 우리 것이 될 때까지 초를 세면서 시계를 봐야만 하기로 되어있다. 우리는 이런 온갖 기다리는 일을 어디서 배워서 하는 걸까?

또한 우리는 죄다 선량한 시민, 선량한 소년 소녀가 되리라는 기대를 받는다. 우리는 국가·신·자본주의·과학·경제학·역사·법률에 의문을 품지 않을 것이지만, 이 모든 영역에서, 우리가 배운 꼭 그대로, 전문가에게 복종할 것이다.—그리고 계속 복종할 것이다. 그리고 전문가들 자신은? 그들은 아주 예민한 자기 검열관일 것이고, 무엇을 누구를 의문시해야 하고, 어떤 의문을 따져보지 않고 내버려두어야 하는지, 그리고 무엇보다도 어느 궁둥이에 입을 맞추어야 하는지를 언제나 알고 있을 것으로 기대된다. 그리고 우리들 가운데 아무도, 모든 일이 잘되어 가기만 하면, 이러한 영역들—종교·자본주의·과학·역사·법—이 우리 자신의 삶 속에서 무슨 수작을 부리고 있는지, 심지어 우리가 우리 자신을 넘겨줘 버릴 때조차도, 도대체 의문을 품지 않을 것이다.

내가 요즈음 묻고 있는 물음들이 몇 가지 있다. 학교교육은 창조성에 어떤 효과를 미치나? 그곳을 거쳐가는 아이들 하나하나의 독특함을 학교교육은 얼마나 잘 돌봐주나? 학교교육은 아이들을 더 행복하게 만드나? 말이 나온 김에, 우리 문화 전체는 행복한 아이들을 낳고 있는 건가? 새로운 아이들이 학교 체계에 그렇게 많은 시간을 계속해서 바친 대가로 저마다 무엇을 얻는 건가? 학교는 어떻게 아이들을 도와 제 모습이 되도록 만드는가?

몇 해 전 나는 워싱턴의 스포캔 공공 도서관에 있었다. 지도교사 같은 사람이 마지못해 따라오는 십대 애들 한 무리를 이끌고 정문을 지나 컴퓨터 카드 도서목록 쪽으로 왔다. 거기에서 그는 사서들 중에 가장 때깔 난다고 생각했음에 틀림없는 체크무늬 무명 셔츠를 입은 꽁지머리 젊은 총각에게 아이들을 넘겨줬다. 아이들은 실쭉거렸다. 그들은 소년원이나 갱생원에서 왔거나, 아니면 학교에서 말썽을 피워서 벌을 받느라 온 게 분명했다. 사서는 단말기를 가리키고 나서는 말했다.

"주제 하나 불러보렴."

아무도 말을 하지 않았다.

"아무거나," 하고 그가 말했다. "너네가 읽고 싶은 걸 나한테 말하면 내가 책을 찾아줄 거야."

둑처럼 두른 컴퓨터 뒤쪽에 자리를 잘 잡고 앉아있자니, 한 녀석이 무심결에 흥미를 갖기 시작하는 게 보였다. 그 애 마음이 훤히 들여다보였다. '말 그대로 내가 어떤 주제라도 찾아볼 수 있다 이거지' 하고 그 애는 생각하고 있었다. 그 애는 라틴아메리카계로 헐렁한 진을 입고 머리에는 두건을 쓰고 있었다. 게다가 열여섯 살짜리가 모을 수 있는 만큼 기른 염소수염을 하고 있었다. 그는 무언가를 말하려고 하더니 그만두었다. 아직 다른 사람들은 아무도 말하지 않았다. 마침내 그가 손을 들고 말했다.

"총에 관한 책 있어요?"

꽁지머리 총각은 그저 그를 쳐다보고 있었다. 그러자 그 애는 다른 사람들이 귀가 잘 들리지 않기라도 하는 듯이 다시 분명하게 말했다.

"총이요."

모두 웃었다. 그 애는 잠깐 동안 물끄러미 바라보다가 눈을 내리깔고는 가버렸다. 나는, 그가 당장 총이 한 자루 있으면 컴퓨터를 쏴서 정면에 구멍을 뚫어놓아 버릴 텐데, 하고 바라고 있다는 걸 알 수 있었다. 그를 도울 수 있게 나한테 총이 하나 있었으면 했다.

나는 다른 쪽에서 금발 머리 소녀가 손을 드는 것을 보았고, 그 소녀가 말하는 것을 들었다.

"고래요."

사서는 말했다. "고래." 그러면서 자판을 두드렸다.

바로 이래서 아이들이 학교를 싫어하는 거다.

내 책 『말보다 오래된 언어』에서 나는 처음으로 교육에 대해 몇 마디 했다. 그 책에선 교육이 주된 문제가 아니었기에, 나는 언젠가 그 주제로 되돌아와서 거기에 썼던 것을 더욱 자세하게 이야기하게 되리라는 걸 알았다. 그리고 내가 그 책에서 정말로 말한 것들은 내 힘닿는 만큼 말한 것이라서, 이 책 여기저기에는 그 책에서 따오거나 고쳐 쓴, 다하면 대충 네다섯 쪽쯤 되는 내용이 드문드문 흩어져 있다.

나는 심지어 교실에서도 배움이 해방이 되는 경험을 겪어보았다. 나는 대학교와 교도소에서 가르쳤다.—가르쳤다는 맞는 말이 아닌데, 나는 그저 내 역할은 학생들이 배우고 싶어하는 분위기를 만들어내는 것뿐이라고 늘 여겨왔기 때문이다. 이 책의 원래 의도는— "어떡하면 안 가르칠까"가 가제인데—이스턴 워싱턴 대학과 펠리컨 베이 주립 교도소에서 내가 경험한 일—두 곳에서 내가 경험한 것은 처음에 예상한 것보다 훨씬 비슷했는데—을 그려보는 것이었다. 내 경험을 이렇게 다시 이야기해놓으면 다른 사람들도 얻을 게 있겠다는 바람이었다. 그러나 나는 밑도 끝도 없이 내 경험을 묘사해놓는 일이 인위적이겠다는 것을 곧 알아차렸다. 그리고 어떤 사회적 맥락이 우리의 보통 학교교육의 경험을 만들어내는지를 논의하면서, 내 경험을 그 맥락 속에 심어놓고 이야기하는 게 더 도움이 되리라고 생각했다. 이 경험을 다른 식으로 이야기해보려면, 나나 다른 누가 교실에서 잘 해냈는지 아닌지 묻기 전에, 우리가 무엇을 이룩하기를 바라는지 물을 필요가 있다. 그리고 이 두 번째 물음에 대한 우리의 대답에 기대를 걸어보기 전에, 우리가 이미 무얼 하고 있고 우리가 지금 학교교육 과정으로 무엇을 만들어내고 있는지 물어봐야 되겠다. 왜냐하면 그런 이해가—단도직입으로 말해—우리가 정말로 무얼 바라는지를 이해할 수 있도록 도울 것이기 때문이고, 또 학생들 인성을 형성하는 일에 걸려있는 문제들을 뚜렷하게 보여줄 것이기 때문이다.

당신이 노예들의 나라를 만들고 싶어한다고 해보자. 아니면, 그건 제쳐두고, 당신 나라의 상업 이익을 위해서 꾸준한 노동력 공급줄을 확보하고, 자기들 자원을 빼앗아가도 저항하지 않을 만큼 충분히 고분고분한 사람들을 확보하고 싶어한다고 해보자. 그러한 일을 수월하게 해낼 수 있는 가장 뻔뻔하고도 어쩌면 가장 흔해빠진 방법은 직접 힘으로 누르는 것이다. 그냥 일꾼들을 잡아서 쇠사슬로 묶어 당신 공장과 농장으로 실어가라. 좀더 솜씨 있는 방법은 일단 권총을 들이대어 사람들을 쫓아내고, 그러고 나선 그들에게 굶어 죽거나 삯꾼 노예가 되는 선택의 자유를 주는 것이다. 그것도 아니면, 세금을 내거나 물건을 사가라고 사람들에게 강요할 수 있는데, 그러면 틀림없이 그들은 화폐경제 속으로 들어올 것이고, 끝내는 돈을 벌기 위해 당신 공장이나 농장에서 일하게 될 것이다.

이런 방법들의 주요한 결점은 노예들이 제가 노예가 되었음을 여전히 알고 있다는 것이다. 그러니 당신이 마지막으로 해야 되는 일은 반란을 억누르는 일이다. 그들이 스스로 자유롭다고 믿고 있으면 훨씬 좋다. 그럴 때는 그들이 불행하다 해도 잘못은 그들 자신에게 있지 당신에게 있는 건 아니니까.

이 일은 죄다 애들 때부터 시작된다. 충분히 어릴 때 시작하지 않으면, 다른 길들이 있다는 것을 못 믿도록 충분히 그들을 사회에 적응시킬 수 없을 것이다. 그리고 만일 그 노예들이 다른 길들이—당신이 그들에게 그려준 것 말고—있다고 정말로 믿으면, 그들은 그것을 실현하려고 시도할지 모른다. 그러면 그때는 당신은 어디에 있을 텐가?

도움받은 글

Abbey, Edward. *Desert Solitaire: A Season in the Wilderness.* New York: Ballantine, 1968. 의심의 여지없이 Abbey의 가장 좋은 책이다. 죽인다.

Abbot, Edwin A. *Flatland: A Romance of Many Dimensions.* 1884. Reprint, New York: Dover Publications, 1992. 이 책은 정신이 뻑가는 조그만 책이다. 뻑간다는 데 별표. 또 조그맣다는 데 별표. 게다가 1달러 50밖에 안 한다. 그러니 이 책을 콕 찍어둘 수밖에.

Booth, Wayne C. "Is There Any Knowledge That A Man Must Have." In *The Norton Reader: An Anthology of Expository Prose*, edited by Arthur M. Eastman. 7th ed. New York: W.W.Norton & Co, 1988.

Evans, Arthur. *Witchcraft and the Gay Counterculture.* Boston: Fag Rag Books, 1978. 나는 *Green Anarchy* 잡지에 실린 발췌문을 뒤지다가 이 책에 대해 알게 되었고, 아주 기뻤다. 이건 완전 거저먹기다. 특히 "Sex among the Zombies"라 불리는 장은 더 그렇다. 이 책은 문명이 가져온 성적 억압과 폭력을 놀랍도록 차근차근 밝히고 있다. Far Rag Books의 주소는 Box 331, Kenmore Station, Boston, MA 02215이다.

Farber, Jerry. *The Student As Nigger.* 이 책은 인터넷에 쫙 깔려있다. 여기에 서버 주소를 하나 실어놓겠다. 놀라운 시론이고, 내 생각으론 John Taylor Gatto의 책만큼이나 훌륭하다. 아주 힘차다. 1969년에 쓴 책이지만, 지금도 다 잘 들어맞는다. http://www.soilandhealth.org /03sov/0303critic

/030301studentasnigger.html.
내가 글을 쓰기 전에 영감을 받느라 쓰는 위대한 첫머리의 본보기들은 각각, R. D.
Laing의 *The Politics of Experience* 에서, Harper Lee의 *To Kill a Mockingbird* 에서, Judith Herman의 *Trauma and Recovery* 에서, John Steinbeck의 *East of Eden*에서(사실 이 책에선 첫 대목이 아니라 둘째 대목을 빌어왔다), Stephen King의 *The Body* 에서, Arno Gruen의 *The Betrayal of the Self* 에서, Stanley Diamond의 *In Search of the Primitive* 에서 빌어왔다.

Ford, Madox Ford. 나는 이 인용구를 Paul O'Neil과 Gene Fowler의 인용구와 함께 *A Writer's Notebook: Insights from Writers with Space for Personal Notes*라는 제목을 단 작지만 좋은 편람에서 따왔다. Philadelphia: Running Press Book Publishers, 1984.

Fralin, Francis. *The Indelible Image: Photographs of War: 1846 to the Present.* New York: Harry N. Abrams, 1985. 포르티노 사마노 사진과 케르치의 학살 사진은 이 책에서 나왔는데, 여태껏 내가 본 전쟁 사진 모음집으로는 최고다. 이 사진들은 바로 아주 강력한 반전 메시지가 된다.

Foucault, Michel. *Discipline & Punish: The Birth of the Prison.* Translated by Alan Sheridan. New York: Vintage Books, 1979. 우리가 어떻게 끊임없이 우리 자신을 감시하도록 구조화된 사회 속에 사는지를 보여주는 대단한 책이다. 억지로 학교에 가야 하는 사람이라면 누구나 이 책을 독서 목록 맨 꼭대기에 올려놓아야 한다. 그리고 이 책 첫대목은 정말, 야아, 세다 세. 꼭 찍어두자.

Fowler, Gene. 나는 이 인용구를 Ford Madox Ford와 Paul O'Neil의 인용구와 함께 *A Writer's Notebook: Insights from Writers with Space for Personal Notes*라는 제목을 단 작지만 좋은 편람에서 따왔다. Philadelphia: Running Press Book Publishers, 1984. O'Neil도 그렇고, Gene Fowler도 누군지 모르겠다.

Galeano, Eduardo. *Memory of Fire. Vol.3 of Century of the Wind.* Translated by Cedric Belfrage. New York: Pantheon, 1988. 말로는 모자란다. Galeano는 멋진 작가다. 내가 가장 좋아하는 작가라고 할 수 있겠다.

Gatto, John Taylor. *The Underground History of American Education: An Intimate Investigation into the Problem of Modern Schooling.* New York: Oxford Village Press, 2001. 교육 문제에 관한 책을 딱 한 권만 읽어야 한다면(물론 당신이 지금 손에 들고 있는 책은 빼고), 이 책을 읽겠다. Gatto가 현대 학교교육이 뭐가 잘못된 건지, 그걸 두고 뭘 할 수 있는지 차근차근 밝혀주는 솜씨에는 따라올 자가 없다. 만일 당신이 그런 것에 관심이 깊다면, 이 책의 꽤 많은 부분을 인터넷에서 읽을 수 있으니 찾아보라. http://www.johntaylorgatto.com/.

Gruen, Arno. *The Betrayal of the Self: The Fear of Autonomy in Men and Women.* Translated by Hildegaarde and Hunter Hannum. New York: Grove Press, 1988.

———. *The Insanity of Normality: Realism As Sickness: Toward Understanding Human Destructiveness.* Translated by Hildegaarde and Hunter Hannum. New York: Grove Weidenfeld, 1992. Arno Gruen은 내가 보기엔 지배 문화의 파괴적인 모습을 다룬 작가들 가운데 가장 데면데면한 대접을 받은 작가다.

Henry, Jules. *Culture against Man.* New York: Random House, 1963. 이 책은 미국 문화에 대한 중요한 탐구이다. 내가 갖고 있는 책은 좋아하는 대목에 하도 표시를 하다보니, 표시가 별 소용이 없게 되었을 정도다.

Hesse, Hermann. *Demian.* Translated by Michael Roloff and Michael Lebeck. New York: Bantam Books, 1975. 내가 처음으로 읽은 Hesse 작품인데, 가장 좋아하는 거다.

"If they give you lined paper, write the other way."(너에게 줄쳐진 종이를 주거든, 삐딱하게 쓰라.) 누가 처음으로 이 말을 했는지 모르겠다. 난 이 말이 Ray

Bradbury, William Carlos Williams, e.e. cummings, 그리고 Juan Ramón Jiménez의 글에 다 들어있는 걸 봤다. 인터넷을 뒤지느라고 죽는 줄 알았는데, 전문을 다 인용해놓은 사람은 없는 것 같더라.(훌륭한 Goethe Society of America만 빼고!) 옘병, 쥐가 전화선이나 죄다 쏠아버려라.

Johnson, Charles. *At the Field's End: Interviews with 20 Pacific Northwest Writers*에 실린 인터뷰, edited by Nicholas O'Connell. Seattle: Madrona Publishers, 1987. 내가 쓴 낱말 개수를 세던 때, 그리고 작가가 '되는 게' 아직 꿈이던 때, 울 엄마가 내 생일 선물로 준 거다.

Kazantzakis, Nikos. *Zorba the Greek*. Translated by Carl Wildman. New York: Simon and Schuster, 1952.

Keller, Helen. 저 줄쳐진 종이 인용구하고 이것하고는 인터넷 어디에나 깔려있다. 하지만 내가 찾아본 것들 가운데는 원래 어떤 책에서 따온 건지 알려주는 데가 없었다. 이씨, 이 작자들한테 인용은 어떻게 하는 건지 가르쳐준 사람이 아무도 없단 말야? 선생들은 뭐하고 있지? 기본부터 다시 해야겠군! 아, 미안합니다. 자자, 너무 흥분했잖아.

King, Stephen. *Salem's Lot*. New York: Signet, 1975. 이 책이 King의 소설 가운데 두세 손가락 안에 든다고 생각하는 사람이 나 뿐만은 아닐 거다. 만일 당신이 그의 소설을 안 읽어봤고 또 그럴 마음도 없는 사람이라면, 아마 이 책이 시작으로는 좋을 것이다. 흡혈귀가 너무 무섭지만 않다면 말이다. 혹시 그렇다면 *The Dead Zone*을 읽어보는 게 낫겠는데, 음 내 생각으론, 그건 공포물이라기보단 사랑 이야기에 가깝다.

The Memory Hole. 기업관리형 주류 출판사나 기업관리형 주류 학교에서는 찾아볼 수 없는 그런 분석들을 제공하는 수많은 웹 사이트 가운데 하나. 주소는 http://www.thememoryhole.org/다. 물론 난 흔히 반산업주의자로 분류된다. 그보다 더한 건 나한테 흔히 무정부-반문명주의자 딱지가 붙는다는 것이다. 이런 딱지 둘 다 꽤 잘 맞는다고 하자. 그렇다고 해도, 난 여전히 작은 마을에(가

장 가까운 큰 도서관도, 70마일이나 떨어져 있는 마을에) 살고 있어서, 인터넷이 없다면 필요한 많은 양의 조사를 해낼 길이 없다. 인터넷은 정말 지랄맞게 편리하다. 물론 이런 기술을 낳는 문화가 없다면, 지구를 죽여가는 일을 막느라 내가 애쓸 일도 없을 거고, 어쨌든 이런 일을 안 해도 될 것이다. 인터넷이 근사하다고 해서 문명을 무너뜨려야 된다는 사실이 달라지는 건 아니다.

Murray, W. H. *The Scottish Himalayan Expedition*. London: Dent, 1951.

O'Neil, Paul. 나는 이 인용구를 Ford Madox Ford 와 Gene Fowler의 인용구와 함께 *A Writer's Notebook: Insights from Writers with Space for Personal Notes* 라는 제목을 단 작지만 좋은 편람에서 따왔다. Philadelphia: Running Press Book Publishers, 1984. 난 Paul O'Neil이 누군지 모른다는 걸 인정해야 한다. 재무장관 Paul O'Neil이나 전 뉴욕 양키즈 우익수 Paul O'Neil은 아니겠지.

Pink Floyd의 노래 「Time」의 가사는 Roger Waters가 썼다. *The Dark Side of the Moon* 앨범에 실려있다. Capitol Records, 1973.

Rogers, Carl. *On Becoming a Person*. Boston: Houghton Mifflin, 1961. 이 책은 우리 엄마가 1970년대에 심리학 수업을 듣느라 구한 책이다. 책은 어쩌다 내 책장까지 흘러왔고, 몇 년 동안 읽지도 않은 채 그대로 있었다. 무슨 까닭인진 모르겠으나 난 그 책을 이스턴 워싱턴 대학에서 첫 수업을 하는 바로 전날 밤에 집어들었고, 그날 밤 거의 다 읽었다. 책은 좀 길었고 내가 피곤해지려고 하는데, 바로 그때 교육에 관해 쓴 아주 짧은 장에 이르렀고, 그의 말이 바로 나를 깨워 정신이 바짝 들었다. 난 그때까지 그리고 지금까지도, "선생님"이 된다는 게 뭘 뜻하는 건지 그 책보다 더 잘 말해주는 걸 읽어본 적이 없다. 내 책의 임시 제목이 '어떡하면 안 가르칠까' 인 건 바로 이 책 때문이었다.

Trumbo, Dalton. *johnny got his gun*. New York: Bantam, 1970. 단연코 내가 읽어본 최고의 반전 소설이다. Trumbo의 문체는 내게 깊은 영향을 주었다.

Williams, Terry Tempest. *Desert Quartet: An Erotic Landscape*. New York:

옮기고 나서

이 책을 우리말로 옮기는 일은 내 몫의 물 위로 걷는 경험이었다. 이런 기적은, 그러나 나 홀로 이룬 것이 아니다. 그런 이야기를 하고 싶다.

연세대학교 영문과의 김태성 교수님은 영어 문장의 섬세한 결과 숨은 논리, 영어에 내재된 서구인 특유의 사고방식을 읽어내는 법을 내게 가르쳐주셨다. 그 가르침이 없었다면 애초에 이 부끄러운 번역이 없었을 것이다. "여기에 왜 또 쉼표가 들어있을까요? 이 부사가 왜 이쪽으로 왔을까요? 네, 강조하고 싶어서!" 높낮이 없고 걸걸한 목소리가 지금도 생생하다.

삼인출판사의 윤진희 씨는 이 책을 펴내는 일에 엮인 어지러운 일들을 도거리로 맡아 했고, 역자를 어르고 을러, 마구 날뛰는 문장을 읽을 만하게 길들이는 데 힘을 보태주었다.

이상한 나라의 앨리스가 그랬다. 그림도 대화도 없는 책을 어따 쓴담? 이 책에 대화는 많지만 하마터면 그림은 없을 뻔했다. 다행히 이주한 씨는 책 곳곳에 들어가는 멋진 그림을 그려주었다. 그림을 보고는 나도 덩달아 신나서 번역을 마무리할 수 있었다. 난 그의 팬이 되었다.

이화여자대학교 대학원에서 영문학을 연구하는 김유영 양과 정은혜 양과 박지윤 양은 나와 함께 책 읽고 글 쓰는 공부를 해왔다. 이들이 베풀어준 경험은 내가 저자의 고민과 문제의식에 마음으로 공감하면서 고된 번역 작업을 지치지 않고 할 수 있게 도움 주었다. 이런 글쓰기 수업의 경험 덕분에 이 책이 우선 '내게' 남달리 뜻 깊은 책이 되었는데, 그렇지 않았다면 저는 별 재미도 못 찾으면서 남더러 억지로 읽으라 권하는 꼴이 되었을 것이다.

이 책을 우리말로 옮기는 가운데 초등학교 선생님인 누이동생을 자주 떠올렸다. 동생은 학교교육을 두고 포부도 내놓고 하소연도 하면서 내가 경험해보지 못한 영역에 대해 많은 이야기를 해주었다. 동생에게 읽히고 싶어서 이 책을 옮겼다고 해도 틀린 말은 아니겠다.

그리고 어머니는 내가 내 모습 그대로가 되도록 만들어주었다.

모두 고맙습니다.